Tara Winter

Die andere Wahrheit

AF236195

Tara Winter

Die andere Wahrheit

Roman

Bibliografische Information der Deutschen
Nationalbibliothek:
Die Deutsche Nationalbibliothek verzeichnet diese
Publikation in der Deutschen Nationalbibliografie;
detaillierte bibliografische Daten sind im Internet über
http://dnb.dnb.de abrufbar.

Umschlaggestaltung unter Verwendung von Motiven von
PublicDomainPictures auf Pixabay.com

Herstellung und Verlag: BoD – Books on Demand,
Norderstedt

ISBN: 978-3-7543-47157

Inhalt

Samstag

Er wird nicht kommen.

Der Gedanke durchfuhr Rebecca und ließ ihren Atem stocken. Die Angst, es könne die Wahrheit sein, durchfuhr ihren Körper mit eisiger Kälte. Rebecca strich über ihre Unterarme, auf denen sich eine Gänsehaut gebildet hatte.

Vor den Fenstern des kleinen Cafés eilten Passanten entlang. Sie trugen dicke Jacken und tief ins Gesicht gezogene Mützen. Levin war nicht unter ihnen.

Es war Viertel nach neun.

Warum meldest du dich nicht?, dachte sie besorgt.

Abgefallene Blätter schimmerten rötlich und golden in den hellen Strahlen der Morgensonne. Doch der idyllische Schein trog. Eisige Böen trieben das Laub erbarmungslos über den kalten Asphalt.

Rebecca lehnte sich zurück und drehte verärgert ihren geflochtenen Zopf um die Finger. Sich zu verspäten war das eine, aber ihr Vater hätte sich melden können. Rebecca griff nach dem Smartphone auf dem

Tisch, drückte die Kurzwahltaste und hörte kurz darauf zum wiederholten Mal die Ansage. Eine monotone Stimme teilte ihr mit, dass der Empfänger nicht erreichbar sei. Rebecca spürte eine Enge im Hals, beendete den Anruf und tippte eine Nachricht.

"Warte in Maries Café, wo bleibst du?"

Sie rutschte auf der Sitzbank hin und her. Rebecca ahnte, dass ihr Handy stumm bleiben würde, denn bisher war keine ihrer Nachrichten als gelesen gekennzeichnet.

"Irgendetwas stimmt hier nicht", flüsterte sie und sah erneut auf die Straße. Ihr Vater war nicht zu sehen. Widerwillig wandte Rebecca ihren Blick ab und griff nach der Tasse. Ihre Finger zitterten so stark, dass Kaffee überschwappte und auf den Tisch tropfte. Stöhnend zerrte Rebecca eine Serviette aus dem Ständer und rieb damit über die Tischplatte. Dabei stieß sie gegen einen Salzstreuer, der umfiel. Weiße Krümel verteilten sich auf dem Tisch. Mit zusammengekniffenen Lippen betrachtete sie das sonderbare Stillleben.

Grummelnd wandte Rebecca sich ab und griff ein weiteres Mal nach ihrer Tasse, nahm einen Schluck und verzog das Gesicht. Der Kaffee war eiskalt.

Mechanisch griff sie in ihre Hosentasche und zog einen kurzen Bleistift hervor. Wo war Paps nur? Rebecca führte den Bleistiftstummel über die Serviette. Gab es einen ganz banalen Grund für seine Verspätung? Ihre Hand fügte der Zeichnung zarte Schattierungen hinzu, ohne dass sie ihre eigenen Bewegungen wahrnahm. Rebecca schüttelte den Kopf. Er hätte sich sofort gemeldet, wenn er gekonnt hätte.

"Möchten Sie schon etwas zu essen bestellen?"

Rebecca zuckte zusammen.

Eine Kellnerin mit blonden Locken lächelte sie an.

"Nein, danke. Ich warte noch", flüsterte sie.

Rebecca bemerkte, dass die Kellnerin fasziniert auf ihre Hand blickte. Jetzt erst realisierte sie den Bleistift, der scheinbar selbständig eine Skizze mit feinen Strichen ergänzte. Rebecca räusperte sich verlegen und schob die Serviette mit der Zeichnung ein Stück beiseite.

Rebecca hatte sich auf ein französisches Frühstück mit Croissants, Marmelade und frischen Früchten gefreut, seit sie das gemütliche Café betreten hatte. Lautes Magenknurren erinnerte sie daran, dass sie noch nichts gegessen hatte, aber inzwischen war ihr jeglicher Appetit vergangen.

Ihr Vater kam nie zu spät. Es war für ihn undenkbar, zu einer Verabredung nicht mindestens fünf Minuten vor der vereinbarten Zeit zu erscheinen. Bei ihrem monatlichen Frühstück war er immer der Erste und wartete geduldig auf das Eintreffen seiner Tochter.

Kleine Lampen, die an dunklen Kabeln von der Decke hingen, erhellten den hölzernen Tresen. Der würzige Geruch von frisch gemahlenem Kaffee zog durch das Café.

In einer Vitrine standen riesigen Torten, die mit bunter Sahne, Schokoladenraspeln oder Früchten verziert waren. Bei dem Anblick lief Rebecca das Wasser im Mund zusammen.

Sie tastete nach dem silbernen Anhänger an dem Lederband um ihren Hals. Eine Sonne mit filigran verzierten Strahlen, die ihr Vater für sie angefertigt hatte.

Rebecca reckte den Kopf und blickte sich um. Die meisten Tische waren besetzt, aber an keinem saß Levin.

Sie arbeitete gern mit Fakten, daran war sie gewohnt und darin war sie gut. Diese Ungewissheit war ihr unerträglich. Rebecca drehte ihren geflochtenen Zopf wütend zwischen den Fingern und betrachtete ihre nussbraunen Haare, die in der Sonne rötlich schimmerten, um Zeit zu schinden. Doch Zeit war genau das, was sie nicht hatte. Ihr Instinkt, der sich bisher als äußerst zuverlässig erwiesen hatte, drängte zur Eile.

"Verdammt", murmelte sie. Ihr blieb keine andere Wahl. Rebecca tippte die Festnetznummer ihres Elternhauses. Es klingelte mehrfach. Rebecca seufzte.

"Friedrichsen", meldete sich ihre Mutter. Rebecca verdrehte die Augen. Obwohl Verena auf dem Display genau sah, wer anrief, meldete sie sich mit ihrem Nachnamen.

"Ich bin es. Rebecca." Touché, dachte sie genervt. Einen Augenblick war es still. Rebecca verwarf jeden Gedanken an Smalltalk. "Ich warte auf Paps. Wir waren verabredet."

"Jeden ersten Samstag im Monat, ich weiß", stellte Verena sachlich fest.

Rebecca hörte das Rascheln von Papier im Hintergrund.

"Hast du mir gerade zugehört? Er ist nicht zu unserer Verabredung gekommen." Rebecca vermied den Zusatz, dass sie sich sonst bestimmt nicht gemeldet hätte.

"Ruf ihn an oder schicke ihm eine Nachricht." Verenas Stimme klang gehetzt.

„Das kommt jetzt vielleicht überraschend, aber die Idee hatte ich bereits."

Schweigen.

Rebecca ballte wütend die Hände. Die Gleichgültigkeit von Verena ging ihr auf die Nerven. Dieser Modus von Abwehr und ausweichenden Antworten war ihr bekannt. Sie wusste, dass Verena auf keine ihrer weiteren Fragen vernünftig antworten würde. Trotzdem wagte Rebecca einen letzten Versuch. Sie atmete einmal tief durch und versuchte, ihre Stimme nicht allzu vorwurfsvoll klingen zu lassen.

„Was ist los bei euch?"

"Nichts. Hier ist nichts los. Apropos, ich muss dann auch weitermachen. Gib mir Bescheid, wenn er sich gemeldet hat."

Das Gespräch wurde abrupt beendet.

Verena ist mir ja wieder eine große Hilfe gewesen, dachte Rebecca spöttisch.

Sie wischte sich über die Augen. Levin war es, der stets an ihrer Seite gewesen war. Er war der treue Begleiter in ihrem Leben und vielleicht der einzige Mensch, dem sie völlig vertraute. Rebecca dachte an wichtige Ereignisse in ihrem Leben. Schul- und Studienabschlussfeiern, der bestandene Führerschein, die Aufregung vor der ersten Verabredung. Wichtige Momente ihres Lebens, bei denen Verena nicht dabei gewesen war. Immer wieder hatte sie auf ihre Mutter gewartet. Vergebens.

Rebecca zog ihre Jacke an und ging zum Tresen hinüber. Muffins und mit bunter Sahne verzierte Cupcakes waren auf großen Tellern angerichtet. Sie dufteten phantastisch. Rebecca zögerte einen Moment, zahlte dann ihren Kaffee und ein einfaches Milchhörnchen. Sie würde es unterwegs essen. Die Frau hinter dem Tresen reichte ihr das Wechselgeld und eine bunt bedruckte Tüte.

Verena ging ihr offensichtlich aus dem Weg. Rebecca blieb nichts anderes übrig, als sie aufzusuchen.

Aus den Augenwinkeln beobachtete Gina die Kundin mit dem tollen langen Zopf.

Sie ist bestimmt von ihrem Freund versetzt worden, dachte die Kellnerin mitleidig und sah, wie die Kundin zum Bezahlen an den Tresen ging. Sie eilte zum Tisch und griff schnell nach der Serviette. Die junge Frau hatte die Zeichnung achtlos liegengelassen. Mit offenem Mund betrachtete Gina das kleine Bild.

Eine wunderschöne Elfe mit zartem Gesicht, spitzen Ohren und großen glänzenden Augen. Sie hielt eine filigrane Lilie in der Hand, in deren Mitte eine große Perle glänzte. Der Ausdruck in den Augen der Elfe berührte die Kellnerin tief. Sie nahm das Kunstwerk und eilte zu den hinteren Räumen, öffnete ihrem Spind und legte die Serviette vorsichtig in ihre Handtasche. Sie hatte noch nie etwas so Wunderschönes gesehen.

Rebecca trat auf die Straße. Eisiger Wind schlug ihr entgegen. Energisch schloss sie den Reißverschluss ihrer Winterjacke und eilte im Laufschritt zu ihrem Wagen, stieg ein, warf ihre Tasche und die Tüte mit dem Milchhörnchen auf den Beifahrersitz und fuhr los.

Kurz darauf bog sie links an der Tankstelle auf die Hauptstraße ab, die nun an beiden Seiten von dichten Büschen und hohen Bäumen eingefasst war, als sei die Stadt mit ihrem Lärm und der Hektik hier jäh zu Ende. Rebecca ließ sich von der Idylle mit den gepflegten Einfamilienhäusern nicht täuschen. Wer wusste schon, was sich hinter den sauberen Fassaden abspielte? Sie dachte an ihr eigenes Elternhaus. Bei dem Gedanken an das bevorstehende Gespräch mit Verena verkrampfte sich ihr Nacken.

Rebecca schaltete das Radio an. Ihr Zeigefinger flog über die Sendertasten, bis endlich ein Lied erklang, das zu ihrer Stimmung passte. Der markante Politsong *Sunday Bloody Sunday* war von *U2* in den Achtzigern veröffentlicht worden. Jetzt dröhnte er in voller Lautstärke aus den Lautsprechern.

Sie griff nach der Tüte, zog das Milchhörnchen heraus und biss gierig davon ab. Der Ersatz für ein gemütliches Frühstück im Café war enttäuschend. Das Gebäck schmeckte fade und der Teig klebte an ihrem Gaumen.

Sie hielt nach dem dunkelgrünen Golf ihres Vaters Ausschau, ihre Finger trommelten nervös auf das Lenkrad.

An der Landesgrenze von Hamburg nach Schleswig-Holstein hatten Bauarbeiten über Wochen für Verkehrschaos gesorgt.

Die Zufahrt zum beschaulichen Wesseldorf, in dem ihr Elternhaus lag, war direkt davon betroffen.

Wehmütig sah Rebecca, dass die Bauarbeiten bereits fertiggestellt worden waren. Lediglich die neue Fahrbahnmarkierung fehlte noch. Sie stöhnte auf.

Eine Verzögerung des Zusammentreffens mit Verena hätte ihr nichts ausgemacht.

Zwanzig Minuten später fuhr Rebecca in eine Parkbucht. Das Grundstück ihrer Eltern lag nur wenige Schritte entfernt. Sie zögerte, bis sie schließlich die Autotür aufriss und auf den Gehweg trat. Sie schüttelte Krümel des Milchhörnchens von der Jacke und ihrem pinkfarbenen Schal. Dann hängte sie sich ihre Tasche um und wandte sich dem Grundstück zu, blickte dabei mehrfach zurück, um sich zu vergewissern, dass ihr Wagen verriegelt war.

Die stets geöffneten Tore waren verrostet, die Steine der niedrigen Gartenmauer moosbewachsen und von Rissen durchzogen. Rebecca ging über den unebenen Weg zum Haus. Das Gras zwischen den Gehwegplatten wirkte trotz der Kälte frisch und grün. Die eigentliche Rasenfläche wurde von Unkraut und kahlen Stellen dominiert. Dazwischen wuchsen scheinbar planlos gepflanzte Büsche, deren Rückschnitt längst überfällig war.

Rebecca stellte sich ihren Vater bei der Gartenarbeit vor.

Zuerst wäre er ein paar Schritte zurückgegangen, um sich einen Gesamteindruck zu verschaffen. Dann hätte er nachdenklich die Finger an sein Kinn gelegt und die Lippen zu einem spitzbübischen Grinsen verzogen. Wie immer, wenn er einen kreativen Einfall bekam. Dann hätte er seine dunkle Brillenfassung zurechtgerückt und seine Vision voller Energie in die Tat umgesetzt. Er schuf immer kleine Wunderwerke, ob hier in seinem Garten mit der Heckenschere oder bei seiner Arbeit in der Goldschmiede mit kleinen Zangen und Feilen. Rebecca hoffte, dass sie bald erfuhr, ob es ihm gut ging und wo er war. Langsam ging sie weiter.

Verenas schwarzer Polo parkte in der Auffahrt, Levins Wagen stand nicht dort. Ein ungewohntes Bild, denn Rebecca kam normalerweise nur hierher, wenn ihr Vater Zuhause war.

Den gelben Klinker des Hauses hatte sie noch nie leiden können. Aber die Wahl war wohl dem Geschmack der siebziger Jahre geschuldet. Das Haus war solide gebaut. Mit ein wenig Interesse und Engagement, hätten ihre Eltern daraus ein wahres Schmuckstück erschaffen können. Aber ihr Vater war ein Schöngeist, der sich nicht viel aus groben handwerklichen Arbeiten oder stupider Gartenpflege machte und Verena hatte wahrscheinlich auch irgendwelche Gründe. Ihre Eltern hatten noch nicht einmal den Dachboden ausgebaut, wodurch jede Menge Wohnraum verschenkt worden war.

Neben dem schwarzen Metallbriefkasten befand sich der ebenfalls schwarze Klingelknopf, den Rebecca nun kräftig drückte. Er klemmte, seit sie denken konnte. Mit starrem Blick fixierte sie die Holztür, deren braune Farbe Risse aufwies und stellenweise abblätterte.

Einen Moment später wurde die Tür etwas geöffnet und Verena erschien in dem schmalen Spalt. Ihre Augenlider waren geschwollen. Sie trug einen wollweißen Kaschmirpullover und ein Halstuch in zartem Apricot, das perfekt zu ihrem dezenten Lippenstift passte. Einige Ponysträhnen fielen ihr in die Stirn und gaben den weichen Zügen Kontur. Ihre sanfte, gepflegte Erscheinung war der größtmögliche Gegensatz zu diesem vernachlässigten Haus. Beim Anblick ihrer Tochter verzog sich Verenas Mund fast unmerklich.

"Rebecca", sagte sie mit einem fragenden Unterton. Sie ging einen Schritt zur Seite, um ihre Tochter hereinzulassen. Ihre dunklen Augen beobachteten aufmerksam jede Regung.

Rebecca betrat schweigend das Haus. Der schmale Flur war mit dunkelrotem Teppich ausgelegt. Keine gute Idee bei einem Raum, in den nur wenig Licht eindrang. Sie eilte in die Wohnküche. Durch die

Fensterfronten war der große Raum hell, aber die düsteren Deckenbalken taten ihr Bestes, auch hier einen Eindruck von Enge zu vermitteln. Rebecca blickte lächelnd zu dem filigranen Windspiel, das von einem der Balken hing. Schon als Kind hatte sie dieses kleine Kunstwerk geliebt, dessen dünne Metallranken in weichen Bewegungen umeinander glitten. Es zu betrachten wirkte beruhigend, die wiederkehrenden Schwingungen des Metalls vermittelten ihr seit jeher Sicherheit.

Rebecca atmete aus und lehnte sich mit dem Rücken an den Tresen. Dieser trennte optisch Küche und Wohnbereich voneinander. Schweigend ließ sie ihren Blick schweifen.

Der Wohnzimmertisch war übersät mit Briefen, Werbung und Prospekten, dazwischen lagen Entwürfe ihres Vaters. Wenn Levin abends Ideen hatte, kritzelte er sie auf einen Zettel und ließ ihn dort liegen. Er fand seine Skizzen meist überrascht nach einigen Tagen wieder und nahm den Entwurf dann mit zur Arbeit. Im Gegensatz zu seinem penibel aufgeräumten Arbeitsplatz bei *Silber-Stein*, herrschte hier wie immer das reinste Chaos.

Verena war ihr gefolgt und stellte sich hinter den Tresen. Nun wandte sich auch Rebecca der Küchenzeile zu. Zettel, Zeitschriften, Essensreste und benutztes Geschirr stapelten sich auf der Arbeitsfläche. Die Küche wirkte noch vernachlässigter als sonst.

Rebecca beobachtete die Frau, die ihr so fremd war. Verena sammelte hektisch herumliegenden Krümel vom Tresen ein und ließ sie in den offenstehenden Mülleimer gleiten.

Ihre Bewegungen wirkten fahrig, ihre schmalen Schultern waren angespannt.

"Was ist hier los?", fragte Rebecca, ohne auf eine ehrliche Antwort zu hoffen.

"Was soll hier los sein?" Verena stellte dreckige Teller aufeinander und blickte kurz hoch. "Ich habe gerade viel zu tun und bin nicht auf Besuch vorbereitet."

Rebecca wurde wütend.

"Paps ist verschwunden und du machst nicht den Eindruck, als würde es dir besonders gut gehen."

Es war offensichtlich, dass der Besuch der Tochter sie von einer wichtigen Tätigkeit abhielt. Ganz bestimmt aber nicht von Hausarbeit. Verena wirkte unruhig wie ein verfolgtes Tier, blickte ihrer Tochter mit stählernem Blick in die Augen. "Ich bin dir keine Rechenschaft über mein Aussehen schuldig."

"Dein Aussehen ist mir doch ..." Rebecca verstummte. Sie setzte sich auf einen der Hocker, der mit altmodischem Stoff bezogen war. Resigniert legte sie den Kopf in die Hände und schloss kurz die Augen. Wie war es nur möglich, dass fünfzig Prozent ihrer Gene von dieser Frau stammten?

"Möchtest du einen Tee?", fragte Verena nachgiebig.

"Ich trinke keinen Tee." Sie presste die Worte heraus und drehte nervös an ihrem Zopf herum.

"Ach ja, natürlich." Verena füllte den Wasserkocher und stellte ihn an.

"Wo ist Paps?" Ihr Herz schlug wild.

Verena wandte sich zu ihr und zuckte wortlos mit den Schultern. Rebecca fuhr bei dem Anblick zusammen.

Die Augen dieser Frau hatten das gleiche tiefe Braun wie ihre eigenen.

„Sein Auto ist nicht mehr da. Ist er weggefahren?",
hakte sie nach.

„Sieht ganz danach aus. Was weiß ich, wo er ist."

Rebecca trommelte mit den Fingern auf dem Tresen.

„Verdammt, Verena. Im Gegensatz zu dir vermisse
ich ihn und mache mir Sorgen. Kannst du mir jetzt
endlich sagen, was vorgefallen ist?"

"Oh, bitte. Nun fang nicht schon wieder damit an. Er
ist ein erwachsender Mann." Sie strich sich eine silbern
schimmernde Haarsträhne hinters Ohr, die gleich
wieder herausrutschte.

"Verena, er ist zu unserem Treffen nicht erschienen
und ich kann ihn nicht erreichen. Das ist absolut
untypisch für Paps. Wenn du weißt, wo er sich befindet
oder was passiert ist, sag es mir einfach." Sie funkelte
Verena wütend an. Diese stapelte herumliegende
Zeitschriften aufeinander und warf eine kleine
Pappschachtel in den Müll. Verena biss sich auf die
Unterlippe, ehe sie Rebecca mit undurchdringlichem
Blick ansah.

"Wir haben uns gestritten. Er hat ein paar Sachen
zusammengepackt und ist gestern Abend
weggefahren."

Rebecca stöhnte leise auf.

"Warum hast du mir das nicht gleich gesagt?"

"Es ist unsere Angelegenheit."

Dann begriff sie. Es konnte nur einen einzigen Grund
geben, warum der sanfte und gutmütige Levin
gegangen war. Natürlich wollte Verena darüber nicht
sprechen. Rebecca brauchte keine weiteren
Erklärungen.

"Er hat dich verlassen. Dann kann ich wohl davon
ausgehen, dass Marten wieder da ist?" Rebeccas Stimme

war zynisch und kalt, sogar noch eine Spur kälter als beabsichtigt.

Die Affäre zwischen Marten und Verena hatte fast zum Bruch der Ehe geführt und war vor drei Jahren beendet worden. Dass die tiefe und lange Freundschaft zu Marten Konrad weiterhin bestand, hatte Rebecca nicht geahnt.

Der Vorwurf verschlug Verena kurz die Sprache. Unbewegt stand sie da, die Hände vor dem Körper aneinandergelegt, ihr Brustkorb hob und senkte sich langsam beim Atmen. Rebecca fühlte ihre Augen undurchdringlich und abschätzig auf sich ruhen. Dieser Blick verunsicherte sie für einen Moment. Erschrocken erkannte sie Angst darin, aber auch ein überhebliches was-weißt-du-schon.

"In diesem respektlosen Ton redest du nicht mit mir, hast du das verstanden?", fauchte Verena plötzlich und stocherte mit dem Zeigefinger drohend in Richtung ihrer Tochter. Rebecca hob trotzig das Kinn. In diesem Moment wusste sie, dass Verena ihr kein weiteres Wort über das Verschwinden ihres Vaters sagen würde.

"Treffer, versenkt", bemerkte sie mit Genugtuung und glitt lächelnd vom Hocker. Rebecca war überzeugt, dass sie mit ihrem Verdacht richtig lag und sehnte sich nach einem Gefühl des Triumphs, doch es blieb aus. Niemals würden beide eine harmonische Beziehung haben.

Manchmal dachte Rebecca über die Gründe dafür nach, doch jetzt hatte sie ganz andere Probleme.

Verena richtete sich auf und schüttelte fast unmerklich den Kopf. Eine winzige Geste, die Rebecca zusammenfahren ließ.

Mit Worten hätte Verena es nicht deutlicher ausdrücken können.

Mitleid.

Sie hatte Mitleid für die Tochter, der sie aus welchen Gründen auch immer nicht sagen wollte, wo ihr Vater war.

Rebecca wandte sich ab, ihr Lächeln erstarrte zu einer Grimasse. Sie verließ das Zimmer und presste die Arme um ihren Körper. Verena sollte nicht sehen, dass sie am ganzen Leib zitterte.

Rebecca war unendlich traurig und enttäuscht. Schnell durchquerte sie den düsteren Flur, riss die Tür auf und trat ins Freie. Frostige Herbstluft schlug ihr entgegen. Rebecca zog schnell die Tür zu, als könne sie das Gespräch dadurch hinter sich lassen. Sie verharrte einen Augenblick und holte dann tief Luft. Sie blinzelte in dem diffusen Licht, das ihr die Orientierung zu nehmen schien. Mit bebenden Fingern wischte sie ihre Tränen weg. Sie hatte immer gespürt, dass sie Verena nicht willkommen gewesen war. Zum ersten Mal spürte Rebecca, dass sie mit dem Leben, das hier geführt wurde, nichts zu tun haben sollte. Es fühlte sich an, als riss ihr jemand den Boden unter den Füßen weg. Mit dem Verschwinden ihres Vaters schien die Verbindung zu diesem Haus und ihrer Vergangenheit jäh abgeschnitten worden zu sein.

Sie lehnte sich an die Haustür und schloss die Augen. Ignoranz und Desinteresse, damit war Rebecca groß geworden. Unzählige Jahre hatte sie versucht, Verena mit guten Leistungen zu beeindrucken. Geklappt hatte es nie. Die Sache mit der Mutterliebe hatte zwischen Verena und ihr nie funktioniert. Ihre Freunde hatte sie Paps vorgestellt, selten ihrer Mutter. Verena hatte sich nicht dafür interessiert, was ihre Tochter machte. Aber ihr Vater war immer für sie dagewesen. Mit seinem ganzen Herzen und all seiner Fürsorge.

Levin hatte ihr geholfen, sich für ein Studium zu entscheiden. Mit Zweifeln und Ängsten war Rebecca zu ihm gegangen. Levin hatte getröstet und gemeinsam hatten sie Lösungen gefunden. Für alles. Immer.

Paps war es gewesen, der sie bedingungslos geliebt und mit seiner Wärme umhüllt hatte. Er hatte sie versorgt, wenn sie sich die Knie aufgeschlagen hatte, er hatte ihr Schlittschuhfahren beigebracht und ihre Hausaufgaben kontrolliert. Bei ihm hatte sie sich ausgeweint, als Benny mit ihr Schluss gemacht hatte. Nun war er verschwunden. Rebecca fühlte sich unerträglich hilflos.

In Gedanken ging sie noch einmal das Gespräch durch. Rebecca ließ dabei soweit wie möglich die emotionalen Faktoren beiseite und konzentrierte sich auf mögliche Unstimmigkeiten. Sie überdachte Verenas Worte, dass Levin sie verlassen habe. Diese Variante war möglich, sicher. Es erklärte aber nicht die Unerreichbarkeit ihres Vaters. Rebecca war überzeugt, dass er gerade in diesem Fall Kontakt zu ihr aufgenommen hätte.

Paps hatte vor ihr keine Geheimnisse. Wenn er Streit mit Verena gehabt hätte, der eventuell zu einer Trennung führte, hätte er darüber mit ihr gesprochen.

Das Klingeln, das gedämpft durch die Haustür zu hören war, realisierte sie nicht.

Die damalige Affäre von Verena war auch kein Tabu gewesen. Wieso hätte er sich jetzt anders verhalten sollen und wann hätten sie besser darüber reden können, als bei ihrem gemeinsamen Frühstück? Die Verabredung nicht wahrzunehmen, ohne sich zu melden, passte absolut nicht in sein Verhaltensmuster. Rebecca musste sehr genau entscheiden, welchen Aussagen Verenas sie glauben schenken konnte.

Ein melodisches Geräusch holte sie aus ihrer Benommenheit und brachte sie in die Realität zurück. Im Haus klingelte das Telefon.

Durch die geschlossene Haustür drang leise Verenas Stimme. Rebecca drückte ihr Ohr an das Holz, um das Gesprochene zu belauschen, hörte aber nur unzusammenhängende Wortfetzen. Verstohlen blickte Rebecca zum Nachbarhaus hinüber. Zum Glück schien Frau Hullsten anderweitig beschäftigt zu sein und hatte ausnahmsweise keine Zeit, die Geschehnisse in der Nachbarschaft zu beobachten. Lautlos schlich Rebecca um die Hausecke und sah, dass das Fenster des Schlafzimmers einen Spalt breit geöffnet war. Die aufkommenden Gewissensbisse ignorierend, ging sie vorsichtig weiter. Rebecca lehnte sich an die Hauswand neben dem Fenster und konnte nun deutlich die Stimme von Verena hören.

"Nein, es ist alles in Ordnung. Ich bin ein wenig durcheinander. Meine Tochter war gerade hier."

Verenas Stimme klang angespannt. Sie sprach stockend. Ihre Gedanken schienen sich zu überschlagen. Rebecca wartete neugierig, was sie dem Gesprächsteilnehmer als nächstes mitteilen würde.

"Nein. Es gibt keine Beweise."

Rebecca runzelte konzentriert die Stirn. Verena hörte dem Gesprächspartner zu und gab nur hin und wieder einen zustimmenden Laut von sich.

"Ja, ich weiß."

Dann lachte Verena ganz kurz auf, für einen Moment war zu spüren, dass die Anspannung von ihr wich. Sie schien zu lächeln.

"Ich muss hier erstmal einige Dinge ordnen."

Ein kurzes Schweigen folgte.

„Ich erkläre dir alles später."

Das Gespräch war beendet. Rebecca hörte das Klacken des Telefonhörers, der auf einem der Nachtschränkchen abgelegt wurde. Bei dem nächsten Satz, den Verena vor sich hinmurmelte, lief Rebecca ein Schauer über den Rücken.

"Gut, dass ich ihn weggebracht habe."

Rebecca spürte die harten Klinkersteine im Rücken, ein unangenehmes Kribbeln breitete sich in ihr aus. Vor Entsetzen wie erstarrt versuchte sie, den Worten Verenas eine harmlose Erklärung zuzuordnen. Sie fand keine.

Verdammt, was war hier los?

Rebecca wollte sich zum Fenster drehen und einen Blick hineinwerfen. Vielleicht konnte sie einen Hinweis entdecken, der ihr half, die Vorgänge zu verstehen. Aus den Augenwinkeln sah sie eine Hand, die nach dem Fenstergriff langte. Rebecca erstarrte mitten in der Bewegung und fuhr ruckartig zurück. Sekundenbruchteile später wurde das Schwingfenster ganz geöffnet und der Holzrahmen fuhr nach außen. Genau dorthin, wo sich eben noch ihr Gesicht befunden hatte. Rebecca konnte kaum glauben, dass ihre Neugierde ihr beinahe einen Nasenbeinbruch beschert hätte.

Unvermittelt erschien Verenas Kopf am Fenster. Sie blickte in Richtung Garten. Rebecca drückte sich so eng wie möglich an die Wand. Ihr Herz hämmerte so stark, dass sie das Rauschen ihres Blutes in den Ohren hörte. Verena war keine zwei Meter von ihr entfernt. Rebecca presste die Lippen zusammen, um das Keuchen ihres Atems zu verbergen. Sie wusste, dass sich der Blick von Verena jeden Moment auf sie richten konnte.

"Verschwinde, du Mistvieh!", brüllte Verena und klatschte laut in die Hände. Rebecca fuhr zusammen. Sie hörte ein leises Knurren und sah zum hinteren Teil des Grundstücks. Fiete, der Foxterrier der Nachbarin, scharrte in der Erde neben einem kleinen Strauch. Der Terrier guckte hoch und bellte Verena protestierend an. Dann flitzte er unter der Buchenhecke hindurch, die an das Nachbargrundstück grenzte. Das Fenster schloss sich wieder und wurde mit einem dumpfen Ruck verriegelt.

Rebecca ging kraftlos in die Hocke und atmete erleichtert auf. Sie hatte unfassbares Glück gehabt, dass Verena sie nicht entdeckt hatte. Nachdenklich fuhr sie mit den Händen über ihr Gesicht und versuchte, den Sinn des belauschten Gesprächs zu verstehen.

Was war hier nur los? Wen hatte Verena weggebracht? Der Gedanke, dass es sich um ihren Vater handelte, schnürte ihr die Kehle zu.

Rebecca rappelte sich schnell auf. Ihr Vater war ein erwachsener, gesunder Mann, warum hätte er irgendwo hingebracht werden sollen?

Sie spähte durch das Fenster. Verena stand vor dem Doppelbett des kleinen Schlafzimmers. Auf dem ungemachten Bett stand eine kleine Reisetasche. Verena riss Shirts, Jeans und Unterwäsche aus der linken Seite des Schranks und stopfte sie hinein.

Sie ging mit schnellen Schritten in den Flur und kam kurz darauf mit einer ledernen Kulturtasche zurück.

Rebecca hatte die Kleidung und die Tasche wiedererkannt. Es waren die Sachen ihres Vaters.

Bleich wandte Rebecca sich ab. Sie hatte genug gesehen, um sicher zu sein, dass Verena sie angelogen hatte. Erst vor zehn Minuten hatte sie ihr gesagt, Levin habe gestern Abend seine Sachen gepackt und sei gegangen.

Wenn Verena wieder eine Affäre mit Marten hatte, war es ganz sicher zu einem Streit gekommen. Möglicherweise hatte ihr Vater anschließend das Haus verlassen. Normalerweise mochte Paps keine ungeklärten Situationen, weil er dann keine Ruhe fand. Er war harmoniebedürftig, lief aber nicht vor Auseinandersetzungen weg.

Martens plötzliches Auftauchen hatte Levin sicherlich tief verletzt. Eine erneute Affäre ließ sich nicht einfach in einem Gespräch klären. Möglich, dass er gegangen war. Aber ganz bestimmt nicht ohne frische Kleidung und eine sorgsam gepackte Kulturtasche. Warum hatte Verena extra erwähnt, dass er seine Sachen gepackt hatte, wenn sie dies offensichtlich jetzt erst für ihn tat? Aus welchem Grund wollte Verena sie auf eine falsche Fährte lenken?

Auf jeden Fall hätte Paps sich bei ihr gemeldet. Er redete über seine Probleme, auch mit ihr. Vielleicht gerade mit ihr. Sie war Tochter, Freundin und Vertraute. Er wäre ganz sicher zu ihr gekommen, wenn er nicht bei Verena hätte bleiben können.

Rebecca widerstand der Versuchung, erneut in das Haus zu gehen. Es war sinnlos. Verena würde ihr nicht die Wahrheit sagen. Sie musste herausfinden, was wirklich geschehen war.

Rebecca hörte das Klirren eines Schlüsselbundes und schlich vorsichtig zur vorderen Hausecke. Verena hatte das Haus gerade verlassen. Sie hatte sich eine Winterjacke übergezogen und ging mit eiligen Schritten zu ihrem Wagen. Sie trug einen Wäschekorb. Eine Wolldecke verbarg seinen Inhalt vor den neugierigen Blicken der Nachbarn. Rebecca war sich sicher, dass er die Reisetasche mit den Sachen von Levin enthielt. Verena öffnete den Kofferraum und stellte den Korb hinein.

Nachbarn! Rebecca blickte sich um. Die Grundstücke hier waren schmal, nur durch niedrige Hecken und vereinzelte Bäume vor den Blicken Außenstehender geschützt. Es konnte gut sein, dass Frau Hullsten von ihrem Wohnzimmer oder dem Küchenfenster aus, die gestrigen Vorkommnisse beobachtet hatte. Rebecca sah hinüber. Weder im Garten noch an den Fenstern war jemand zu sehen. Für ausgesprochenes Feingefühl war die Nachbarin nicht bekannt. Zumindest eine wackelnde Gardine hätte verraten, wenn sie gerade ihren Beobachtungsposten verlassen hätte.

Rebecca blickte dem Auto hinterher, dass bereits am Ende der Straße angekommen war. Sie musste Verena nachfahren, um herauszubekommen, was Levin zugestoßen war. Mit der Nachbarin konnte sie auch später noch sprechen.

Die Gedanken rasten durch ihren Kopf. Hatte es einen Unfall gegeben oder litt Levin an einer schweren Krankheit, die beide vor ihr verheimlichen wollten? Das würde erklären, warum Verena nach dem Telefonat zu sich selbst gesagt hatte, sie habe ihn weggebracht. Wenn mit ihn überhaupt Levin gemeint war.

Rebecca lief zu ihrem Auto, sprang hinein und startete ungeduldig den Motor. Hastig legte sie den Rückwärtsgang ein und fuhr los. Der Wagen schoss aus der Parklücke. Lautes Gehupe erdröhnte hinter ihr. Rebecca trat mit voller Kraft auf die Bremse. Der Ruck schleuderte ihren Körper hart in den Sitz, ein heftiges Stechen durchzuckte Rebeccas Nacken. Beim Anblick des dunklen Geländewagens hinter sich zuckte sie zusammen.

Das war gerade noch einmal gut gegangen, dachte Rebecca. Ihr Herz pochte wild. Der Fahrer des anderen Wagens zeigte ihr im Vorbeifahren einen Vogel.

Rebecca massierte laut fluchend ihren Nacken und blickte die Straße hinab. Das Auto von Verena war abgebogen und aus ihrem Sichtfeld verschwunden. Es war unmöglich, sie jetzt noch einzuholen. Wütend schlug Rebecca mit der Faust auf das Lenkrad.

Sie wollte so schnell wie möglich ihren Vater finden.

Die Wahrscheinlichkeit für eine Krankheit oder Verletzung erschien ihr hoch. Rebecca beschloss, die umliegenden Krankenhäuser abzutelefonieren. Sie hoffte, dass keine bürokratischen Datenschutzbestimmungen das Personal daran hinderten, ihr als Tochter telefonisch Auskunft zu erteilen.

Sie griff nach ihrem Handy, geriet dann aber ins Grübeln. Wenn ihre Vermutung stimmte und er an einer schweren Krankheit litt, sollte sie dann seinen Wunsch nicht respektieren, dass sie nichts davon erfuhr? Andererseits wäre sie mit dem Wissen, wo er sich befand und dass er gut versorgt wurde, beruhigt gewesen. Aber sie hatte das starke Gefühl, dass hier ganz andere Geheimnisse dahintersteckten. Sie wog die möglichen Optionen gegeneinander ab. Dann blickte Rebecca durch die Seitenscheibe auf das Grundstück. Ihr Entschluss stand fest. Sie musste in dieses Haus.

Das Gespräch mit Verena, das belauschte Telefonat, die Widersprüche und Heimlichkeiten zwangen sie geradezu herauszufinden, was an diesem Ort geschehen war.

Entschlossen parkte Rebecca ihren Wagen wieder ein, stieg aus und ging zurück. Rebecca spürte, dass in diesem Haus Hinweise zu finden waren, die sie weiterbrachten. Sie hoffte, diesen ganzen Irrsinn und die Heimlichtuerei auflösen zu können.

Obwohl sie ihn nur selten benutzte, hatte Rebecca immer noch einen Schlüssel zu dem Haus. Mit großen Schritten ging sie die Auffahrt hinauf, auf der vor wenigen Minuten noch der schwarze Wagen von Verena gestanden hatte. Unwillkürlich beschleunigte sie ihre Schritte, als zöge das Gebäude sie an.

In der Hoffnung, nicht von Frau Hullsten entdeckt zu werden, eilte sie über den unebenen Gehweg zum Haus, schloss die Tür auf und ging hinein.

Verena hätte ihre Anwesenheit nicht gutgeheißen. Rebecca fühlte sich wie ein Spion, ein hinterlistiger Eindringling im eigenen Elternhaus. Sie konnte nur hoffen, dass Verena noch lange wegblieb und nie erfuhr, dass ihre Tochter das Haus durchsucht hatte. Andererseits wäre diese Aktion nicht nötig gewesen, wenn sie die Wahrheit gesagt hätte.

Rebecca zog ihr Handy aus der Tasche und rief erneut ihren Vater an. Die bekannte Stimme teilte ihr erneut mit, dass der Gesprächspartner nicht erreichbar sei. Ihr blieb kein anderer Ausweg. Sie musste das Haus durchsuchen.

Regungslos stand Rebecca im dunklen Flur und schloss die Augen. Sie war Analytikerin. Diese Fähigkeit war ihr angeboren und im Laufe des Lebens hatte sie diese Gabe optimiert.

Sie versuchte zu rekonstruieren, was hier im Haus geschehen war, und wiederholte in Gedanken das Zusammentreffen mit Verena. Sie konzentrierte sich dabei auf die Fakten und blendete alle Sentimentalitäten aus.

Plötzlich erinnerte sie sich an die entscheidende Szene. Bei ihrem Gespräch hatte Verena Krümel in den Mülleimer geworfen und später noch einen anderen Gegenstand entsorgt. Was war es gewesen? Rebecca konnte sich nicht mehr daran erinnern, hatte aber das untrügliche Gefühl, dass es wichtig war. Sie stürmte in die Küche und blickte in den Mülleimer. Die bunte Pappschachtel lag oben auf dem restlichen Müll. Muffiger Geruch stieg ihr in die Nase und Rebecca verzog das Gesicht, als sie nach der Schachtel griff. Es war eine Medikamentenverpackung. Die rezeptpflichtigen Filmtabletten enthielten 7,5 mg Zopiclon. Schlaftabletten. In alten Kriminalromanen der Klassiker, wenn man jemanden umbringen wollte. Rebecca zog die Blisterverpackung heraus. Alle Pillen waren entnommen worden.

War Verena zu einem Mord fähig? Erschrocken von ihrer eigenen Fantasie zuckte sie zusammen. Der Gedanke war derart absurd, dass sie unbewusst den Kopf schüttelte. Aber Rebecca war sich nicht sicher, ob sie Verena gut genug kannte, um sie von jedem Verdacht freizusprechen. Die Zweifel blieben.

Unentschlossen drehte sie die Schachtel in ihren Fingern, ließ sie dann in ihre Wildledertasche gleiten.

Rebecca sah sich in der Küche um. Nichts erregte ihre Aufmerksamkeit. Dann schweifte ihr Blick ins Wohnzimmer. Wirklich ordentlich war es hier nie, aber heute wirkte der Raum geradezu vernachlässigt. Zwischen den über Eck stehenden Sofas fristete ein hoher Ficus sein trockenes Dasein. Vergilbte Blätter lagen auf den Sofalehnen und auf dem Boden. Der Couchtisch war übersät mit Zetteln und Zeitschriften. Drei leere Einwickelpapiere von Hustenbonbons lagen neben einem Glas, in dem noch ein Schluck Orangensaft war. Angewidert rümpfte Rebecca die Nase. Gegenüber der Sitzecke stand eine kieferne Kommode. Darauf stand eine dunkelgrüne Vase, aus der verblühte Chrysanthemen kraftlos herabhingen, daneben ein von Wachs überlaufener Kerzenständer und mehrere Bilderrahmen.

Rebecca ging hinüber und betrachtete die Fotos, die den Eindruck erwecken konnten, es habe in diesem Haus einmal eine glückliche Familie gegeben. Dass dem nie so gewesen war, wusste sie selbst am besten.

Verena hatte Mühe, die Küche und das Bad sauber zu halten. Im Wohnzimmer machte meist ihr Vater Ordnung. Hier war seit Tagen kein Handschlag getan worden. Dermaßen chaotisch hatte es noch nie ausgesehen, zumindest an den wenigen Tagen, die sie in den letzten Jahren hier gewesen war. Was verdammt war mit Levin passiert? So wie es hier aussah, hatten ihn die Gründe seines Verschwindens schon seit Tagen beschäftigt.

Die leere Schachtel mit den Schlaftabletten ging ihr nicht aus dem Kopf. Sie tastete von außen gegen ihre Tasche, um sicherzugehen, dass der kleine Karton noch da war. Hatte Verena Paps betäubt und dann irgendwohin weggebracht? Aber warum hätte sie das tun sollen? Was war hier nur vorgefallen?

Rebecca suchte weiter nach Spuren. Auf den ersten Blick wirkte nichts ungewöhnlich, von der fürchterlichen Unordnung abgesehen.

Angenommen, Verena hätte ihren Vater wirklich getötet. Der Gedanke schien geradezu lächerlich. Trotzdem wollte Rebecca auch diese Möglichkeit durchgehen und versuchte, sich ein mögliches Szenario bildlich vorzustellen. Wo hätte Verena es getan?

Wahrscheinlich hatte sie die Tabletten in einem Getränk aufgelöst. Für den Mord, wenn es denn einer gewesen war, durfte es keine Beweise geben. Folge dessen musste sie verhindern, dass Levin stürzte. Er hätte sich dabei den Kopf aufschlagen und Blutflecken hinterlassen können. Verena war clever, dieses Risiko wäre sie nicht eingegangen. Levin hätte also sitzen oder liegen müssen.

Das Sofa im Wohnzimmer wäre ideal gewesen. Rebecca ging hinüber und betrachtete die Couch. Sie hielt inne und lauschte. Der Herbstwind rüttelte mit aller Kraft an den Fenstern und kroch mit unangenehmem Pfeifen durch die Ritzen. Keines dieser Geräusche kündigten die Rückkehr von Verena an. Wieder bereute Rebecca, dass sie ihr nicht hatte folgen können. Gerade deshalb musste sie diese Gelegenheit jetzt nutzen. Sie schüttelte ihr schlechtes Gewissen ab und suchte mit großer Sorgfalt nach Indizien für die geheimen Vorkommnisse in diesem Haus.

Rebecca hob die einzelnen Sofakissen an und tastete mit den Fingern in jeden Spalt. Sie stieß auf alte Chipskrümel und einen Stummel, der wohl mal ein Bleistift gewesen war. Was hatte sie erwartet? Selbst wenn Levin hier nach einem mit Tabletten versetzten Getränk eingeschlafen war, welche Spuren konnte es geben? Rebecca konnte nicht abschätzen, wie schnell das Medikament wirkte, wenn man es hoch dosierte. Wenn er noch beim Trinken eingeschlafen war, gab es vielleicht Getränkeflecken. Erneut suchte sie die Kissen ab, doch außer ein paar Strichen von fallengelassenen Kugelschreibern fand sie nichts. Keine getrockneten Getränkeflecken oder Hinweise, dass auf dem Stoff etwas ausgewaschen worden war. Sie sah sich weiter um. Auf dem Wohnzimmertisch stand ein Glas. Ein kurzer Blick genügte, um es auszuschließen, denn es wies Lippenstiftreste von Verena auf. Zielstrebig durchquerte Rebecca den Raum bis hinter den Küchentresen und riss die Geschirrspülmaschine auf. Es musste ein benutztes Glas da sein, in dem Rückstände zu finden waren! Mit klopfendem Herzen blickte Rebecca in den Innenraum. Ihren geflochtenen Zopf quetschte sie nervös zwischen Daumen und Zeigefinger hin und her.

"Das ist jetzt ein Scherz", murmelte sie verzweifelt. So unordentlich es hier auch war, in der Spülmaschine befand sich nicht ein einziges Teil. Auf der Arbeitsplatte stapelte sich das Geschirr. Verschmierte Teller, Schüsseln mit angeklebten Resten und dreckige Töpfe. In einem der Becher waren Reste von dunklem Kaffee erkennbar, aber Levin trank nur Kaffee mit viel Milch.

Die herumstehenden Gläser konnten nicht für das Schlafmittel benutzt worden sein. An allen befanden sich ebenfalls schwache Abdrücke des apricotfarbenen Lippenstifts von Verena. Auf einmal wurde Rebecca die Sinnlosigkeit ihrer Suchaktion bewusst. Niemand, der einen Menschen mit Schlaftabletten betäuben oder töten wollte, würde vergessen, das Glas abzuspülen. Verena hatte viele Schwächen, Dummheit gehörte sicher nicht dazu. Sie würde keine Spuren finden.

Ein Scheppern an der Haustür ließ Rebecca ruckartig herumfahren. Kam Verena schon zurück? Wie sollte sie ihre Anwesenheit hier rechtfertigen? Obwohl sie einen Schlüssel hatte, war sie kein willkommener Gast. Nach dem Streit vorhin blieb ihr nur eine Möglichkeit. Rebecca musste sich bei Verena für ihr Verhalten entschuldigen. Sie schluckte.

Rebecca suchte vorsichtshalber nach einem Versteck und überlegte fieberhaft Worte, mit denen sie Verena beschwichtigen konnte. Abrupt war es wieder still. Rebecca huschte mit klopfendem Herzen durch den Flur zum Gäste-WC und blickte vorsichtig durch das kleine Fenster nach draußen. Ein Postbote verließ mit eiligen Schritten das Grundstück, den Blick auf den Stapel mit Briefen gerichtet, den er in Händen hielt. Rebecca atmete erleichtert aus und ihr Herzschlag wurde ruhiger. Sie erinnerte sich an ihren Analysebericht zu einer desolaten Software, die sie vor zwei Wochen bei der Arbeit getestet hatte.

Langsam wird mein Systemzustand instabil, dachte sie zerknirscht.

Gestern im Büro hatte sie den ordnungsgemäßen Ablauf eines Bankenprogramms geprüft. Es berechnete den korrekten Steuerabzug bei ausländischen Dividendenzahlungen. Die berechneten Beträge waren entweder richtig oder nicht. Alles war nachvollziehbar. Rebecca liebte Computer. Sie hatten klare Strukturen und logischen Reaktionen. Nur einen Tag später schien ihrem Leben jede Ordnung zu fehlen. Ein absolut inakzeptabler Zustand.

Rebecca ignorierte die aufsteigende Angst, sowohl über die Situation als auch ihren aktuellen psychischen Zustand, und konzentrierte sich auf die Untersuchung des Raumes. Gedankenverloren kehrte sie zum Sofa zurück. Plötzlich blieb ihr rechter Fuß unter dem buntgestreiften Kurzflorteppich hängen. Rebecca stolperte gegen die Tischkante und verlor beinahe das Gleichgewicht, konnte sich aber im letzten Moment noch an der Sofalehne abstützen. Leise fluchend rieb sie ihr Schienbein, das vor Schmerz pochte.

Missmutig starrte sie auf den Boden. Die Ecke des Teppichs war umgeklappt. Gerade wollte Rebecca mit dem Fuß dagegen drücken, damit der dicke Stoff zurückfiel, da bemerkte sie es.

Ein Dielenbrett, das sonst darunter verborgen lag, war nun sichtbar. Rebecca kniete sich auf den Boden und betrachtete argwöhnisch die Diele. Etwas an diesem Bodenstück war ungewöhnlich. Aufmerksam inspizierte sie das Holz, konnte aber nichts entdecken. Ihre Arme kribbelten vor Aufregung. Sie spürte, dass hier etwas verborgen war. Mit der Hand fuhr sie über den Boden. Dann ertastete sie eine kleine Unebenheit. Rebecca jubelte auf.

Das Brett war eindeutig ein kleines Stückchen schief. Diese Auffälligkeit hatte ihre Aufmerksamkeit geradezu zwanghaft angezogen. Rebecca versuchte, die Kante mit den Fingernägeln zu fassen, rutschte aber immer wieder ab. Die Diele bewegte sich nicht. Vorsichtig drückte sie das tieferliegende Ende noch weiter nach unten. Mit einem kaum hörbaren Knarzen drehte sich das Holzstück wenige Zentimeter weiter. Unter dem erhobenen Ende war nun eine dunkle Vertiefung zu erkennen. Das kleine Dielenstück ließ sich wie ein

Deckel nach oben öffnen. Durch das Brett führte ein Metallstab, der seitlich fixiert war. Das untere Ende der losen Diele ragte am hinteren Ende in die Vertiefung hinein. Ein einfacher Mechanismus, der völlig ausreichte. Durch den darüberliegenden dicken Teppich war die Klappe ausreichend geschützt.

Ein Geheimversteck, dachte Rebecca überrascht, wer hätte das gedacht.

Sie blickte in den freigelegten Hohlraum. Er war bestimmt zwanzig Zentimeter tief.

Am Boden des Verstecks schimmerte etwas Helles. Rebecca griff hinein und tastete zuerst die Seiten ab. Das Versteck erstreckte sich über eine Breite von zwei Bodendielen, so dass Unterlagen im DIN á 4 Format bequem hineinpassten, wenn man sie zum Hineinlegen durch die engere Öffnung zusammendrückte.

Rebecca ertastete am Boden einem Stapel Papiere, den sie beim Öffnen nur als hellen Schimmer gesehen hatte, und zog ihn heraus.

Flüchtig blickte sie auf die Unterlagen, die mit Notizen in Verenas Handschrift übersät waren, und steckte sie in ihre Tasche. Rebecca hatte langsam das Gefühl, verschwinden zu müssen. Sie hoffte, Verena würde nicht gerade heute Abend den Inhalt ihres kleinen Verstecks prüfen.

Sie klappte die Diele wieder zurück und legte den Teppich darüber. Schlaftabletten und ein Geheimversteck mit Schriftstücken. Rebecca überlegte, was sie noch entdecken würde und ging durch den Flur. Plötzlich hatte sich hier alles verändert. Ihr Elternhaus schien Geheimnisse zu verbergen, ebenso Verena. Die Möglichkeit, dass Levin in Gefahr schwebte, schien immer realer zu werden. Sie blickte noch einmal mit dem schrecklichen Gedanken zurück, dass ihrem Vater vielleicht schon etwas Furchtbares zugestoßen war.

Rebecca schlich sich aus dem Haus, zog die Tür heran und schloss sorgfältig ab. Sie hoffte erneut, Verena würde von ihrem hinterlistigen Besuch an diesem Tag nichts erfahren. Doch die laute Stimme, die Rebecca schlagartig aus ihren Gedanken riss, erstickte jede Hoffnung auf Diskretion im Keim.

"Hallo, Rebecca", krähte es zu ihr herüber.

Sie fuhr erschrocken zusammen und wandte sich der Buchenhecke zu. Dahinter stand die Nachbarin. Rebecca ging auf sie zu und bemerkte, dass Frau Hullsten eine Hand stützend an den Rücken gelegt hatte. Sie versuchte einen mitfühlenden Tonfall vorzutäuschen.

"Immer noch die Bandscheiben?"

Im Stillen dankte sie Levin für diese Information. Wenn jemand wusste, was hier in der Straße vor sich ging, dann war es Frau Hullsten mit ihren grauen, dauergewellten Haaren und den stets wachsamen Augen.

"Ich bin eben nicht mehr die Jüngste, es dauert alles etwas länger. Aber solange ich den Garten noch machen kann, bin ich glücklich."

Rebecca blickte auf die frisch gepflanzte Heide neben dem unkrautfreien Weg. Ein ganz anderer Anblick als die ungepflegte Wiese, auf der sie selbst gerade stand.

"Die Chrysanthemen stehen noch in der Garage, die muss ich nachher dringend einpflanzen. Aber erst koche ich mir eine Kleinigkeit zu Mittag. Ich habe ja nicht mehr so den Appetit, wissen Sie."

Rebecca bekam die Worte der Nachbarin kaum mit. Ihre Gedanken schweiften zu den Papieren in ihrer

Tasche, den Schlaftabletten und den Geheimnissen, die dieses Haus umgaben.

"Ihre Mutter hat dort drüben ein neues Beet angelegt. Die Kraft habe ich nicht mehr." Frau Hullsten reckte den Hals und blickte über die Hecke herüber. Rebecca war plötzlich hellwach und folgte ihrem Blick. An der Stelle hatte der Foxterrier Fiete vorhin gescharrt, bis Verena ihn lautstark vertrieben hatte. Skeptisch betrachtete Rebecca das rechteckige Beet, an dessen schmalem Ende ein kleiner Strauch eingepflanzt worden war. Weitere Pflanzen gab es nicht. Das umgegrabene Rechteck mit dem kleinen Busch am Kopfende wirkte verstörend. Es sah wie ein Grab aus, dessen Grabstein von den Blättern des Strauches verhüllt wurde. Ein Frösteln kroch über ihren Rücken.

Frau Hullsten tat ihren Unmut weiter kund.

"Und dann so ein großes Beet. Für so einen kleinen Ginkgo. Die soll man ja auch eigentlich im Frühjahr pflanzen. Frau Gettner, sie wohnt am Ende der Straße, hat letztes Jahr einen gepflanzt. Im Frühjahr. Der ist sehr gut gekommen."

Rebecca fühlte einen leichten Schwindel und kreiste mit den Fingerspitzen um ihre Schläfen. Was war hier nur in den letzten Tagen passiert?

"Manchmal ist Verena ziemlich spontan." Sie kniff sich ein Lächeln ab, obwohl die Angst ihr die Kehle zuschnürte. "Wann hat sie es denn angelegt?" Rebecca atmete tief ein. Wenn das Beet nach dem Verschwinden ihres Vaters angelegt worden war, dann war es möglich, dass sein toter Körper hier vergraben lag. Rebecca schluckte, ihr war immer noch schwindelig. Mit den Händen rieb sie über ihre Oberschenkel, um ihren Kreislauf in Schwung zu bringen.

Durchdrehen war absolut keine Option.

"Das weiß ich nicht." Frau Hullsten schüttelte unwissend den Kopf, so dass ihre grauen Locken wippten.

Rebecca biss sich auf die Lippen. Smalltalk war nicht gerade ihre Stärke, sie musste aber unbedingt erfahren, was die redselige Nachbarin gesehen oder gehört hatte.

„Ich wollte ihr Frühlingszwiebeln schenken und wüsste gern, ob sie schon welche neben diesem Ginkgo eingepflanzt hat. Platz ist ja noch genug. Verena hat Ihnen nichts erzählt?" Rebecca versuchte, das Zittern ihrer Stimme zu unterdrücken.

"Ich habe nicht gesehen, ob sie noch Zwiebeln gesetzt hat. Das Beet liegt ja auch ein wenig versteckt." Das Missfallen in der Stimme der Nachbarin war nicht zu überhören. „Bei dem Wetter bin ich auch nicht viel draußen. Die letzten beiden Tage habe ich viel ferngesehen."

"Ich muss dann mal wieder los." Rebecca hatte keine Geduld mehr für das Getratsche der älteren Dame. Von ihr würde sie nichts mehr erfahren.

Die Nachbarin ging mit schlurfenden Schritten über ihre Terrasse. Von dort hatte sie die vordere und seitliche Front des Nachbarhauses gut im Blick. Frau Hullsten verschwand durch die Terrassentür im Haus.

Minutenlang starrte Rebecca regungslos auf das sorgsam umgegrabene Stückchen Erde, das auf dem ungepflegten Grundstück so deplatziert wirkte.

Mit zittrigen Knien verließ sie das Grundstück. Plötzlich wurde ihr die schreckliche Tragweite ihrer Fantasien bewusst. Bisher waren es Theorien gewesen, die sie mittels der vorliegenden Fakten ersonnen hatte. Durch dieses merkwürdige Beet und dem Gespräch mit der Nachbarin, nahm diese absurde Idee erschreckend reale Formen an.

War Verena fähig, einen Menschen zu töten? Hatte sie Levin umgebracht und in ihrem eigenen Garten verscharrt?

Der Gedanke war keine bloße Theorie, kein mögliches Szenario mehr. Er war ein Stich mitten ins Herz.

Dieser schreckliche Gedanke raubte ihr alle Kraft. Panisch umklammerte Rebecca den gemauerten Torpfosten an der Grundstückseinfahrt. Alles um sie herum drehte sich. Rebecca beugte sich vorn über, kämpfte gegen den Schwindel und die schmerzhaften Magenkrämpfe. Blass und zitternd versuchte sie verzweifelt, die Kontrolle über ihren Körper zurückzuerlangen.

Rebecca rappelte sich auf und schlich mühsam vorwärts. Wenige Schritte weiter übergab sie sich, direkt vor der Buchenhecke der Nachbarin. Würgend und blubbernd ergoss sich ihr Mageninhalt auf die Hecke, direkt neben das Schild mit dem durchgestrichenen Hund, der einen großen Haufen machte. Es sind alles nur Spekulationen, wiederholte sie in Gedanken immer wieder, bis die Panik nachließ.

Rebecca wischte sich den Mund mit einem Taschentuch ab. Dann wühlte sie in ihrer Tasche nach einem Kaugummi. Sie zog einen Streifen aus der Packung, der ihren zitterigen Händen entglitt und auf den Gehweg fiel. Stöhnen hob Rebecca ihn auf, wickelte den Kaugummi aus und steckte ihn in den Mund. Mit geschlossenen Augen spürte sie den erfrischenden Geschmack von Minze. Rebecca schleppte sich zu ihrem Auto und lehnte sich an die Fahrertür.

Kalter Schweiß stand auf ihrer Stirn. Konnte es wirklich sein, dass Levin tot war?

War es möglich, dass Verena ihn mit Schlaftabletten betäubt und dann in diesem Beet verscharrt hatte? Verena war keine Mörderin. Trotzdem ging ihr diese Möglichkeit nicht aus dem Kopf. Wie sonst ließen sich Verenas Worte erklären, sie habe Levin weggebracht und es gäbe keine Beweise? Rebecca zweifelte nicht daran, dass Verena von Levin gesprochen hatte, auch wenn sein Name nicht genannt worden war. Am liebsten hätte Rebecca sofort eine Schaufel geholt und dieses verdammte Beet aufgebuddelt. Nur um sicher zu sein, dass Paps nicht dort verscharrt lag. Und um diesen erschreckenden und irrsinnigen Gedanken aus dem Kopf zu bekommen.

Es wäre ihr bestimmt gelungen, einen günstigen Zeitpunkt zu finden, wenn Verena für längere Zeit aus dem Haus war. Dank ihrer zweifelhaften Idee, die neugierige Nachbarin drauf aufmerksam zu machen, würde Rebecca sich diesem Beet nicht unbeobachtet nähern können. Geschweige denn, darin herumgraben und nach Beweisen für ein Verbrechen suchen. Frau Hullsten würde die nächsten Tage aufmerksam jede Regung auf diesem Grundstück beobachten.

Ihre bisherigen Nachforschungen hatten mehr Fragen aufgeworfen als gelöst. Von ihren Hirngespinsten einmal völlig abgesehen. Rebecca schüttelte den Kopf, als ließen sich die wirren Gedanken dadurch vertreiben, und stieg in ihren Wagen ein.

Vielleicht enthielten die Zettel, die sie aus dem Geheimversteck entwendet hatte, hilfreiche Informationen. Die Neugierde war groß. Ihr frisch entleerter und jetzt knurrender Magen hielt Rebecca aber davon ab, die Papiere gleich hier durchzusehen. Außerdem fühlte sie die Blicke von Frau Hullsten auf sich gerichtet. Die Gute würde bestimmt auch vor dem Einsatz eines Fernglases nicht zurückschrecken, überlegte Rebecca. Sie startete den Motor und machte sich auf den Heimweg.

Frau Hullsten sah der jungen Frau nach, die mit schnellen Schritten das Grundstück verließ. Sie hatte sich verändert. Ihre Gesichtszüge waren reifer geworden, hatten aber immer noch diese charismatische Ausstrahlung. In ihren Augen lag die gleiche Traurigkeit wie in denen ihrer Mutter.

Frau Hullsten setzte seufzend den Wasserkocher auf und starrte auf das Nachbarhaus hinüber, das nun wieder verlassen da lag. Sie kannte Rebecca von Kindheit an. Dieses Mädchen war schon immer sehr dickköpfig gewesen.

Frau Hullsten war unsicher gewesen, wie sie ihr begegnen sollte. Rebecca war nicht die Einzige, die sie für eine einsame alte Frau hielt, die sich mit dem Gerede über die Nachbarschaft über den Tag rettete, weil sie sonst nur ihren Garten und ihren Hund hatte. Was andere Leute von ihr dachten, störte sie nicht. Obwohl es schon stimmte, dass sie Dinge wusste, die andere lieber verbergen wollten. Sie hatte sich entschlossen, für Rebecca die garstige Nachbarin zu spielen. Es war ihr leichter gefallen, als sie direkt anzulügen. Obwohl sie sich wünschte, dass Rebecca endlich alles verstehen durfte, lag diese Entscheidung nicht bei ihr.

Mit Verena verband sie eine tiefe, aber geheime Freundschaft. Es war ein Zufall gewesen, ein falsch zugestellter Brief. Erst nach dem Öffnen hatte sie gesehen, dass er für Frau Friedrichsen von nebenan bestimmt gewesen war. Der zurückhaltenden Nachbarin, mit der sie nie mehr Worte als einen kurzen Gruß gewechselt hatte. Frau Hullsten hatte die Zeilen gelesen. Dieser Brief hatte eine Wahrheit offenbart, die sie nie hätte erfahren sollen. Zuerst hatte sie es nicht glauben können, hatte fassungslos das Schreiben in der Hand gehalten. Alles ergab einen Sinn. Die vielen Reisen Verenas oder ihre eigenbrötlerische Art. Mit einem unguten Gefühl war sie zum Nachbarhaus gegangen, hatte das Schreiben übergeben und sich entschuldigt. Frau Hullsten hatte damals einen großen Streit erwartet, Vorwürfe, wie sie dazu käme, fremde Post zu lesen. Das Gegenteil war eingetreten. Die Frauen hatten ein langes Gespräch geführt, dem viele weitere gefolgt waren. Es war eine innige Freundschaft entstanden. Sie hatte bald gemerkt, wie sehr sich Verena danach sehnte, offen mit jemandem, mit einer Frau, über ihre Lage sprechen zu können und war ihr seit diesem Tag eine treue und verschwiegene Freundin. Sie wusste auch all die Dinge, die Rebecca nicht einmal erahnte. Natürlich hatte die junge Frau aufgrund Verenas Verhaltens eine schwierige Beziehung zu ihrer Mutter, das war abzusehen gewesen. All die Wut und die Traurigkeit waren verständlich, aber so unglaublich unberechtigt. Wann kam dieses intelligente Mädchen endlich auf die Idee, dass sich hinter den Mauern ihres Elternhauses mehr verbarg, als die Gefühllosigkeit der Mutter?

Frau Hullsten goss das kochende Wasser in die Thermoskanne, wobei die Fensterscheibe leicht beschlug. Der Duft von Pfefferminze zog durch die Küche. Unzählige Male hatte sie Verena bekniet, ihrer Tochter die Wahrheit zu erzählen. Verena hatte es nicht gewollt. Ihre Gründe waren nachvollziehbar, trotzdem war Frau Hullsten anderer Meinung gewesen. Dieses Mädchen hasste ihre Mutter und das war nicht richtig. Wann würde sie endlich erkennen, dass Verena einer der bewundernswertesten Menschen auf dieser Welt war? Wann würde sie von ihrer Gutherzigkeit erfahren dürfen? Eine Tochter sollte wissen, was die Mutter für ein Mensch war. Sie schüttelte traurig den Kopf und ging mit ihrem Tee ins Wohnzimmer. Jemand sollte diesem Mädchen endlich die Wahrheit sagen, damit sie alles verstehen konnte. Aber dies war nicht ihre Aufgabe. Nicht heute und auch an keinem anderen Tag.

Samstagabend

Rebecca lenkte ihren Wagen aus dem Wohngebiet und bog rechts auf die Hauptstraße in Richtung Stadt ein. Kaum hatte sie das Hamburger Stadtgebiet erreicht, zogen dunkle Wolken auf und es begann zu regnen. Die Scheibenwischer kämpften mühsam gegen die großen Tropfen an, die träge auf der Windschutzscheibe zerplatzten.

Der Tag kam ihr unendlich lang vor und sie war erschöpft. Rebecca gähnte. Es fiel ihr zunehmend schwer, sich auf den Verkehr zu konzentrieren. Ihr Kopf dröhnte und die Gedanken rasten wirr durcheinander. Zwanzig Minuten später erreichte sie das zweistöckige Haus, in dem ihre Wohnung lag.

Sie entdeckte ihren Nachbarn, der gerade in sein parkendes Auto einstieg. Rebecca wartete einen Moment, bis er weggefahren war. Es gab nur fünf Stellplätze vor dem Haus, die meist belegt waren. Dankbar, nicht mehrfach die Straße abfahren zu müssen, bog sie in die Lücke ein.

Rebecca lief die Treppe nach oben. Wenn ihr Kreislauf etwas angekurbelt wurde, verschwand vielleicht auch die lähmende Müdigkeit.

Kaum hatte sie den Schlüssel ins Schloss gesteckt, hörte sie das gewohnte leise Klackern von Pfoten auf dem Laminat des Flurs.

"Hey, Bug. Na, hast du mich schon vermisst?" Rebecca betrat ihre Wohnung. Der schwarze Kater mit der süßen weißen Zeichnung im Fell, strich um ihre Beine. Seine glänzenden blauen Augen blickten zu ihr hoch. Rebecca beugte sich zu ihm hinunter und strich über sein samtweiches Fell. Der Kater schnurrte genießerisch. Bug verdankte seinen Namen Rebeccas anfänglicher Unsicherheit, ob die Anschaffung einer Katze ein Fehler, im Computerjargon Bug, gewesen war. Dieses Gefühl war absoluter Liebe gewichen, seit der Kater ein T-Shirt zerfetzt hatte, das ein Ex-Freund bei ihr vergessen hatte. Seitdem wusste Rebecca, dass dieses Tier ihr ein zuverlässiger Lebenspartner sein würde.

"Wollen wir was essen, Bug?"

Der Kater maunzte fröhlich und tänzelte erwartungsvoll in die Küche.

Er setzte sich vor seinen Futternapf, reckte das Kinn. Fünf Jahre war dieser Kater schon ihr Begleiter und Rebecca hüpfte immer noch das Herz vor Freude, wenn er einfach nur dasaß und sie anblickte.

Rebecca stellte ihren Kaffeeautomaten an und entschied sich für einen Espresso. Ohne einen kleinen Koffeinschub konnte sie keinen klaren Gedanken fassen, auch wenn ihr Magen knurrend nach fester Nahrung verlangte.

Bug kommentierte diese unerwünschte Verzögerung durch klägliches Miauen, bis Rebecca eine Portion

Trockenfutter in seinen Napf kullern ließ. Der Kater hockte sich über seine Mahlzeit und schmatzte genüsslich.

Rebecca prüfte den Inhalt ihres Kühlschranks und holte Kartoffelscheiben vom Vortag, eine Zucchini und den Rest einer Lauchstange heraus. Sie schnitt das Gemüse klein und gab es in eine Pfanne, in der es zischend anbriet. Dann stieg das köstliche Aroma von Lauch empor und kündigte die baldige Mahlzeit an. Rebecca zupfte Kräuterzweige aus den Töpfen von der Fensterbank, hackte sie auf einem großen Holzbrett klein und gab sie mit einem Löffel voll Crème fraîche zu dem Gemüse.

Sie setzte sich an den kleinen Küchentisch und stocherte in dem Essen herum. Ihre Gedanken waren schon bei den Unterlagen. Was auch immer sie gleich finden würde, erforderte einen klaren Kopf und einen gefüllten Magen. Rebecca aß schnell auf, ließ den leeren Teller auf dem Tisch stehen und ging ins Wohnzimmer. Bug hatte sich schon herübergeschlichen und döste auf seiner kuscheligen Lieblingsdecke, die auf dem Sofa lag. Zwischen den Pfoten klemmte seine zerschlissene Stoffmaus Molli.

Rebecca setzte sich neben ihn und strich über die weiße Fellzeichnung, die sich von der Nase bis zwischen die Augen hochzog. Rebecca genoss die Streicheleinheiten ebenso sehr wie ihr Kater. Bug schnurrte und drückte sich an Rebeccas Oberschenkel.

Für einen Moment ließ sie alle Gedanken fallen und konzentrierte sich nur auf die Wärme des Katers, der so sorglos neben ihr schlummerte. Während sie Bug die Brust kraulte, beugte sie sich zum Glastisch vor und griff nach dem Telefon. Die Papiere, die sie bei Verena gefunden hatte, mussten warten. Sie dachte an die wenigen Freunde, die Levin hatte. An wen, außer sie selbst, hätte er sich gewandt, wenn er Hilfe benötigte oder einfach einen Platz zum Schlafen?

Burkhard Schönau war der Erste, der ihr einfiel. Er hatte mit Levin zusammen studiert und seitdem waren sie befreundet. Er lebte mit seinem Lebensgefährten und zwei oder drei Hunden in Lübeck. Mehr wusste Rebecca nicht von ihm. Zuletzt hatten sie sich an Levins Geburtstag gesehen. Rebecca durchsuchte die gespeicherten Kontakte auf ihrem Smartphone und war erstaunt, dass sie seine Nummer fand. Dann erinnerte sie sich, dass Levin ihr die Nummer gegeben hatte, als er vor vier Jahren mit Burkhard ein Herren-Wochenende verbracht hatte.

"Schönau", meldete sich eine fröhliche Stimme.

"Hallo Burkhard. Hier ist Rebecca Friedrichsen, die Tochter von Levin."

"Rebecca, wie schön, einen Anruf von einer jungen Dame zu bekommen, die mir zur Abwechslung nichts verkaufen möchte." Er kicherte. Im Hintergrund bellte ein Hund.

"Levin ist verschwunden. Ist er bei dir oder hattest du in letzter Zeit Kontakt zu ihm?"

Sein lautes Ausatmen pfiff durch die Leitung.

"Du glaubst, ihm ist etwas passiert?"

Rebecca schluckte. "Hat er sich bei dir gemeldet?"

"Wir haben vor einigen Wochen zuletzt gesprochen, da schien alles in Ordnung. Mir ist an Levin nichts Außergewöhnliches aufgefallen. Aber warte mal."

Rebecca hörte Stimmen im Hintergrund, kurz darauf nahm Burkhard wieder das Gespräch an.

"Nein, er hat hier nicht angerufen, auf dem Anrufbeantworter ist auch nichts. Tut mir leid. Kann ich irgendetwas tun?"

„Nein." Rebecca zögerte kurz. „Danke."

„Bitte melde dich, wenn er von sich hören lässt."

Rebecca beendete das Gespräch.

Sie rief noch zwei weitere Bekannte ihres Vaters an. Niemand hatte mit Levin in den letzten Tagen Kontakt gehabt. Nach diesen drei Telefonaten wusste Rebecca nicht, wen sie noch ansprechen sollte. Er war in keinem Verein, machte auch keinen Sport. Er hatte nur seine Arbeit. Dann kam ihr eine Idee.

Seine Arbeitskollegen hatten ihn am Freitag bestimmt noch gesehen. Sie müssten wissen, ob es an diesem Tag besondere Vorfälle gegeben hatte oder er sich auffällig benommen hatte. Mit hoher Wahrscheinlichkeit war er zuletzt mit seinen Kollegen zusammen gewesen. Von Verena abgesehen, aber auf deren Informationen konnte sie sich offensichtlich nicht verlassen.

Am heutigen Samstag war *Silber-Stein* geschlossen. Rebecca würde diese Gespräche auf Montag verschieben müssen. Sie nahm den Kater hoch und drückte ihr Gesicht nachdenklich an Bugs weichen Bauch. Hoffentlich hatte sich bis dahin der ganze Spuk in Luft aufgelöst.

Rebecca griff nach dem Laptop, suchte die Telefonnummern der umliegenden Krankenhäuser heraus und notierte diese auf einem Zettel. Mit einem komischen Gefühl wählte sie die ersten Ziffern. Eine Telefonistin mit rauchiger Stimme meldete sich und legte den Anruf in die Warteschleife. Jazzmusik ertönte. Rebecca trommelte mit den Fingern auf Bug herum, der sich mit lautem Fauchen beschwerte. Die Mitarbeiterin teilte ihr kurz darauf mit, dass niemand mit dem gesuchten Namen eingeliefert worden war und beendete das Gespräch. Die Auskünfte der anderen Krankenhäuser waren identisch. Rebecca war erleichtert, dass er in keiner Klinik lag. Trotzdem war sie ihm oder den Gründen für sein Verschwinden noch keinen Schritt nähergekommen.

Sie richtete sich auf. Bug blickte sein Frauchen vorwurfsvoll an. Dann schnappte er sich seine Stoffmaus und verschwand in dem Korb seines Kratzbaumes, der in der Zimmerecke neben dem Wohnzimmerschrank stand.

Rebecca ging in den Flur und bemerkte den unangetasteten Espresso, der noch in der Küche stand. Sie trank den inzwischen kalten Kaffee und verzog angewidert das Gesicht. Am Garderobenständer im Flur hing ihre Tasche. Rebecca öffnete sie und zog die Papiere heraus.

Auf dem Couchtisch breitete sie die Unterlagen aus. Es waren Ausdrucke, Notizzettel und ein kleiner Block, übersät mit Notizen in Verenas krakeliger Handschrift.

Rebeccas Blick schweifte über die Papiere. Warum versteckte Verena ihre Notizen und vor wem?

Sie griff zuerst nach dem Notizblock. Als sie ihn hochhob, fielen drei kleine Blätter heraus und flatterten zu Boden. Rebecca hob sie auf. Es waren Fotos.

Die Aufnahmen waren unscharf, eine davon stark verwackelt. Bei der hohen Auflösung, die Handys und Digitalkameras inzwischen hatten, waren diese entweder mit einem Steinzeit-Modell aufgenommen worden oder der Fotograf hatte kein Interesse an guten Bildern gehabt.

Rebecca sah sich neugierig das erste Foto an.

Es zeigte einen Raum, vielleicht war er Teil einer Lagerhalle. Die Wände waren schmutzig, die Fensterscheiben schienen zerbrochen zu sein, genau war es nicht zu erkennen. In den Raum drang kaum Licht ein. Auf dem Betonboden kauerten mehrere Personen, die sich tief nach vorne gebeugt hatten. Rebecca bekam schon beim Anblick dieser Haltung Rückenschmerzen.

Das nächste Bild zeigte den gleichen Raum. Jetzt erkannte sie, dass die Personen über niedrige Tische gebeugt waren. Was sie taten, war nicht zu erkennen. Das Foto hatte eine große dunkle Stelle, als hätte jemand einen Finger vor die Linse gehalten. Wer machte derart dilettantische Aufnahmen? Waren sie heimlich gemacht worden? Das würde die schlechte Qualität erklären.

Das dritte Foto war ein Portrait. Keine Profiaufnahme, aber schärfer und besser belichtet als die vorherigen. Rebecca stockte der Atem. Die Personen auf dem schmutzigen Boden waren Kinder! Ein etwa achtjähriger asiatischer Junge blickte in die Kamera. Seine Lippen waren trocken und eingerissen. Ein schmutziges T-Shirt bedeckte seine nach vorn gekrümmten Schultern. Seine dunklen Augen starrten leblos aus einem Gesicht, das starr wie eine Maske war. Bedrückt sah Rebecca diesen Jungen an. Sein trauriger Blick war erschreckend, aber kein Ruf nach Hilfe. Dieses Kind hatte resigniert und jede Hoffnung bereits aufgegeben. Die Augen dieses Jungen waren wie tot.

Rebecca schluckte. Woher kamen diese fürchterlichen Aufnahmen?

Benommen starrte sie auf die Fotos. Der Anblick dieses Jungen ließ sie nicht los, trotzdem konnte sie es nicht aushalten, die Bilder noch länger anzusehen. Rebecca riss eine Schublade des Wohnzimmerschrankes auf und wühlte darin herum. Endlich fand sie einen Briefumschlag und stopfte die Fotos hinein.

Auf dem Tisch lagen die Notizen und warteten darauf, durchgesehen zu werden. Sie hoffte, dort eine Erklärung für die Fotos zu finden. Froh, die Bilder nicht mehr ansehen zu müssen, griff Rebecca nach den Seiten und überflog den kurzen Text.

Fotos auf Schreibtisch konnte sie entziffern, darunter *Taiwan?*. Auf dem Block war *M = VnT, erneut kontaktieren, w. A. bekannt* notiert. Rebecca runzelte die Stirn. Was sollte das bedeuten? Bei der kurzen Notiz war ein Datum vermerkt. Vierter November. Rebecca stutzte. Das war erst gestern gewesen. Es war der Tag, an dem ihr Vater verschwunden war. Standen diese Fotos mit seinem Verschwinden in Zusammenhang?

Ungläubig blätterte sie weiter. Es folgten leere Seiten, schließlich fand sie noch weitere Notizen. Auch diese waren mit einem Datum versehen. Es lag fast ein Jahr zurück. Verena war diesbezüglich sehr sorgfältig gewesen. Jeder Ausdruck, jede Notiz war rechts oben datiert. Rebecca sortierte alles auf einen Stapel, das älter als ein Jahr war. Bis auf die gestrigen Zeilen schien alles zusammenzugehören. Rebecca wurde wütend. Sie hatte das Gefühl, Zeit zu verschwenden. Sie wollte so schnell wie möglich ihren Vater finden. Statt ihn zu suchen, sortierte sie Notizen von Verena. Rebecca presste ihre Kiefer aufeinander.

Alles in ihr sträubte sich dagegen, diese geheimnisvollen Unterlagen von Verena anzusehen. Rebecca wollte sich weder mit ihr, noch mit ihren Unterlagen beschäftigen. Alte Aufzeichnungen interessierten sie nicht. Konnte es überhaupt einen Zusammenhang geben zwischen Vorfällen aus dem letzten Jahr und den heutigen Ereignissen? Rebecca hielt es für unwahrscheinlich.

Frustriert ging sie in die Küche, holte sich ein Glas aus dem Schrank und füllte es mit Mineralwasser. Aus dem Kühlschrank holte sie eine Flasche Zitronensaft und gab einen Spritzer hinein. Nachdenklich lehnte sie sich an die Arbeitsplatte, blickte aus dem Fenster und trank.

Die gefundenen Unterlagen verursachten ihr eine unerträgliche innere Unruhe. Sie sollte keine Zeit damit verschwenden, sich um die Angelegenheiten von Verena zu kümmern. Diese Frau führte ihr eigenes Leben und Rebecca wollte damit so wenig wie möglich zu tun haben.

Bisher hatte sie nichts herausfinden können. Es gab keine weiteren Anhaltpunkte, warum Levin verschwunden war oder wo er sich aufhielt.

Sie durfte nichts unversucht lassen, ihren Vater zu finden. Verena hatte diese merkwürdigen Unterlagen in einem Geheimfach versteckt. Widerwillig musste Rebecca sich eingestehen, dass sie nur eine Möglichkeit hatte. Diese Unterlagen waren über ein Jahr alt, aber sie mussten von großer Bedeutung sein. Bestand ein Zusammenhang zwischen den Personen, die davon betroffen waren und Levin? Dann hätte sie eine verdammt heiße Spur. Rebecca wandte sich hin und her.

"Verdammt." Rebecca stellte ihr Glas mit so viel Schwung auf die Arbeitsfläche, dass ein Schluck überschwappte. Sie hastete ins Wohnzimmer zurück. Die Unterlagen ließen ihr keine Ruhe.

"Ich gucke mir deinen Mist hier nur ganz kurz an", zischte sie und griff nach den ersten Zetteln.

Rebecca begann die Namen auf einer Liste zu lesen. Sie hielt eine Zusammenstellung von etwa dreißig

Politikern aus verschiedenen Bundesministerien in der Hand. Viele waren ihr aus der Presse bekannt. Wieso war Verena im Besitz so einer Liste? Sie blätterte weiter. Geldbeträge, Namen von Kreditinstituten im In- und Ausland, IBAN-Nummern und Daten verschwammen vor ihren Augen. Aufmerksam studierte Rebecca die Listen und Grafiken. Hunderte Zahlungen waren aufgeführt, verschiedene Zahlungsströme detailliert nachverfolgt. Neugierig blätterte sie zwischen den Seiten hin und her. Es waren Zusammenfassungen. Die Erstellung musste mit Hilfe von Unmengen an Daten erfolgt sein und eine unglaubliche Zeit in Anspruch genommen haben. Rebecca drehte ihren Zopf umeinander. Woher auch immer diese Informationen stammten, die Quellen waren ganz sicher nicht legal. Diese Art von Daten fand man nicht im Internet oder auf den Seiten von Behörden. Dies alles kam ihr bekannt vor, Rebecca konnte es aber nicht zuordnen. Ihre Erinnerung war wie blockiert.

Verwundert blätterte Rebecca weiter. Kopien von Kontoauszügen und Namen von hochrangigen Politikern.

Es gab mehrseitige Auflistungen über Gelder, die über verschiedene Zwischenkonten geleitet wurden. Die Konten der dubiosen Empfängerfirmen lagen auf den Caymaninseln, Panama oder den Seychellen.

Was hatte Verena mit Zahlungen von Politikern zu tun? Rebecca bekam den Knoten nicht aus ihrem Kopf. In welchem Zusammenhang hatte sie etwas von Geldzahlungen von Politikern gehört? Sie las aufmerksam die Namen und die dazugehörigen Anmerkungen zu den empfangenen oder geleisteten Zahlungen. Dann stieß sie auf einen handschriftlichen

Vermerk auf einer der ausgedruckten Tabelle. Rebecca stockte der Atem.

Wenn diese Personen derartige Geheimnisse haben, dürfen wir Ihnen dann erlauben, unseren Staat zu lenken?, war dort in Verenas krakeliger Schrift vermerkt.

Rebecca ließ die Blätter zu Boden gleiten und stürzte zu dem weißen Schrank, in dem drei Regale mit Büchern gefüllt waren. Zielstrebig griff sie zu einer Ausgabe mit leuchtend rotem Buchrücken und zog sie heraus.

Die aufschlussreichen Finanzströme unserer Politiker umfasste etwa dreihundert Seiten. Es war vor sechs Wochen erschienen und hatte umgehend die Bestsellerlisten angeführt. Die Frankfurter Buchmesse hatte Ende letzten Monats stattgefunden. Dort waren ganze Diskussionsrunden um dieses Buch und den Themenbereich Korruption geführt worden.

Die Bevölkerung war schockiert gewesen. Eine Welle der Erkenntnis hatte das Land überspült und einen Schock über die Unehrlichkeit der Bundespolitiker und deren finanziellen Machenschaften ausgelöst. Drei Minister waren umgehend zurückgetreten. Die Nachrichten berichteten täglich über die aktuellen Ermittlungen der Staatsanwaltschaft.

Warum war sie nicht sofort darauf gekommen? Rebecca hatte dieses Buch mit Interesse gelesen und den Mut der Autorin bewundert, solch umfangreichen Skandal zu recherchieren und an die Öffentlichkeit zu bringen.

Rebecca schloss kurz die Augen. Dann schlug sie es auf und las das Vorwort von der Autorin Emilia Brodersen. Es endete mit den Worten *Wenn diese Personen derartige Geheimnisse haben, dürfen wir ihnen dann erlauben, unseren Staat zu lenken?*

Fassungslos blickte Rebecca auf die gedruckten Zeilen. Die kurzen Texte waren identisch. Die versteckte Notiz von Verena war identisch mit dem Vorwort der Autorin! Hatte Verena irgendetwas mit der Veröffentlichung dieses Buches zu tun? Sie sah zum Sofa herüber, vor dem die eben fallengelassenen Papiere auf dem Boden lagen. Sie ging hinüber, durchsuchte die Zettel nach der Randnotiz.

Rebecca blätterte in dem Buch nach einer Vita oder einem Foto, doch es gab lediglich eine Übersicht weiterer Veröffentlichungen der Verfasserin.

Es waren alles Bücher, die Skandale aufgedeckt hatten. Die meisten kannte Rebecca zumindest durch Erwähnungen in der Presse. Sie erinnerte sich, dass aufgrund dieser Publikationen in den letzten Jahren einige Dinge an die Öffentlichkeit gelangt waren, die vielen Personen aus Politik und Industrie mehr als unangenehm waren, oft sogar Ermittlungen der Staatsanwaltschaft nach sich gezogen hatten.

Rebecca verglich das Zitat und die Daten. Wie hatte Verena diesen Satz notieren können, bevor das Buch erschienen war? Möglicherweise arbeitete Verena für den Verlag, überlegte Rebecca. Ihre Aufgabe war es gewesen, das Vorwort für die Autorin zu formulieren oder werbewirksam umzuschreiben. Rebecca sträubte sich dagegen, die naheliegende Schlussfolgerung zu ziehen und griff nach dem Laptop, der im Fach ihres Couchtisches stand. Sie tippte im Internet den Namen der Autorin ein und ließ sich die Bildtreffer anzeigen. Es gab kein Foto von der Autorin. Rebecca rief Seiten von Preisverleihungen auf, denn Emilia Brodersen hatte einige Auszeichnungen für ihre Arbeiten erhalten. Die Autorin schien sich vor der Öffentlichkeit zu verstecken.

Rebecca erinnerte sich, dass kurz nach Veröffentlichung des letzten Buches in mehreren Talk-Shows darüber gesprochen wurde. Im Fernsehen war die Autorin nie selbst erschienen. Stets wurde sie, wie auch bei Preisverleihungen, durch Mitarbeiter des Verlages vertreten. Diese erzählten, dass Emilia Brodersen von der Öffentlichkeit zurückgezogen lebte, um bei weiteren Recherchen unerkannt bleiben zu können. Es gab so gut wie keine Informationen über diese Person. Meist war ein Thomas Meurer derjenige gewesen, der die Autorin vertreten hatte. Die spärlichen Daten, die sie über Emilia Brodersen im Netz finden konnte, erschienen ihr gefälscht.

Die Identität der Journalistin sollte mit aller Macht geheim gehalten werden.

Rebecca drehte nervös ihren Zopf um die Finger. Enttäuscht und durcheinander recherchierte sie weiter im Internet. Auch in den Veröffentlichungen über die Frankfurter Buchmesse waren keine weiteren Informationen über die Bestsellerautorin zu finden. Es gab lediglich Verweise auf bisher erschienene Titel und den Hinweis, dass die Autorin unter einem Pseudonym veröffentlichte.

Rebeccas Gedanken kreisten um den Satz, der in den Notizen und im Vorwort des Buches aufgetaucht war. Es war unglaublich. Der Gedanke war absurd. Sie stand auf und ging in den Flur. Unschlüssig trippelte sie von einem Bein auf das andere, betrat schließlich das Schlafzimmer. Rebecca öffnete das Fenster, riss die Bettdecke hoch und schüttelte sie aus. Schwungvoll ließ sie die Decke auf die Laken fallen und sank aufs Bett.

Konnte es wirklich sein, dass Verena, die einfache Buchhalterin, eine Bestsellerautorin war? Und war somit alles, was Rebecca über das Leben von Verena wusste, eine Lüge?

Es schien so lächerlich. Verena hatte sich nie für soziale Projekte engagiert. Selbst der jährliche Weihnachtsbasar in der Schule war damals regelmäßig ohne ihre Beteiligung durchgeführt worden. Verena hatte es nicht einmal geschafft, einen Kuchen beizusteuern.

War sie ihr Leben lang von Verena angelogen worden? Rebecca schleppte sich ins Wohnzimmer zurück. In Gedanken ging sie ihre Kindheit durch. Verenas Beruf war in der Familie kaum thematisiert worden und Rebecca hatte nie gefragt. Verena arbeitete als freiberufliche Buchhalterin, hatte im Dachgeschoss des Hauses ein provisorisches Büro gehabt. Es zu betreten war Rebecca immer verboten gewesen. Als Kind hatte sie ein einziges Mal hineinschleichen wollen, musste dabei aber feststellen, dass das Zimmer abgeschlossen war. Rebecca ließ sich auf ihr Sofa sinken und stützte den Kopf in die Hände.

Mehrfach im Jahr war Verena auch für länger fort gewesen. Ein paar Tage, mal eine Woche. Sie hatte von Fortbildungen gesprochen oder von Terminen bei Kunden, die in Süddeutschland ihren Firmensitz hatten. War dies alles eine Scheinidentität gewesen? Hatten diese angeblichen Reisen nur als Tarnung für Recherchen gedient? Ausreden, um längere Abwesenheiten zu erklären? Und was war mit Paps? Hatte er es gewusst? Oder hatte sie auch ihn getäuscht? Kaum vorstellbar.

Bug lugte aus seinem Korb und warf ihr mit seinen blauen Augen einen aufmerksamen Blick zu. Mit einem Satz sprang er auf den Boden und von dort aus aufs

Sofa, wo er sich auf Rebeccas Schoß einrollte und seinen Kopf an ihren Bauch drückte. Rebecca ließ ihre Finger durch sein weiches Fell gleiten. Sein tiefes Schnurren konnte sie, wie sonst so oft, nicht beruhigen. Rebecca spürte ein tiefes Gefühl der Verunsicherung und Enttäuschung.

An die Kälte dieser Frau hatte sie sich im Laufe der Jahre gewöhnt. Rebecca hatte zu akzeptieren versucht, dass sich Verena kaum für sie interessierte und versucht, damit klar zu kommen. Rebecca grub ihren Kopf in das warme Fell des Katers. War alles, was sie über Verena wusste, ihre ganze Familiengeschichte, eine Lüge? Fassungslos überlegte sie, wie sie damit umgehen sollte. Hatte Verena geglaubt, dass sie die Wahrheit ein Leben lang vor ihr verheimlichen konnte? Schlagartig wurde ihr klar, dass Levin es gewusst hatte. Ihr Vater, dem sie alles erzählte, dem sie ihr Leben anvertraute. Rebeccas Muskeln spannten sich an. Warum hatte ihr niemand vertraut?

Viele Jahre hatte sie gebraucht, um das Verhältnis zu ihrer Mutter ertragen zu lernen. Jetzt flammte der Hass wieder auf. Rebecca sprang auf. Bug fiel von ihrem Schoß, landete erschrocken auf dem Boden und fauchte sein Frauchen an. Diese war jedoch mit den Gedanken ganz woanders, sie fühlte sich in ihre Kindheit zurückversetzt. In Rebeccas Erinnerungen tauchten wieder die Momente auf, die sie ohne Verena verbracht hatte. Sie spürte die mitfühlenden Blicke auf sich ruhen und hörte wieder die quälenden Fragen an das kleine Mädchen, wo denn seine Mutter sei. Tränen rannen über ihre Wangen. Rebecca schritt unruhig durch das Zimmer. Sie wollte fliehen, vor ihren Erinnerungen und ihrem Wissen. Rebecca drückte sich ein Kissen vor den

Mund und schrie hinein. Die Tränen liefen weiter, sie schrie, bis ihre Stimme versagte. Eine dumpfe Leere breitete sich in ihr aus.

Erschöpft schloss sie die Augen. Ihre Eltern hatten sie angelogen. Mit dem Handrücken wischte sie über ihr Gesicht. Sie würde sich nicht unterkriegen lassen, nicht von dieser Frau.

Rebecca überlegte, wie sie sich Verena gegenüber verhalten sollte. Zuerst einmal musste sie diese Erkenntnis sacken lassen und am besten eine Nacht darüber schlafen. Sie wusste, dass es ihr vorher nicht gelingen würde, dieses Gespräch einigermaßen überlegt zu führen. Sie stritten sowieso bei fast jeder Begegnung.

Sollte sie Verena morgen aufsuchen und direkt darauf ansprechen? Sie hätte gern gesehen, wie dieser kontrollierten und beherrschten Frau die Gesichtszüge entglitten und sie stammelnd nach einer Erklärung suchte. Rebecca grinste bei dieser Vorstellung. Bug betrachtete neugierig sein Spiegelbild in einer lila Vase und trottete anschließend zum Fenster. Er war satt und von allen Problemen unbehelligt. Seine kleine Welt war vollkommen in Ordnung.

Rebecca überlegte, ob es besser war, Verena im Unklaren lassen. Bestimmt kam irgendwann der Moment, an dem sie auf die Offenbarung Verenas mit einem kühlen Das weiß ich längst antworten konnte. Ihre Mutter musste dann einsehen, dass sie es nicht geschafft hatte, die Wahrheit vor ihrer Tochter zu verheimlichen. Diese Erkenntnis würde bestimmt schmerzen.

Rebecca fühlte sich unwohl. Die erwartete Genugtuung blieb aus. Bestand ihr Leben nur aus dem Kampf gegen die eigene Mutter?

Bug hatte seinen Rundgang durch das Wohnzimmer beendet, hopste aufs Sofa und rollte sich auf seiner Decke ein. Er fixierte sein Frauchen und maunzte. Rebecca blickte ihren treuen Begleiter an.

"Du hast recht. Vergessen wir Verena. Wir müssen Paps finden und in diesen Notizen steht rein gar nichts, was uns dabei weiterhelfen kann."

Rebecca ahnte nicht, dass Verena zu diesem Zeitpunkt ebenfalls in fremden Unterlagen stöberte. Die Einsichtnahme in diese Papiere erfolgte durch äußerst fragwürdige Maßnahmen. Ebenso wie ihre Tochter, zog Verena höchst interessante Schlussfolgerungen daraus.

Rebecca wanderte unruhig in ihrem Wohnzimmer umher. Wer auch immer Verena nun war, die einfache Buchhalterin oder die investigative Journalistin, es änderte weder die Beziehung zu ihr, noch die Tatsache, dass Levin noch immer nicht aufgetaucht war. Sie war fest davon überzeugt, dass Marten wieder auf der Bildfläche erschienen war. Wenn er und Verena wieder eine Affäre hatten, hätte es ihrem Vater das Herz gebrochen. Er liebte Verena über alles und ein erneuter Seitensprung hätte ihn zerstört. Wie hatte Verena das Paps nur antun können und wie weit würde diese Frau gehen? Was hatte sie Levin noch angetan?

Rebecca rieb unruhig die Hände aneinander und dachte über die Begegnung mit Verena am Vormittag nach. Kalt und abweisend war sie gewesen, wie immer. Dieses merkwürdige Beet machte ihr Angst. Rebecca schüttelte sich. Verena hatte sich für Gartenarbeit nie interessiert. Warum hätte sie ein neues Beet anlegen sollen, statt die Büsche im Vorgarten zu beschneiden oder die halb verrotteten Blumen in den Pflanzschalen zu ersetzen? Und wer pflanzt einen Ginkgo im November ein? Wenn Frau Hullsten meinte, die bessere Pflanzzeit dafür wäre der Frühling, dann hatte sie zweifellos Recht. Die Nachbarin kannte sich sehr gut mit Pflanzen aus. Die unterschiedlichsten Blumen in den Beeten, Kübeln und am Wegesrand leuchteten in harmonischen Farben. Ihr Garten war zu jeder Jahreszeit eine Pracht.

Die Vorkommnisse mussten mit Marten zu tun haben. Hatte er seine Bemühungen um Verena gar nicht aufgegeben? War er wieder aufgetaucht und hatte es geschafft, Verena endgültig für sich zu gewinnen? Beide wussten, dass Levin sich niemals von Verena hätte scheiden lassen. Wenn dem so gewesen war, war die Konsequenz daraus ebenso klar wie verstörend.

Levin hätte verschwinden müssen.

Rebecca lief es eiskalt den Rücken hinunter. Sie versuchte, die Entdeckungen über die journalistischen Tätigkeiten Verenas aus dem Kopf zu streichen, sonst würde irgendwas in ihrem Schädel überhitzen und sie würde durchdrehen. Rebecca hielt es nach kurzer Überlegung für möglich, dass dieser Fall schon eingetreten war. Ein fieser Schmerz pochte hinter ihren Schläfen. Rebecca massierte die Stellen sanft mit ihren Fingerkuppen, wodurch es jedoch nicht besser wurde. Welch ein verrückter Tag! Sie war hier in ihrem normalen Leben, in ihrem Wohnzimmer und Bug schlich schnurrend umher. Bis zum heutigen Morgen war alles noch gewesen wie immer. Und jetzt hielt sie Verena für die Mörderin ihres Vaters? Unruhig wanderte sie im Zimmer hin und her. Sie musste die Fakten ordnen. Rebecca versuchte, ihre Gedanken zu fokussieren, was durch ihre Kopfschmerzen erschwert wurde. Mit geschlossenen Augen konzentrierte sie sich auf ihre Erinnerungen.

Zunächst die Nichterreichbarkeit ihres Vaters. Dann das Gespräch mit Verena. Sie hatte gelogen und behauptet, dass Levin gestern Abend seine Sachen gepackt und sie verlassen habe. Verena selbst hatte seine Sachen nach dem Gespräch mit Rebecca gepackt. Wohin war sie mit der Tasche gefahren? Hatte sie seine Sachen verschwinden lassen, damit sie bei der Geschichte, Levin habe sie verlassen, bleiben konnte?

Das merkwürdige Telefonat ließ ihr keine Ruhe. Wahrscheinlich hatte sie es mit Marten Konrad geführt. Verena hatte davon gesprochen, dass es keine Beweise gäbe. Hatte sie von dem Mord an ihrem Mann gesprochen?

Bei der Erinnerung an die Worte von Verena schüttelte es Rebecca.

Gut, dass ich ihn weggebracht habe, hatte sie nach dem Gespräch zu sich selbst gesagt. Was war geschehen?

Rebecca hatte plötzlich Bilder eines eskalierten Streits vor sich. Sie stellte sich vor, wie Verena die Schlaftabletten in ein Getränk mixte und später den schlaffen Körper ihres Vaters im Garten vergrub. Ihr Vater war schmächtig. Mit einer gehörigen Portion Wut und Adrenalin in den Adern, hätte Verena es vermutlich schaffen können, ihn in den Garten zu zerren. Es lief ihr eiskalt über den Rücken. Steigerte sie sich in eine wilde Fantasie hinein, oder war diese Vorstellung real?

Rebecca musste herausfinden, was geschehen war, um nicht durchzudrehen. Und das hieß in diesem Fall, sie brauchte eine große Schaufel.

Die Dämmerung war einer tiefen Dunkelheit gewichen. Endlich. Rebecca schlüpfte in ihre Jacke und griff nach der Tasche. Bug maunzte sie vorwurfsvoll an.

„Ich muss das jetzt machen, deine Vorhaltungen helfen mir auch nicht", rief sie ihm mit klopfendem Herzen zu. Was würde sie nur erwarten? Rebecca nahm die Schlüssel und verließ ihre Wohnung.

Benjamin wusste, dass sie auf ihn wartete. Sie hatten gestern miteinander telefoniert und das Gespräch war sehr harmonisch verlaufen. Beide hatten viel gelacht. Vielleicht nur aus Unsicherheit, er war sich nicht sicher. Benny hatte immer gewusst, was er wollte, aber dieses Mal war alles anders.

Er öffnete die Glastür und betrat das gemütliche Weinlokal. Die Musik war ebenso diskret wie die Beleuchtung und die Kellner, die unauffällig zwischen den Tischen hindurcheilten.

Der Tresen bestand aus riesigen Weinfässern, auf denen eine massive Arbeitsplatte ruhte. Auf den polierten Holztischen standen mit dunkel schimmerndem Wein gefüllte Gläser, daneben kleine Snackschalen. Die Gäste unterhielten sich, gedämpftes Lachen war zu hören. Hier hatte sich jemand mit dem Ambiente viel Mühe gegeben, dachte Benny. Er selbst wäre nie auf die Idee gekommen, sich in diesem Weinlokal zu verabreden.

Er straffte die Schultern und sein Blick huschte von einem Gast zu dem nächsten. Ihm war warm und er öffnete den oberen Knopf seines karierten Hemdes. Obwohl mehrere Fenster gekippt waren, war die Luft stickig.

Benjamin nahm eine Bewegung wahr.

An einem der Tische saß Anna und winkte ihm mit den Fingern elegant zu.

Ihr Lächeln verriet Erleichterung darüber, dass er gekommen war. Benny ging unsicher zu ihr an den Tisch. Hätte er keinen Umweg gemacht, wäre er pünktlich gewesen. Anna stand auf. Nach kurzem Zögern streckte sie sich zu ihm hoch und gab ihm einen Kuss auf die Wange.

„Schön, dass du da bist." Ihre hellen Augen leuchteten, ihr kurzer blonder Bob schimmerte im Kerzenschein.

„Du siehst toll aus", sagte er. Die Worte waren ihm herausgerutscht, ohne dass er darüber nahgedacht hatte. Ja, sie sah gut aus in dieser lockeren, knallroten Bluse, der eleganten Kette mit dem Perlenanhänger. Benny zog seinen Mantel aus und hängte ihn über die Stuhllehne. Er lächelte Anna zu.

„Bettina wird sich freuen, wenn sie erfährt, dass wir uns wieder getroffen haben", begann Anna das Gespräch. Ihre Finger spielten unruhig mit einer kleinen Serviette.

„Sie weiß es schon. Ich hatte ihren Verhörmethoden nicht viel entgegenzusetzen." Benny hob entschuldigend die Hände. Diesmal fiel er in ihr Lachen ein, doch es fühlte sich nicht richtig an.

Es war nicht echt.

Sie bestellten Wein bei einem sehr hippen Kellner, dessen Frisur aus stylisch abstehenden Strähnen bestand.

Benjamin blickte zur Bar hinüber. Er dachte daran, wie viele Abende er mit Rebecca schon an Kneipentresen verbracht hatte. Ein Bier in der Hand und mit dem Gefühl, in diesem Moment nichts Schöneres tun zu können, als mit ihr dazusitzen und zu reden, zu lachen und zu trinken.

Der Kellner servierte den Rotwein und Benny blickte auf die tätowierten Unterarme des jungen Mannes.

Seine Kollegin Bettina hatte ihm von ihrer Schwester erzählt. Unzählige Male. Geschwärmt hatte sie und war nicht müde geworden, alle Vorteile von Anna im besten Licht darzustellen. Benjamin hatte kein Date gewollt und das Unvermeidliche so lange wie möglich herausgezögert. Als ihm nicht einmal mehr eine scheinheilige Ausrede eingefallen war, hatte er sich ihre Nummer geben lassen. Bettina hatte ihn zu diesem Anruf gedrängt. Nachdem sie ihn nach einer Knieverletzung einige Male im Sportunterricht vertreten hatte, fühlte er sich verpflichtet, ihrem Wunsch zu entsprechen.

Also hatte er Anna angerufen.

Eigentlich nur, um es hinter sich zu bringen. Es war erstaunlicherweise ein nettes Telefonat gewesen, dem noch weitere gefolgt waren. Letzte Woche hatten beide sich beim Portugiesen am Hafen zum Essen verabredet. Das heutige Treffen war eine logische Folge der bisherigen Fakten. Benny schluckte. Das wären Beckys Worte gewesen. Er blickte zu Anna, die ihn aus großen, erwartungsvollen Augen ansah. Er roch ihr Parfum, das eine Spur zu süß war.

„Welche Musik magst du?", fragte Anna. Sie streckte langsam ihre Hand in seine Richtung aus. Benny griff schnell nach seinem Glas und tat, als habe er ihre Bewegung nicht bemerkt.

„Ich mag Rock. Heavy am liebsten. Kennst du *Rockfish*?" Endlich hatte er nicht das Gefühl, seine Worte zurechtlegen zu müssen.

„Nein, tut mir leid. Ich mag Jazz. Ich finde nichts schöner, als an einem Sonntagmorgen bei einem Jazzfrühshoppen zu sein, bei einem ausgiebigen Brunch den Musikern zuzuhören. Das finde ich so entspannend, das ist für mich wie Urlaub." Anna strahlte ihn an, suchte in seinen Augen nach einer Verbindung zwischen ihnen.

Benny starrte in das Glas in seinen Händen. Er sah Becky vor sich, die verkündet hätte, dass sie weder mit Jazz, noch mit der angepassten Art von Anna etwas anfangen konnte. Spätestens in diesem Moment wäre sie vom Tisch aufgesprungen, hätte sich kurz verabschiedet und das Lokal verlassen. Viele konnten mit der direkten Art seiner Ex-Freundin nichts anfangen, empfanden es als taktlos. Aber dieses offene Verhalten hatte Vorteile.

Er selber war zu sehr von dem höflichen und harmonischen Umgang mit anderen geprägt, als dass er jetzt hätte aufstehen können. Die vielen Jahre als Grundschullehrer hatten sicher dazu beigetragen. Ob im Umgang mit den Kindern oder auch den mehr oder weniger einfachen Eltern. Er war zielgerichtet in seinen Gesprächen, aber dabei immer umgänglich.

Anna blickte ihn an, ihre Augen strahlten, sie war wunderschön. Beim Lächeln bekam sie süße Grübchen an den Wangen, sie hatte eine sportliche Figur und eine weiche Stimme. Benny schluckte. Anna war so angepasst, so normal. Er sehnte sich nach Becky, mit ihren Ecken und Kanten. Mit ihr war es nie einfach, aber auch nie langweilig.

Er hasste es, Menschen zu verletzen. Seine Kollegin Bettina würde ihm noch wochenlang die Hölle heiß machen, aber das war ihm egal. Mit drei kurzen Sätzen beendete er die Beziehung, bevor sie begonnen hatte.

Benny ging zum Tresen, beglich die Rechnung und warf einen verstohlenen Blick zu dem Tisch hinüber. Anna starrte durch das Fenster in die Dunkelheit, ihre Finger zerknüllten eine Serviette. In ihren großen Augen glänzten Tränen.

Fünf Minuten später stand er wieder auf der Straße.

Schneeregen hatte eingesetzt. Kalten Tropfen fielen vom Himmel und stachen in Bennys Gesicht. Er hatte ein schlechtes Gewissen, lächelte aber. Benjamin fühlte sich wie von einem engen Gürtel befreit. Er musste sich nicht mehr verstellen oder Interesse an Dingen heucheln, die er nicht leiden konnte.

Rebecca lenkte ihren Wagen durch die Straßen und klopfte nervös mit den Fingern auf das Lenkrad. Regentropfen benetzten die Frontscheibe. Einzelne Schneeflocken landeten geräuschlos dazwischen und glitzerten im Licht der Scheinwerfer der entgegenkommenden Autos, bis die Scheibenwischer sie zerquetschten und zur Seite schoben.

Keine halbe Stunde später fand Rebecca eine Parklücke, zwei Grundstücke von dem Haus ihrer Eltern entfernt. Sie wollte nicht riskieren, dass Frau Hullsten oder andere aufmerksame Nachbarn ihren Besuch bemerkten.

Rebecca tippte die Kurzwahltaste für ihren Vater auf dem Handy. Er war nicht erreichbar. Sie stieß die Tür auf und stieg aus. Jetzt gab es kein Zurück mehr. Rebecca wollte endlich die Wahrheit erfahren.

Die kleine Lampe über dem Eingang brannte, das restliche Haus lag im Dunkeln. Auf der Auffahrt parkte kein Auto, somit waren weder Levin noch Verena im Haus. Rebecca atmete erleichtert aus. Ihr ungebetener

Besuch würde unbemerkt bleiben, wenn sie sich geschickt verhielt.

Rebecca schlenderte über den Bürgersteig. In den Fenstern der Nachbarschaft leuchteten die ersten bunten Weihnachtsmänner oder schlichte Sterne. Viele Büsche waren mit Lichterketten geschmückt.

Rebecca bückte sich und gab vor, einen Schnürsenkel zu schließen. Sie blieb in dieser gebückten Haltung und huschte an der verfallenen Gartenmauer zur Einfahrt entlang. Sie betrat das Grundstück und verbarg sich im Schatten der hohen Hecke, die an der Grenze zum Nachbargrundstück stand. Durch das dichte Blattwerk geschützt, lief sie das Grundstück entlang. Rebecca erreichte den hölzernen Schuppen am Ende des Gartens, blieb davor stehen und blickte sich um. Nichts.

Sie schob den großen Riegel zur Seite und öffnete vorsichtig die Tür. Die Angeln quietschen. Rebecca fuhr zusammen, eine Gänsehaut lief über ihre Arme.

Hatte diese Tür nicht schon immer beim Öffnen gequietscht? Sie hätte damit rechnen müssen, dass die Scharniere nicht geölt waren. Rebecca hob den Türgriff hoch, damit die Tür sich ein kleines Stück anhob. Lautlos ließ sie sich nun öffnen. Rebecca schlüpfte hindurch. Vor ihr lag der dunkle Raum, der bestimmt mit Gartengeräten und Werkzeugen vollstand. Verdammt, sie hatte vergessen, eine Taschenlampe mitzunehmen, um sich in dem Schuppen zurechtfinden zu können.

Durch die hölzernen Wände wäre sicherlich kein Lichtschein nach draußen gelangt. Dann musste es eben so gehen. Vorsichtig schob sie einen Fuß vor den anderen und tastete sich durch den winzigen Raum, aufmerksam darauf bedacht, nicht auf herumliegendes Gerümpel zu treten. Plötzlich stieß ihr Fuß gegen etwas

Weiches. Rebecca schrie auf, presste sich sofort die Hände vor den Mund und blickte mit weit aufgerissenen Augen auf den stockdunklen Boden. Sie wartete kurz, bis ihre Pupillen sich an die Dunkelheit angepasst hatten. Auf dem Boden erkannte sie einen Eimer, etwas Laub und einen alten Jutebeutel, in dem möglicherweise der Ginko verpackt gewesen war. Quiekend huschte ein dunkler Schatten durch die geöffnete Schuppentür nach draußen. Sie hörte das Kratzen von kleinen Pfoten, schrak zusammen und sah drei weitere Ratten, die fluchtartig das Weite suchten. Rebecca lehnte sich an die dünne Wand des Schuppens. Ihr keuchender Atem hallte durch den kleinen Verschlag. Minuten vergingen, bis sie wieder klar denken konnte.

Früher hatten die Gartengeräte immer an der rechten Wand gelehnt. Rebecca hoffte, dass zumindest diese Erinnerung aus Kindheitstagen noch der Realität entsprach. Sie griff ins Dunkle und hatte erst eine Laubharke, dann einen robusten Spaten in der Hand.

Sie schlich aus dem Schuppen und schüttelte sich. Wer wusste schon, was da noch für Ungeziefer herumlungerte? Rebecca blickte sich aufmerksam um, aber niemand beobachtete sie. Dann schlich sie mit dem Spaten in der Hand zu der Stelle, an dem dieses merkwürdige Beet angelegt worden war.

Kalter Wind blies ihr ins Gesicht und Rebecca hoffte, dass sie die Erde trotz des Bodenfrostes ausheben konnte.

Die einzige Pflanze in dem neuen Beet war dieser Ginkgo. Er passte weder hier vor die Buchenhecke, noch war die Form des umgegrabenen Stückes der Größe des Busches angemessen. Rebecca betrachtete die Länge des

Beetes und schluckte. Ein erwachsener Mann hätte dort gut hineingepasst.

Plötzlich spürte Rebecca einen Schatten oder eine Gestalt, irgendwo hinter sich. Panisch fuhr sie herum, ihr Herz klopfte wild. Ihre Augen suchten hastig die Umgebung ab. Alles war stockdunkel.

Ganz sicher war dort etwas gewesen, dachte sie. Auf ihren Instinkt war Verlass. Lautlos legte Rebecca den Spaten auf die Erde und schlich gebückt zum Haus. Vorsichtig blickte sie durch das Fenster in das Wohnzimmer.

Wenn Verena zuhause gewesen wäre, hätte sie ihre Tochter wunderbar beobachten können. Das Zimmer bot eine hervorragende Aussicht auf den kompletten hinteren Teil des Gartens.

„Anfängerin", zischte Rebecca vorwurfsvoll zu sich selbst. Im Haus war offensichtlich niemand. Es sei denn, Verena hätte sich in ihrem eigenen Haus im Dunkeln versteckt.

Rebecca schüttelte den Kopf, verbarg sich neben der Mauer am Fenster und blickte noch einmal zum Wohnzimmer und der offenen Küche. Niemand war hier.

Sie hörte ein leises Hecheln und fuhr sie herum. Fiete, der kleine Foxterrier der Nachbarin, buddelte wild mit seinen kleinen Pfoten im Beet herum. Rebecca musste auf jeden Fall vermeiden, dass der Hund bellte. Langsam ging sie zu ihm, bückte sich zu Fiete hinunter.

„Hey, Fiete. Kumpel, das ist nichts für dich", redete Rebecca beruhigend auf ihn ein und streichelte über sein Köpfchen. Schwanzwedelnd blickte er sie an.

Aufkommender Wind pfiff über das Grundstück. Das Laub der Bäume raschelte unheimlich. Rebecca spürte die Kälte und holte aus ihrer Jackentasche eine Mütze, die sie sich tief ins Gesicht zog. Zusätzlich zog sie ihre Kapuze hoch. Jetzt waren ihre Ohren schön warm, doch sie konnte kaum etwas durch den dicken Stoff hören. Aber wer außer Fiete sollte sie bei ihrer nächtlichen Aktion auch stören? Vielleicht Frau Hullsten, wenn sie ihren Terrier suchte. Deren Stimme würde ihre Kleidung jedoch problemlos durchdringen. Sollte ihre Mutter nach Hause kommen, würde sie vorne zur Eingangstür hineingehen. Von da aus konnte sie Rebecca nicht entdecken. Wenn im Haus ein Licht anging, musste sie sich nur verstecken und im Schutz der Dunkelheit des Gartens ungesehen verschwinden. Sie hoffte, der kleine Vierbeiner würde wieder auf das Nachbargrundstück zurücklaufen.

Rebecca hockte mit dem Rücken zum Haus. Daher entging ihr, was sich in diesem Moment hinter ihrem Rücken in dem Haus abspielte.

Zwei Gestalten schlichen durch den Flur ihres Elternhauses. Leise betraten sie das dunkle Wohnzimmer, machten aber kein Licht. Niemand sollte ihre Anwesenheit bemerken. Durch die Dunkelheit geschützt, erledigten sie, was zu tun war. Beide redeten sich währenddessen ein, dass sie keine Wahl gehabt hatten.

Das plötzliche Klirren ließ beide zusammenfahren. Sie starrten auf den heruntergefallenen Bilderrahmen, der zersprungen am Boden lag. Scherben glitzerten im fahlen Mondlicht. Sie hatten keine Zeit zu verlieren und suchten nach Schaufel und Kehrbesen. Es dauerte eine Weile, bis alles beendet war. Dann verließen sie unbeobachtet das Haus.

"Fiete, du Frechdachs, jetzt musst du aber wieder zu Frauchen gehen. Ich habe hier zu tun", flüsterte Rebecca ihm zu. Der Terrier blieb, ließ sich aber, wenn auch widerwillig, ein Stückchen zur Seite drängen. Rebecca setzte den Spaten an. Was der Hund hier wohl vermutete? Sie hoffte inständig, dass der Terrier hier nichts Menschliches unter der Erde erschnuppert hatte.

Schwanzwedelnd sprang Fiete um sie herum, blieb aber still. Nach wenigen Spatenstichen stieß Rebecca auf einen Gegenstand. Ihr Herz schlug so schnell, dass sie das Pochen an ihrer Halsschlagader spürte. Was war hier unter der Erde? Sie bückte sich und wollte die Erde vorsichtig mit den Händen zur Seite schieben, aber der Hund kam ihr zuvor. Er stieß seine Schnauze in die kalte Erde und grub den Gegenstand schnell mit den Pfoten frei. Ein leuchtend gelber Spielzeugknochen kam zum Vorschein. Fiete schnappte danach und flitzte mit seiner Beute unter der Hecke zum Nachbargrundstück hindurch. Für einen kurzen Moment war Rebecca erleichtert. Offensichtlich hatte der kleine Hund keine menschlichen Gerüche aus diesem Beet wahrgenommen. Erleichtert atmete sie aus. Mit eiskalten Händen umfasste sie den Spatenstiel und grub weiter. Rebecca buddelte ein Loch direkt neben dem Ginkgo in der Mitte des Beetes. Wenn hier jemand lag, dann musste sie an dieser Stelle auf jeden Fall darauf stoßen. Der Gedanke daran ließ sie erschauern. Rebecca würde nur Ruhe finden, wenn sie wusste, dass diese Stelle nicht das Grab ihres Vaters war.

Mit schmerzenden Händen griff Rebecca wieder zum Spaten und lockerte den harten Boden. Unermüdlich trieb sie den Spaten tiefer in die Erde. Sie hoffte inständig, hier nichts zu finden. Mit jedem Schaufelhieb wuchs die Angst, auf etwas zu stoßen.

Das Loch war einen halben Meter tief. Außer ein paar Wurzeln und kleinen Steinen hatte sie nichts gefunden. Rebecca wischte sich über die Stirn. Wie tief hätte Verena gegraben? Sie holte aus und grub weiter. Der Schweiß rann ihr den Rücken hinab. Sie arbeitete weiter, Stück für Stück wurde das Loch tiefer. Mit hängenden Schultern starrte sie auf die dunkle Grube vor sich, die eine beachtliche Größe erreicht hatte. Hier war nichts. Ganz sicher war hier nichts oder niemand verscharrt worden. Rebecca war erleichtert. Ihre Hände pochten. Sie nahm die Mütze ab und stützte sich auf dem Spaten ab. Ihren Kopf ließ sie erschöpft auf die Arme sinken. Wo auch immer ihr Vater war, hier lag er nicht vergraben.

Ob Levin noch lebte? Nur weil sie hier nichts gefunden hatte, konnte sie sich dessen nicht sicher sein. Andererseits hatte sie keine Beweise, dass er umgekommen war. Wahrscheinlich gab es für alles eine logische Erklärung. Sie versuchte positiv zu denken. Am besten fuhr sie jetzt nach Hause und schlief sich kräftig aus. Morgen würde Paps sich bestimmt melden.

Ein Motorengeräusch und ein metallisches Rasseln rissen sie aus ihren Gedanken. Rebecca fuhr hoch und blickte sich erschrocken um. Das Geräusch kam von der Straße. Mit schmerzverzerrtem Gesicht rieb sie sich ihren Rücken. Ein Auto. Ob Verena zurückgekommen war? Rebecca flitzte um den Ginkgo Busch herum und duckte sich dahinter. Der Lichtkegel der Scheinwerfer erhellte die Straße und glitt über den Rasen, erreichte jedoch nicht den hinteren Teil des Grundstücks. Rebecca atmete erleichtert auf. Das Auto fuhr weiter. Wahrscheinlich hatte es nur gewendet.

Hastig füllte sie das Loch wieder mit Erde, was fast genauso anstrengend war, wie die ganze Erde auszuheben. Sie war am Ende ihrer Kräfte, aber nun hatte sie endlich Gewissheit, dass hier nicht die Leiche ihres Vaters vergraben lag, trotzdem war sie dem Geheimnis um sein Verschwinden kein Stückchen nähergekommen. Mit kalten Händen wischte sie sich den Schweiß von der Stirn und brachte den Spaten leise in den Schuppen zurück.

Hinter dem Grundstück lag ein schmaler Weg. Geschickt kletterte sie über den Zaun und sprang auf den Trampelpfad. Es gab hier keine Beleuchtung, der Weg war stockdunkel, dafür würde sie niemand beim Verlassen des Grundstücks beobachten. Jetzt war jeder Muskel in ihrem Körper angespannt, Rebecca fühlte sich wie eine Verbrecherin auf der Flucht.

Endlich erreichte sie ihr Auto und ließ sich erleichtert auf den Sitz fallen. Rebecca startete schnell den Motor und machte sie sich auf den Heimweg. Außer dem Plastikknochen von Fiete gab es hier kein Geheimnis.

Schon bald würde sie eines Besseren belehrt werden.

Sonntag

Hoffnungsvoll blickte Rebecca auf ihr Handy. Es waren keine neuen Nachrichten eingegangen. Kein Lebenszeichen von ihrem Vater. Immer noch nicht. Gähnend sah sie durch das Küchenfenster auf die Straße, die in der morgendlichen Dämmerung kalt und abweisend wirkte. Aromatischer Duft erfüllte die Küche und Kaffee plätscherte in ihre Lieblingstasse. Rebecca hatte die halbe Nacht wachgelegen und in Gedanken diverse Szenarien durchgespielt, was mit ihrem Vater geschehen sein könnte. Bug schnurrte um ihre nackten Beine, eine freundliche Erinnerung an sein fälliges Frühstück. Rebecca holte eine angebrochene Dose mit Katzenfutter aus dem Kühlschrank. Im Halbschlaf trottete sie zu seinem Napf und stieß dabei an das Tischbein. Der Schmerz zuckte durch ihren Zeh, Rebecca schrie vor Wut auf. Die Dose glitt ihr aus der Hand, fiel scheppernd zu Boden und ein Geleebrocken kleckerte auf ihren Schlafanzug. Laut fluchend massierte sie ihren schmerzenden Fuß und schrubbte anschließend mit einem nassen Lappen an dem Fleck herum. Bug stürzte sich begeistert auf die am Boden liegenden Brocken, ohne sein Frauchen weiter zu beachten. Sie hob die Dose auf und kippte den Rest in seinen Futternapf.

Der Morgen beginnt ja großartig, dachte Rebecca genervt.

Sie aß ihr Müsli an dem kleinen Küchentisch und dachte über die Entdeckungen des gestrigen Tages nach.

Verena war für sie immer eine langweilige Person gewesen. Sie hatte nur wenige Freundinnen, es gab keine gegenseitigen Einladungen oder gemeinsame Ausflüge. Verena hatte auch nie ein Hobby gehabt. Rebecca konnte sich nicht erinnern, dass Verena sich jemals für irgendetwas engagiert hatte. So sehr sie sich bemühte, sie konnte sich keine einzige Situation ins Gedächtnis rufen. Weder für Belange der kommunalen Politik, noch an Elterninitiativen oder sozialen Projekten hatte sie Interesse gezeigt.

Nachdenklich trank sie ihren Kaffee. Bug sah sie erwartungsvoll an und strich mit der Pfote ungeduldig über den Boden.

"Nein, mehr ist nicht drin, sonst siehst du bald aus wie ein Kugelfisch."

Ein herzzerreißendes Miauen durchbrach die Stille. Rebecca sah ihren Kater wieder an, der seinen Kopf schiefgelegt hatte und sie bettelnd anblickte.

„Ich sag nur Kugelfisch."

Bug trollte sich beleidigt.

Sollte sie Verena direkt auf die gefundenen Unterlagen ansprechen? Rebecca verwarf den Gedanken sofort wieder. Verena hatte dreißig Jahre lang geschwiegen. Jetzt würde sie ganz bestimmt nichts erzählen. Welche Geheimnisse sie auch sonst noch hatte, das Verschwinden ihres Vaters stand damit bestimmt nicht in Verbindung.

Die Wohnungstür fiel hinter ihr ins Schloss. Rebecca wollte die Unterlagen zurückbringen, auch wenn der Erfolg nur ein schockierter Gesichtsausdruck Verenas war. Diese Bloßstellung würde Verena sicher nicht dazu bringen, ihr Schweigen zu brechen. Von der journalistischen Tätigkeit oder der Wahrheit über Levins Verschwinden würde Rebecca nichts erfahren.

Rebecca fuhr die Hauptstraße in Richtung Wesseldorf zu ihrem Elternhaus. Alle fünfhundert Meter tippten ihre Finger auf die Taste für einen anderen Radiosender. Genervt von Werbung, Oldies und Techno schaltete sie ab. Die Stille steigerte ihre Nervosität noch. Stadtauswärts floss der Verkehr, so dass sie gut vorankam. Trotzdem waren ihre Muskeln verkrampft, ihr ganzer Körper stand unter Spannung. Sie hatte mit dem schlechten Verhältnis zu Verena bisher gut leben können. Warum war sie jetzt so durcheinander? Ruckartig stemmte Rebecca ihren Fuß auf die Bremse. Sie wurde nach vorn geschleudert und spürte den eisernen Griff des Gurtes, der sie schlagartig zurückzog. Mit dröhnendem Kopf blickte sie durch die Windschutzscheibe. Es trennten sie nur Zentimeter von dem riesigen LKW, der vor ihr an der roten Ampel gehalten hatte.

Wie betäubt starrte sie auf die Metallkonstruktion, unter der sie beinahe zerquetscht worden wäre. Rebecca schnappte nach Luft, ließ das Fenster hinunter und sog tief den Sauerstoff ein. Mit beiden Händen fuhr sie sich über das Gesicht, als müsse sie sichergehen, dass sie unversehrt war. Langsam spürte sie die kalte Luft an ihrer Haut, die zu kribbeln begann. Ihre Hände bebten, die normale Hautfarbe war einem unnatürlichen Weiß gewichen. Rebecca traute sich nicht, ihr Gesicht im Spiegel zu betrachten.

Hatte sie das Verschwinden Levins so aus der Bahn geworfen? Oder lag es daran, dass ihr geliebter Vater ein Geheimnis vor ihr gehabt hatte? Rebecca fürchtete, sie wäre um ihre Kindheit betrogen worden. Waren all ihre Erinnerungen Lügen?

Erschöpft ließ Rebecca den Kopf auf das Lenkrad sinken.

Es geht mich nichts mehr an, ich bin inzwischen erwachsen, dachte sie verzweifelt. Mit ihrem Auszug vor vielen Jahren sollten sich die Probleme erledigt haben. Es war ein Trugschluss gewesen. Sie hatte ihre Gefühle in Kartons gepackt, aber sie waren noch da. Ihre Gedanken ließen sich nicht stoppen. Mit aller Kraft hatte sie ihren Schmerz unterdrückt, weniger war er nicht geworden. Ob Verena ihr irgendwann die Wahrheit erzählt hätte? Sie war es satt zu versuchen, die Beziehung zu ihr zu verbessern. Nach vielen Jahren des Leidens hatte sie es inzwischen mehr oder weniger geschafft, sich damit zu arrangieren. Die Tatsache, dass Verena sie ihr Leben lang angelogen hatte, änderte daran nichts. Es war am besten, wenn sie von dieser Frau so wenig wie möglich erfuhr. Gerade jetzt.

Ein ungeduldiges Hupen hinter ihr machte sie darauf aufmerksam, dass die Ampel wieder auf grün gesprungen war. Rebecca legte den Gang ein und fuhr weiter in Richtung Wesseldorf.

Beißend kalter Wind schlug ihr entgegen, als sie vor dem Haus ihrer Eltern aus dem Wagen stieg. Bunte

Blätter wehten über den Asphalt, aus einem der Vorgärten grinsten sie bizarr ausgehölte Kürbisse an, ein vergessenes Überbleibsel von Halloween. Zwischen der weihnachtlichen Dekoration wirkte er fehl am Platz.

Vor der Haustür verharrte Rebecca einen kurzen Augenblick, dann presste sie ihren Finger auf den Klingelknopf. Nervös trat Rebecca von einem Bein auf das andere. Der Wind zerrte an ihren Haaren und peitschte ihr ins Gesicht.

Sie klingelte erneut. Wo bitte sollte Verena an einem Sonntagmorgen sein? Eine Vision von Marten und Verena gemeinsam im Bett tauchte in ihren Gedanken auf. Rebecca hämmerte mit der Faust an die Tür. Alles blieb still.

Sie drehte sich um. Der schwarze Wagen von Verena stand in der Auffahrt. Er stand ein Stück weiter zur Straße geparkt, statt wie sonst üblich nah am Haus. Verena hatte Levin vergrault, so dass sie in der Auffahrt keinen Platz mehr für sein Auto freihalten musste.

Mit der Faust hämmerte Rebecca erneut gegen die Tür. Auch diesmal rührte sich nichts in dem Haus.

Rebecca kramte in ihrer Jackentasche. Sie zog ihren Schlüsselbund hervor und suchte den Haustürschlüssel ihrer Eltern heraus. Mit einem unguten Gefühl schob sie ihn ins Schloss. Was würde sie drinnen erwarten? Weitere Geheimnisse? Eine hysterische Verena, die herausgefunden hatte, dass Rebecca ihr Geheimversteck entdeckt und geplündert hatte? Oder einfach nur eine beklemmende Leere?

Plötzlich war sie davon überzeugt, dass irgendetwas absolut nicht in Ordnung war. Ein flaues Gefühl breitete sich in ihrem Magen aus. Zögernd drehte Rebecca den Schlüssel und öffnete langsam die Tür. Leise trat sie in den Flur und wartete. Kein Geräusch war zu hören. Mit zitternder Stimme rief sie Verenas Namen. Es kam keine Antwort. Der Flur empfing sie wie ein dunkles Loch, das sie einzusaugen versuchte. Er schien noch enger als sonst. Rebecca setzte einen Fuß vor den anderen. Jeder Schritt schien anstrengender zu werden, als wollten ihre Beine sie davon abhalten, weiter in das Haus vorzudringen.

Dann sah sie es.

Rebecca starrte fassungslos zu dem Wohnzimmer, lehnte sich an die Wand am Ende des Flurs und versuchte zu begreifen, was ihre Augen sahen. Einen kleinen Teil des Wohnzimmers konnte sie einsehen.

Einer der Hocker beim Küchentresen lag umgekippt auf dem Boden, daneben war ein Fuß zu sehen. Mit pochendem Herzen ging Rebecca weiter. Zögerlich, weil sie Angst vor dem hatte, was sie gleich entdecken würde. Langsam kam sie dem Durchgang zum Wohnzimmer mit der offenen Küche näher.

Und schrie laut auf.

Auf dem Boden lag ein Körper. Starr wie eine umgefallene Schaufensterpuppe. Es war Verena.

Sie lag auf dem Rücken, ihre Beine waren unnatürlich verdreht. Ihre Haut war blass, die silbrig-blonden Haare fielen ihr über die Schultern. Rebecca stürzte auf sie zu, kniete sich neben den schlaffen Körper und suchte nach dem Puls am Handgelenk.

Sie fühlte nichts. Verena war tot.

"Oh nein, oh mein …", stammelte Rebecca. Mit den Fingerspitzen berührte sie das Gesicht der Mutter. Die Haut war eiskalt. Entsetzt zog Rebecca die Hände zurück.

Was sie dann sah, ließ sie zusammenfahren.

Ein Seil. Beigefarben, aus grober Faser. Die Schlinge lag um Verenas Hals. Tiefe Würgemale hatten die Haut eingeschnürt.

Der Kehlkopf war wahrscheinlich zerquetscht worden, überlegte Rebecca nüchtern. Regungslos kauerte sie neben Verena. Minuten vergingen und Rebecca blickte fassungslos in das Gesicht der Toten. Ihre Knie schmerzten und sie wich von dem am Boden liegenden Körper zurück.

Rebecca sah sich in dem Raum um. Es schien nicht mehr das gleiche Haus zu sein, in dem sie aufgewachsen war. Die Stille schien so friedlich und doch lag vor ihr der tote Körper von Verena.

Alles schien wie immer, die Möbel, das Chaos, sogar die vertrocknete Pflanze. Ihr Blick glitt zur Decke.

Das Windspiel fehlte. An einem der dunklen Deckenbalken hatte dieses geschmiedete Kunstwerk gehangen. Es war eines der wenigen Stücke, die sie hier wirklich mochte. Schon als Kind hatte sie lange auf dem Boden gesessen und den sich drehenden Metallstreben zugesehen, die wie Wellen ineinander glitten und ruhig auseinandertrieben. Rebecca hielt krampfhaft an dieser schönen Kindheitserinnerung fest, dann blickte sie zu dem Balken. Nur das Loch der Aufhängung war noch zu sehen. Es schimmerte ein wenig heller, als sei es ausgefranst und gäbe ein Stück der ursprünglichen hellen Holzfarbe frei. Ihr Blick glitt über das Seil, das um Verenas Hals lag und wanderte schließlich über den Boden. Das Windspiel lag neben der Kommode, ein Stück weiter lag der Haken, der sich aus dem Deckenbalken gelöst hatte.

Selbstmord, erfasste sie analytisch. Verena hatte sich erhängt.

Ihr ganzer Körper zitterte, während ihr Blick unablässig auf der Toten ruhte. Gedanken rasten ihr durch den Kopf, ohne dass sie sie hätte fassen können. Bilder, Gesprächsfetzen und Erinnerungen jagten in schmerzhafter Geschwindigkeit durch ihr Bewusstsein.

"Warum hast du das getan?", schrie sie aus voller Kehle.

Verena lag blass, aber friedlich am Boden. Die Haare umrahmten ihr Gesicht wie ein seidener Schleier.

Rebecca presste die Hände vor das Gesicht und rang nach Atem. Das lähmende Entsetzen wich. Sie wartete auf ein Gefühl von Traurigkeit, aber es blieb aus. Stattdessen hämmerte eine einzige Frage in ihrem Kopf: Wie sollte sie jetzt ihren Vater finden?

Wer konnte jetzt ihre Fragen beantworten? Panisch sog sie die Luft ein. Ihr Hals fühlte sich eng an. Unglaubliche Wut stieg in ihr auf.

"Was sollte das?", zischte sie wütend. Rebeccas Beine wurden schwach und sie klammerte sich am Tresen fest.

Was war mit Paps? Plötzlich kam ihr ein furchtbarer Gedanke. Wenn Verena so verzweifelt gewesen war, sich selbst umzubringen, war ihr Vater dann auch schon tot?

Alles schien sich zu drehen. Rebecca flüchtete aus dem Raum und stolperte nach vorne in das kleine Badezimmer. Mit bebenden Fingern drehte sie den Wasserhahn auf. Ein metallisches Quietschen ertönte und stach in ihren Ohren. Sie schob hastig die Ärmel ihrer Winterjacke hoch und ließ das kalte Wasser über ihre Unterarme rinnen. Rebecca schöpfte es in ihre Hände und benetzte dann ihr Gesicht.

Jetzt werde ich nie erfahren, was hier los ist, dachte sie resigniert.

Mit unsicheren Schritten wankte sie nach draußen. Kalte Luft schlug ihr ins Gesicht, sie spürte nicht, dass ihre feuchte Haut eiskalt wurde.

Rebecca holte aus ihrer Umhängetasche ihr Handy. Mit zittrigen Fingern drückte sie auf die Zahlen. 110.

Mit monotoner Stimme sagte Rebecca dem Mann in der Funkzentrale, dass es einen Selbstmord gegeben hatte. Sie nannte die Adresse und beendete das Gespräch. Für einen Augenblick waren alle Gedanken fort. Ihr Gehirn schien still zu stehen. Alles war leer.

Die Stunden vergingen, Rebecca fühlte sich wie in einem Albtraum gefangen. Wie durch einen unwirklichen Nebel beobachtete sie die Polizisten, die Spuren sicherten, Fotos machten und das Haus vereinnahmten. Ein Sanitäter kam zu ihr. Er sprach mit ruhiger Stimme und vergewisserte sich, dass sie weder zusammenklappte noch einen hysterischen Schreianfall bekam. Rebecca wollte allein sein und schickte ihn fort. Ein Beruhigungsmittel, das ihre Sinne benebelte, war das Letzte, was sie jetzt gebrauchen konnte.

Später setzte sich eine Beamtin mit kupferroten Haaren zu ihr und stellte sich als Kommissarin Schacht vor.

"Wie geht es Ihnen?", fragte sie anteilnahmsvoll.

Rebecca nickte abwesend.

Die Beamtin notierte sich Namen, Adresse und Telefonnummer von Rebecca. Dann erkundigte sie sich nach dem Namen ihrer Mutter.

Bei der Frage, ob sie eine Selbsttötung für möglich hielt, zucke Rebecca hilflos mit den Schultern. Sie wusste es nicht.

Sie wusste gar nichts.

„Manchmal schafft es Klarheit, wenn es ein Tagebuch gibt. Für manche Menschen ist dies die einzige Möglichkeit, sich zu öffnen. Wissen Sie, ob Ihre Mutter ein Tagebuch geführt hat?"

Rebecca sah die Polizistin hilflos an. Sie hatte keine Ahnung, ob Verena Probleme hatte oder Gefühle, von denen niemand erfahren sollte. Oder überhaupt Gefühle. Geschweige denn, ob sie diese in einem Buch notiert hatte. Verena war eine Fremde. Was konnte sie schon über das Leben dieser Frau sagen?

Die Polizistin erklärte, dass die Staatsanwaltschaft informiert werden würde und der Leichnam für eine Untersuchung in die Universitäts-Klinik gebracht werde. Die Kommissarin gab ihr eine Visitenkarte. Rebecca speicherte die Nummer in ihrem Handy und ließ die kleine Karte in ihre Tasche gleiten.

„Können wir jemanden für Sie anrufen, Ihren Vater oder eine Freundin?", fragte die Polizistin. Rebecca lehnte auch diese Hilfe ab. Sie hatte zwar Levins Daten angegeben, aber nicht die Kraft gehabt, der Beamtin von seinem Verschwinden zu erzählen. Sie wollte endlich allein sein.

Nach einer scheinbaren Ewigkeit hatten alle Fremden das Haus verlassen. Rebecca blickte noch einmal zu dem verlassenen Haus hinüber. Still und dunkel lag es da. Sie wandte sich um und stieg in ihren Wagen. Ihre Arme lagen schwer auf dem Lenkrad. Sie fühlte sich leer und wusste nicht einmal, ob sie schreien oder weinen sollte. Sie drehte den Zündschlüssel, würgte aber den Motor ab. Fluchtend startete sie den Wagen erneut. Sie war nicht in der Verfassung, selber zu fahren. Aber Rebecca wollte niemanden anrufen und um Hilfe bitten. Niemandem sagen, was geschehen war, denn dann wäre es zur Realität geworden. Irgendwann später stand sie auf einem der Stellplätze vor ihrem Haus. Rebecca konnte sich an die Fahrt nicht erinnern.

Bug schlich um ihre Beine herum. Rebeccas saß auf dem Sofa und starrte gedankenverloren vor sich hin. Die grauenhaften Bilder des Vormittages rasten seit Stunden durch ihren Kopf. Der Kater sprang auf ihren Schoß, rieb sein Kinn an Rebeccas Hals, bis sie ihre Hand mechanisch auf seinen Rücken legte. Schnurrend rollte er sich zusammen, hob den Kopf und blickte sie mitfühlend an.

"Sie hat sich umgebracht. Einfach so", flüsterte Rebecca ihm zu. Bug drückte sanft seinen Kopf an ihren Arm und Rebecca schmiegte sich an ihn.

Die Wärme des Katers hatte sie immer beruhigen können, aber heute nicht. Sie schien innerlich zu explodieren. Rebecca überlegte, welche Gründe Verena zu dieser Entscheidung gebracht haben konnten.

Eine Frage führte zur nächsten, bald drehten sich ihre Gedanken schmerzhaft im Kreis. Immer weitere Fragen kamen ihr in den Sinn. Ihre Schläfen dröhnten. Müde schloss sie die Augen. Rebecca schlief ein, schreckte aber schnell wieder hoch. Sie erinnerte sich an Fetzen von verstörenden Albträumen. Wie die Realität.

Warum hatte Verena sich umgebracht und warum war Levin verschwunden? Rebecca versuchte, ihre Gedanken zu strukturieren und herauszufinden, was sie fühlte. Bug schmiegte sich ganz nah an sein Frauchen, das so traurig und in sich gekehrt war. Nach drei Tassen schwarzem Kaffee und einer Kopfschmerztablette hatte Rebecca das Gefühl, zumindest ein Teil von ihr könnte wieder funktionieren.

Es gab viel zu tun. Die Beisetzung musste mit einem Beerdigungsinstitut besprochen werden, Freunde und Bekannte sollten über den Todesfall informiert werden. Rebecca schüttelte sich.

Dies alles ist nicht meine Aufgabe, dachte sie trotzig. Ihrem Vater fielen diese traurigen Verpflichtungen zu. Sie würde ihn dabei auf jeden Fall unterstützen, aber es war Levins Pflicht, zu erledigen, was nun anstand. Sie hatte keine Zeit zu verlieren und musste ihren Vater endlich finden.

Die Vorstellung, sich in der Wohnung zu verkriechen, bis sich die Probleme von allein gelöst hatten, war verlockend. Leider ebenso unrealistisch. Rebecca zog sich ihre Jacke an und griff nach ihrer Tasche. Bug trottete zum Fenster. Der Kater schien sich damit abzufinden, schon wieder allein gelassen zu werden.

Es war stockfinster und regnete, als sie sich erneut auf den Weg zu ihrem Elternhaus machte. Rebecca bog auf die Hauptstraße ab und drehte das Radio lauter. In vielen Fenstern standen Lichterbögen, leuchtende Sterne hingen in den Bäumen der Vorgärten. Diese aufgesetzte feierliche Stimmung fehlte ihr gerade noch. Nicht, dass sie den Feiertagen jemals viel hatte abgewinnen können. Aber jetzt konnte ihr dieser ganze Trubel um Harmonie wirklich gestohlen bleiben. Sie bog in den Schlehenweg ein und parkte ihren Wagen. Während sie über das Grundstück ging, suchte sie an ihrem Bund nach dem Haustürschlüssel.

Rebecca steckte ihn in das Türschloss und verharrte einen Augenblick. Dann entdeckte sie Frau Hullsten. Die aufmerksame Nachbarin hatte sich hinter ihrem Küchenfenster in Position gebracht, um nur keine Neuigkeiten zu verpassen. Sie sah blass aus und Rebecca überlegte, ob der Tod ihrer Mutter die Nachbarin so erschüttert haben konnte. Der Leichenwagen heute Vormittag war jedenfalls nicht zu übersehen gewesen.

Rebecca wollte so schnell wie möglich aus dem Sichtfeld von Frau Hullsten verschwinden. Das Haus zu betreten kostete mehr Überwindung als erwartet, ein Kältegefühl lief ihr über den Rücken. Rebecca hoffte inständig, dass alle Spuren beseitigt worden waren.

Die Frau, die sich heute in diesem Haus erhängt hatte, wer auch immer sie wirklich gewesen war, hatte ihre Geheimnisse mit ins Grab genommen. Rebecca hatte nur durch einen Schutzwall überleben können, den sie aufgebaut hatte, nachdem ihre Mutter schon eine Mauer gezogen hatte. Nun war Verena tot. Rebecca wollte damit nichts zu tun haben. Eigentlich. Trotzdem tat es verdammt weh.

Wieso hatte Verena sich das Leben genommen? Rebecca war darüber ebenso schockiert wie überrascht. Selbstmord hätte sie bei dieser starken Frau niemals vermutet. Ihre Neugierde, so deplatziert sie auch schien, war geweckt. Wieso hatte Verena diesen Schritt getan? Welche Gründe hatte sie für diese schreckliche Tat gehabt? Rebecca wollte die Hintergründe verstehen, trotzdem schreckte sie vor ihren Gedanken zurück. Ging es sie überhaupt etwas an? Hatte sie noch das Recht dazu, in dem Leben dieser Frau herumzuschnüffeln? Selbst wenn sich Verenas Motive herausfinden ließen, würde Rebecca es wissen wollen? Möglicherweise hatte die schlechte Beziehung zwischen Mutter und Tochter ihren Teil dazu beigetragen. Rebecca schüttelte den Gedanken ab.

Sie durfte sich da nicht hineinziehen lassen. Es war nicht ihre Aufgabe, jetzt tätig zu werden. Sie musste

Levin finden, denn ihr Vater wurde hier gebraucht. Sie brauchte ihn.

Waren die Unterlagen wieder an ihrem ursprünglichen Platz, würde sicherlich auch dieses bedrückende Gefühl von ihr abfallen. Rebecca fühlte sich unnatürlich schwer, seit sie die Dokumente an sich genommen hatte. Sobald Rebecca die Unterlagen von Verena zurückgelegt hatte, wäre ihr Kopf frei und sie konnte die Suche nach ihrem Vater endlich fortsetzen.

Rebecca öffnete die Tür und blieb in dem dunklen Flur stehen. Sie tastete nach dem Heizkörper. Die Stange mit dem Haken lehnte wie immer dagegen. Sie griff danach und hakte deren Ende an der Öse der Treppe ein, die zum Dachboden führte. Mit einem leisen Knarren klappte die Treppe hinunter. Zügig stieg Rebecca hinauf. Hier oben war es kälter als im restlichen Haus. Sie blickte zur Seite. Überall standen Kartons mit alten Kleidern, aussortierten Büchern und Dingen, die niemand mehr brauchte. Ein schmaler Durchgang führte an das Ende des Raumes. Dort lag das Büro ihrer Mutter. An robusten Metallschienen waren Rigipsplatten angeschraubt worden. Es war eher ein Kabuff, das von dem Rest des Dachbodens abgeteilt worden war, als ein richtiges Büro. Wie oft hatte sie als Kind vor der Tür mit dem roten Plastikgriff gestanden, die so gar nicht zu dem Rest der Konstruktion passte, und sich vorgestellt, was dahinter lag. Niemals hatte sie diesen Raum betreten dürfen. Bei dem ersten Mal, als sie es versucht hatte, war sie von dem Türschloss aufgehalten worden. Jetzt wagte sie einen neuen Versuch. Neugierig drückte Rebecca die Klinke hinunter. Die Tür gab nach. Wahrscheinlich war der Raum nach ihrem eigenen Auszug nicht mehr abgeschlossen worden. Rebecca betrat mit angehaltenem Atem den Raum. Ihre kindliche Fantasie hatte das Verbotene in buntesten Farben ausgemalt. Die Realität war nüchtern. Unter dem Dachfenster stand ein Schreibtisch mit einem bequemen Bürostuhl, dahinter standen offene Regale mit Ordnern.

War dies das Büro einer Buchhalterin oder das einer Journalistin? Rebecca überflog die Beschriftungen der Ordner. Schnell fand sie, wonach sie suchte. Einen Ordner, der die restlichen Unterlagen zu dem Buch *Die aufschlussreichen Finanzströme unserer Politiker* enthielt. Wahrscheinlich nutzte Verena das Versteck unter den Dielenbrettern im Wohnzimmer als Geheimversteck. Die Unterlagen über bereits veröffentlichte Bücher waren nicht mehr brisant, da die Informationen der Öffentlichkeit bekannt waren. Gefahrlos hatte Verena sie hier lagern können Die Unterlagen aus dem Geheimversteck, waren wahrscheinlich nur noch nicht hier oben abgelegt worden. Rebecca blätterte eine Weile, bis sie einen Vertrag mit dem Verlag fand. Verena Friedrichsen war dort als Autorin aufgeführt, ebenso war das Pseudonym Emilia Brodersen genannt, unter dem das Buch erscheinen sollte. Rebecca legte die Unterlagen zurück. Zumindest in diesem Punkt konnte sie jetzt absolut sicher sein. Verena hatte sie ihr Leben lang angelogen.

Rebecca stieg die Treppe wieder hinunter und klappte sie zurück. Auch wenn es ein mieses Gefühl war, belogen worden zu sein, hatte sie nun Gewissheit. Rebecca ging durch den Flur und betrat das Wohnzimmer. Sie vermied den Blick auf die Stelle, an der sie heute Morgen Verena gefunden hatte. Entschlossen ging Rebecca durch den Raum und kniete sich neben das Sofa. Hastig klappte sie die Teppichkante hoch und öffnete das geheime Versteck. Das Gewicht dieser Unterlagen lastete auf ihr.

Gleich ist es vorbei, dachte sie hoffnungsvoll. Die Klappe noch in der Hand, bemerkte sie ein kurzes Aufleuchten. Sie drehte ihren Kopf und blickte unter das Sofa. Was lag dort?

Rebecca krabbelte ein Stück näher heran, drückte sich auf den Boden und tastete mit der Hand unter das Sofa. Sie spürte eine kleine Kugel in ihren Fingern. Sie robbte zurück und setzte sich auf den Boden. Vorsichtig öffnete Rebecca die Finger. In ihrer Hand lag eine Perle. Diese gehörte sicher zu Verenas Halskette, die sie immer getragen hatte. Jetzt erst fiel ihr auf, dass sie die Kette heute Morgen nicht an Verena entdeckt hatte. Da war nur dieses fürchterliche Seil gewesen. Die Kette hatte Verena viel bedeutet.

Rebecca ließ sie in das Geheimfach rollen. Dann klappte sie ihre Umhängetasche auf und zog daraus die Notizen, die sie erst gestern mitgenommen hatte. Ihr kam es vor, als lasteten die Unterlagen schon eine Ewigkeit auf ihr. Mit einem klatschenden Geräusch landeten die Papiere in dem Fach auf der Perle. Gehässig dachte Rebecca daran, dass Verenas Lieblingsschmuckstück ausgerechnet bei deren Selbstmord zerstört worden war. Die anderen Teile der Kette lagen vermutlich jetzt in einem Plastikbeutel bei der Polizei.

"Es ist deine Vergangenheit, nicht meine."

Sie legte das Brett wieder in die Vertiefung, schlug es mit der Faust fest und legte den Teppich wieder darüber.

Im Gehen fiel ihr Blick auf die Kommode, die an der schmalen Wand gegenüber der Sitzecke stand. Rebecca stutzte. Irgendetwas war verändert. Sie sah den Kerzenständer, verwelkte Blumen und die aufgestellten Bilderrahmen. Alles schien wie immer.

Neugierig ging sie näher heran und entdeckte eine winzige Veränderung. Die Bilderrahmen rechts vom Kerzenständer standen etwas schräger. Außerdem waren nur noch zwei statt der sonst drei Fotos aufgestellt. Resigniert stellte Rebecca fest, dass ein Foto von ihr selbst fehlte. Das von der Abschlussfeier ihres Informatikstudiums. Es hatte seit Jahren immer ganz rechts gestanden. Vermutlich hatte Verena es nach dem letzten Streit in den Tiefen einer Schublade versenkt.

Die Polizei hatte nach einem Abschiedsbrief gesucht, aber keinen gefunden. Es sei nicht unüblich, manchmal hinterließen Suizidenten keine Nachrichten, hatte man ihr gesagt. Rebecca überlegte, ob das schlichte Entfernen des Fotos ein kleiner, hinterhältiger Hinweis von Verena zum Abschied gewesen war. Sollte der Freitod eine Strafe für Rebecca sein? Die tödliche Rache an der Tochter? Verena musste sie sehr gehasst haben. Rebeccas Augen wurden feucht. Durch den Tod Verenas würde sie nie erfahren, was sie falsch gemacht hatte. Mit dem Handrücken wischte sie die Tränen weg, rannte durch den Flur und riss die Tür auf.

Vor der Haustür blieb Rebecca stehen, dachte noch einmal an das Beet, das sie gestern aufgegraben hatte. Es war verrückt. Die Realität schien sich um sie herum aufzulösen.

Rebecca schloss ihre Wohnungstür auf und entdeckte Bug, der gerade das gesammelte Altpapier in der

Wohnung verteilte. Überall auf dem Boden lagen Zeitungsschnipsel herum. Das hatte ihr gerade noch gefehlt. Rebecca zog stöhnend ihre Stiefel aus und stellte sie auf die Fußmatte neben der Tür.

"Was ist denn mit dir los?", fauchte sie Bug an.

Der schwarze Kater schlich auf sie zu und legte den Kopf schief.

Das gleiche könnte ich dich fragen, schien sein Blick zu sagen.

Rebecca kniete sich zu ihm und strich ihm über den Kopf. Bug drückte sich schnurrend gegen ihre Hand.

"Tut mir leid, Kleiner. Ich bin gerade ein bisschen durcheinander."

Damit gab sich der Kater zufrieden und kehrte auf das Sofa zurück, wo ein besonders hartnäckiges Stück Karton auf ihn wartete. Rebecca setzt sich neben Bug, ignorierte seine Kunstwerke auf dem Fußboden und griff nach dem Telefon. Neben dem Hörer lag der Zettel, auf dem sie sich die Nummern der umliegenden Krankenhäuser notiert hatte. Eins nach dem anderen rief sie an. Jedes Mal erhielt sie von einer Krankenschwester die Auskunft, dass kein Levin Friedrichsen eingeliefert worden war. Auch keine Personen, deren Identität unbekannt war. Frustriert legte sie auf.

Sie musste dringend mit einer vertrauten Person sprechen. Ihr Schädel würde platzen, wenn sie nicht endlich erzählen konnte, was seit gestern geschehen war. Rebecca wählte die Nummer ihrer besten Freundin. Ungeduldig zählte sie das monotone Tuten. Nach einundzwanzig legte sie auf. Auch auf ihrem Handy war Mirja nicht erreichbar. Rebecca überlegte, ob sie ihr eine Nachricht schreiben sollte, entschied sich aber dagegen.

Sie musste jetzt eine vertraute Stimme hören, die ihr sagte, dass sie nicht dabei war durchzudrehen.

Und Benny? Ihn hätte sie jetzt gebrauchen können. Seine ruhige Stimme, seine Art, die Dinge zu betrachten, seine Arme, die sich um sie legten. Eine wohlige Wärme durchflutete sie, allein bei der Vorstellung, er könne wieder bei ihr sein. Rebecca schluckte. Benny hatte vor drei Monaten die Beziehung beendet. Sie hätte ihn niemals gehen lassen dürfen. Nun war es zu spät. Bestimmt hatte sich längst die Mutter eines der Kinder, die er unterrichtete, an ihn herangemacht. Gutaussehend und fröhlich wie er war, blieb er sicher nicht lange alleine. Sie kannte Benny seit der Sandkistenzeit. Die Vorstellung, eine andere Frau könne mit ihm eine Beziehung haben, war ihr unerträglich. Sie hatten noch Kontakt und Rebecca war sich sicher, dass Benny jederzeit für sie da war. Aber sie gehörten nicht mehr zusammen und das tat unendlich weh.

Trotzdem wählte sie seine Nummer. Ihr fiel auch niemand anderes ein, den sie hätte anrufen können. Die Mailbox ging sofort an und die Ansage bat darum, eine Nachricht zu hinterlassen. Rebecca ignorierte die Aufforderung und warf fluchend das Telefon auf den Tisch. Was war so schwierig an einer verdammten Beziehung? Was war los mit ihr? Plötzlich waren alle weg. Mirja, Benny, ihr Vater, Verena. Sie fühlte sich unglaublich einsam.

"Du lässt mich nicht im Stich, oder?" Bug schnurrte, als sie das weiße Fell an seinem Hals streichelte. Über ihre Wangen liefen Tränen.

Montag

Der Wecker klingelte um sieben Uhr. Rebecca drehte sich stöhnend um. War die Nacht tatsächlich schon vorüber?

Sie hatte unruhig geschlafen und furchtbare Träume gehabt. Mit den Händen rieb sie sich über das Gesicht.

Der kalte, leblose Körper von Verena mit dem Seil um den Hals und die traurigen Blicke der asiatischen Kinder hatten sie bis in den Schlaf verfolgt. Ächzend wälzte sie sich auf die andere Seite. Ihr Rücken tat bei jeder Bewegung weh. Bug schreckte neben ihr auf, fauchte wütend und blickte Rebecca enttäuscht an.

"Hey, guck mich nicht so an. Sofa ja, Bett nein."

Maunzend sprang er auf den Teppich und streckte seine Vorderpfoten weit aus. Er gähnte herzhaft, dann machte er sich mit hoch erhobenem Schwanz auf den Weg in die Küche.

Rebecca ging duschen, das Frühstück ihres Katers musste noch warten. Bug hingegen setzte andere Prioritäten. Ungeduldig schupste er seinen Fressnapf über die Küchenfliesen. Rebecca ignorierte das

Gescharre und zog sich an. Anschließend füllte sie Bugs Fressnapf und goss Kaffee in einen Thermobecher.

Rebecca griff nach ihrem Kaffee und ging in den Flur.

"Mach dir einen schönen Tag, mein Kleiner." Bug maunzte zufrieden und schlang sein Frühstück hinunter.

Weder ihr Chef, noch ihre Kollegen würden erwarten, dass sie nach dem tragischen Tod ihrer Mutter zur Arbeit käme. Rebecca hatte jedoch beschlossen, niemandem davon zu erzählen. Sie brauchte Ablenkung und kein Mitleid.

Der Kaffee machte ihre Gedanken klarer. Während Rebecca durch die Stadt fuhr, betrachtete sie sich kurz im Rückspiegel. Die letzte Nacht hatte deutliche Spuren hinterlassen. Die dunklen Augenringe standen in erschreckendem Kontrast zu der Blässe ihrer Haut. Rebecca versuchte, ihre Gedanken auf die Arbeit zu fokussieren. Ihr Projekt befand sich gerade in einer wichtigen Phase. Sie konnte es sich nicht leisten, unkonzentriert zu sein. Rebecca fuhr auf den Parkplatz hinter dem großen Bürogebäude, an dem in blauen Leuchtbuchstaben der Firmenname *BENO – IT-Solutions* prangte.

Rebecca hatte direkt nach dem Studium hier angefangen und arbeitete als Software-Testerin.

Das aktuelle Projekt beinhaltete die Prüfung einer neuen Bankensoftware, die zur Abwicklung von Wertpapiergeschäften diente. Zum ersten Januar sollte das System übergabebereit sein. In den letzten Tagen hatten sich einige Abweichungen zu den fachlichen Anforderungen herausgestellt. Somit mussten die Kollegen aus der Entwicklung noch Änderungen an der

Software vornehmen. Nach Abschluss der Fehlerbehebung würde ihr Team die Regressionstests durchführen. Unter enormem Zeitdruck, wie immer, denn sie waren das letzte Glied in einer langen Kette der Softwareentwicklung. Es würden wieder viele Überstunden auf sie zukommen, aber das störte sie nicht.

Rebecca griff nach ihrer schwarzen Wildledertasche und kramte darin nach ihrem Zugangsausweis. Sie zog die kleine Plastikkarte durch das Lesegerät und passierte die Schranke, die Unbefugten den Zugang verwehrte. Mit großen Schritten überquerte Rebecca den weitläufigen Eingangsbereich mit dem spiegelnden Steinfußboden.

Ihre Gedanken wurden klarer. Wie immer, wenn sie dieses Gebäude betrat, überkam sie eine Woge der Behaglichkeit und innerer Ruhe. In der IT gab es keine Überraschungen. Die Dinge funktionierten. Taten sie es nicht, war die Programmierung fehlerhaft. Sobald der Fehler gefunden und behoben war, lief alles planmäßig. Sie atmete tief durch. In diesen Räumen herrschte eine nüchterne Klarheit, die Rebecca Sicherheit gab. Es gab keine Gefühle, die alles durcheinanderbrachten. Nur Einsen und Nullen. Und das war ausreichend.

Nach einem kurzen Gruß betrat sie den Fahrstuhl und fuhr in den fünften Stock, ohne weiter auf die mitfahrenden Kollegen zu achten. Dieses Projekt forderte ihre ganze Aufmerksamkeit und die sollte es bekommen.

Lautes Gelächter drang aus ihrem Büro. Offensichtlich waren die anderen Kollegen bereits da.

"Morgen." Sie ließ ihre Tasche auf einen der Schreibtische fallen.

Ingo grüßte, widmete sich aber sofort wieder seiner derzeitigen Beschäftigung. Er hatte verschiedene Teebeutel auf seinem Schreibtisch ausgebreitet und sortierte sie in eine Metalldose ein.

"Moin", grüßte Lukas, der gerade Kaffeebecher auf die Schreibtische stellte. Rebecca zog die Jacke aus und bemerkte, dass Tom sie besorgt ansah. Er war der einzige ihrer Kollegen mit einer geradezu erschreckend hohen Empathie. Sie schüttelte fast unmerklich den Kopf. Er verstand die Geste und ignorierte ihre geröteten Augen und die angespannten Gesichtszüge.

"Hat schon irgendwer die Änderungen des fünften Kapitels der Fachdokumentation gelesen?", fragte Ingo, während er den Beutel aus seinem Teebecher fischte und mit der anderen Hand seine Brille hochschob.

"Solange die Entwickler keinen Schimmer haben, was da drinsteht, brauchen wir das noch nicht zu lesen", scherzte Lukas, der sich bewundernswerterweise von Zeitdruck generell nicht beeindrucken ließ.

"Hast auch wieder Recht. Becky, lass doch mal ein wenig Charme spielen und mache den Entwicklern Dampf. Nichts gegen euch, aber Weihnachten wäre ich lieber zu Hause statt hier." Ingo grinste.

"Charme ist gerade aus", bemerkte Rebecca trocken. Es kostete sie unendlich Kraft, ihre momentane Stimmung vor den Anderen zu verbergen.

Bei der Erwähnung von Weihnachten verengte sich ihr Hals.

Mit wem würde sie die Feiertage verbringen? Das Atmen fiel ihr schwer. Rebecca öffnete den obersten Knopf ihrer Bluse. Ob Paps zu Weihnachten wieder da war? Ihr fuhr es eiskalt den Rücken hinunter. Rebecca ballte die Hände zu Fäusten und konzentrierte sich darauf, gleichmäßig zu atmen.

"Dabei ist unsere Rebecca doch für ihren umwerfenden Charme bekannt", antwortete Lukas kichernd. Ingo schob grinsend erneut seine Brille hoch.

Rebecca ignorierte ihre Kollegen und löste die Fäuste. Sie spürte das Zittern ihrer Finger und vermied, es, ihre Hände anzusehen. Ich komme damit klar, redete sie sich ein. Rebecca fuhr den Rechner hoch und fixierte ihren Bildschirm, bis sie die schrecklichen Bilder ihrer Mutter aus ihren Gedanken verdrängt hatte. Dann las sie ihre E-Mails. Rebecca massierte sich die Stirn, konzentrierten sich auf ihre Nachrichten und versuchte, alle Gedanken an das vergangene Wochenende beiseite zu schieben. Trotzdem musste sie die Zeilen mehrfach lesen, um deren Inhalt zu begreifen. Rebecca biss sich auf die Lippen und war wütend, dass die Geschehnisse sie so ablenkten. Ihre Schweigsamkeit fiel sogar Ingo und Lukas auf. Rebecca strich sich über die Stirn und gab vor, Kopfschmerzen zu haben. Damit gaben sich beide zufrieden und sie konnte ungestört weiterarbeiten.

Rebecca ging mittags allein in die Kantine und holte sich einen Salat. Appetitlos stocherte sie darin herum, zwang sich aber, ein paar Bissen zu essen. Am Nachmittag las sie das geänderte Fachkonzept. Ihre Gedanken kreisten um das Wochenende, so sehr sie sich auch bemühte, sich auf ihre Arbeit zu konzentrieren. Immer wieder tauchten Bilder ihrer toten Mutter vor ihr auf. Mit den Testfällen kam sie nicht in der gewohnten Geschwindigkeit voran und das ärgerte sie zusätzlich. Verena hatte kein Recht, sich in ihr Leben einzumischen. Auch jetzt nicht.

Das Ignorieren der Ereignisse kostete sie viel Kraft. Am späten Nachmittag hatte Rebecca die bestehenden Testfälle angepasst und verließ müde und ausgelaugt das Büro. Sie überquerte die Straße und betrat den gemütlichen Coffee-Shop gegenüber. Dort holte sie sich einen doppelten Latte Espresso zum Mitnehmen. Sie zog ihren kuscheligen Schal enger um den Hals und trat wieder auf die Straße. Plötzlich sah sie wieder den Strick vor sich, den sich Verena um den Hals gelegt hatte. Rebecca riss ihren Schal sofort wieder herunter. Ihr ganzer Körper zitterte.

Sie lehnte sich an der Mauer eines Gebäudes an und umklammerte ihren Becher. Mit geschlossenen Augen atmete sie tief ein paar Mal durch, trank dann einen kleinen Schluck. Der Kaffee wärmte, verstärkte aber noch ihre Unsicherheit und Nervosität. Sie hätte besser einen beruhigenden Tee bestellen sollen. Ohne viel Hoffnung zog sie ihr Handy aus der Tasche und versuchte erneut, ihren Vater zu erreichen. Nichts. Tränen traten in ihre Augen. Er wusste noch nicht einmal, dass Verena tot war.

Sie kam sich hilflos vor und unendlich allein. Wo konnte sie suchen? Rebecca rief die drei Krankenhäuser der Umgebung an, deren Nummern sie inzwischen gespeichert hatte. Fehlanzeige, Levin war nicht eingeliefert worden. Sollte sie eine Vermisstenanzeige aufgeben? Hatte die Polizei überhaupt eine Chance, ihn zu finden?

Unruhig ging sie weiter. Das nächste Revier befand sich nur eine Querstraße weiter. Welche Möglichkeiten blieben ihr noch?

Zügig betrat sie wenige Minuten später das Polizeirevier. Die Luft in den Räumen war stickig. Eben noch vor Kälte zitternd, fuhr sie sich nun über den verschwitzten Nacken und hoffte, dieser Albtraum wäre endlich zu Ende.

Ein bärtiger Polizist kam zu ihr herüber. Er hatte eine ruhige Stimme und strahlte Vertrauen aus. Seine grauen Augen wirkten clever, die grauen Haare an den Schläfen zeigten seine Erfahrung. Rebecca gab die Vermisstenanzeige auf. Als der Beamte weitere Fragen stellte, trat sie unruhig von einem Bein auf das andere. Am liebsten wäre Rebecca aus dem Revier gerannt. Sie wollte mit all dem nichts zu tun haben. Aber Rebecca war klar, dass die Polizei nur helfen konnte, wenn sie alles von ihr erfuhr.

„Bitte informieren Sie auch Kommissarin Schacht. Sie wird es wissen wollen", sagte Rebecca mit trockener Kehle. Der Polizist blickte sie misstrauisch an, notierte nach kurzem Zögern den Namen der Kommissarin, ohne Fragen zu stellen.

Rebecca hatte das untrügliche Gefühl, dass ihr Vater nicht durch die Hilfe der Polizei zurückkehren würde.

Es war ihre Aufgabe, ihn zu finden.

Eine halbe Stunde später verließ sie das Revier. Bisher war die Suche unbefriedigend gewesen. Sie hatte alle Freunde angesprochen, mehrfach die Krankenhäuser abtelefoniert und nun die Vermisstenanzeige aufgegeben. Während sie die Steinstufen hinabstieg, fiel ihr ein, dass sie noch mit seinen Kollegen sprechen wollte.

Verena hatte von einem Streit berichtet. Rebecca war davon ausgegangen, dass der Vorfall daheim stattgefunden hatte und die Kollegen von Levin nichts davon wussten. Wie weit konnte sie den Worten von Verena trauen? Vielleicht war es ganz anders gewesen?

Benjamin Meinert hackte frustriert auf der Tastatur seines PCs herum. Warum lief dieses verdammte Ding nicht? Eben noch hatte er das Unterrichtsmaterial für das nächste Thema seiner Klasse vorbereitet und plötzlich tat sich nichts mehr. Wütend schlug er mit der Faust auf die Schreibtischplatte, so dass einige Stifte zu Boden rollten. Stöhnend bückte sich Benny und hob sie auf. Wenn Becky hier gewesen wäre, hätte sie das Problem sofort gelöst. Sie hatte diese einzigartige Verbindung zu allem Technischem. Gebrauchsanleitungen brauchte sie nicht zu lesen. Becky wusste intuitiv, wie die Dinge funktionierten. Gerade bei Computern hielt er sie für ein ausgesprochenes Genie. Sie erkannte immer schnell, woran es lag und konnte die Probleme umgehend beseitigen. Wenn irgendwas an der Hardware defekt war, besorgte sie Ersatzteile und hatte sie ausgetauscht, noch bevor er selber verstanden hatte, wie dieses Teil hieß oder was seine Aufgabe war.

Ja, so war Becky, immer da, immer hilfsbereit und eine wahre PC-Flüsterin, dachte er wehmütig. Nur mit ihrer Beziehung hatte es nicht geklappt. Vor drei Monaten hatte er Schluss gemacht. Wie viele Wochen er vorher über diese Entscheidung nachgedacht hatte, wusste er nicht mehr. Er würde nie eine Frau so lieben können wie Becky. Das hatte er gerade wieder bei dem Treffen mit Anna gemerkt.

Sie kannten sich eine Ewigkeit und er liebte Rebecca aus tiefstem Herzen. Aber sie entglitt ihm immer wieder wie ein nasser Fisch. Es war, als flutsche sie ihm aus den Händen, kaum dass er sie berührte. Becky hatte Probleme mit Nähe und Gefühlen, das war offensichtlich. Benny wusste genug, um die Gründe dafür zumindest zu erahnen. Ihre Mutter war früher nie für sie dagewesen. Zum Glück hatte sie eine tolle Beziehung zu ihrem Vater. Die Mutterliebe, die ihr Selbstbewusstsein und innere Stärke gegeben hätte, hatte in ihrem Leben gefehlt. Er wollte bei ihr nicht den Psychologen spielen. Sie war, wie sie war und er liebte alles an ihr. Ihre Haare, ihren Duft, ihre tollen braunen Augen.

Benny blickte zu dem Couchtisch hinüber, auf dem die Konzertkarten lagen. Er hatte sie damit überraschen wollen. Bereits beim Kauf hatte es in ihrer Beziehung gekriselt. Kurz darauf hatte er dann den Schlussstrich gezogen.

Jetzt lagen diese Karten vorwurfsvoll auf dem Tisch. War das Ende der Beziehung seine Schuld? Hatte er sie zu sehr gedrängt? War die Idee einer gemeinsamen Wohnung der entscheidende Fehler gewesen? Benjamin wusste noch genau, wie er sie gefragt hatte. Er war so aufgeregt gewesen wie vor einem Heiratsantrag. Sie hätten in seiner oder ihrer Wohnung leben können. Oder sich eine neue gesucht. Es wäre ihm egal gewesen, wenn sie nur bei ihm gewesen wäre. Nach seinem Vorschlag hatte Becky ihn aus großen, ängstlichen Augen angeblickt. Sie war zusammengeschreckt und hatte sich wie eine Schnecke langsam in ihr Häuschen zurückgezogen. Becky hatte nur stumm den Kopf geschüttelt und dann das Thema gewechselt. Das war es gewesen. Und dann hatte sich ihre Beziehung verändert. Es hatte ihm wehgetan, zurückgewiesen zu werden und Becky hatte nicht über ihre Entscheidung sprechen wollen.

Benjamin ging zum Tisch und nahm die Konzertkarten. Sie hätte sich darüber gefreut. Klar hätte er sie auch einfach so mitnehmen können. Schließlich kannten sie sich eine Ewigkeit. Es war nie eine Frage gewesen, dass ihre Beziehung auf freundschaftlicher Basis weiterlaufen würde. Das war aber alles andere als leicht. Er schlug die Karten in die offene Hand. Warum konnte man jemanden so sehr lieben und trotzdem funktionierte die Beziehung einfach nicht? Vielleicht war er nicht der Richtige für sie und Becky würde irgendwann einen Mann kennenlernen, der besser zu ihr passte. Ganz sicher würde ihm die Rolle des Trauzeugen zufallen. Ein widerlicher Gedanke. Er hing so wahnsinnig an ihr, dass es weh tat. Er musste endlich begreifen, dass er mit Becky keine Zukunft hatte. Benny griff seine Sporttasche und ging zum Basketballtraining.

Zwei Stunden später kam er wieder nach Hause und warf seine Tasche in den Flur. Er war beim ganzen Training unkonzentriert gewesen und beim Abschlussspiel hatte seine Mannschaft auch noch verloren. Nicht, dass es wichtig gewesen wäre. Aber es hatte eben nicht gerade geholfen, seine Stimmung zu verbessern. Er musste endlich Abstand zu Becky bekommen.

Er griff zum Telefon und rief einen Freund an.

„Hey Sascha. Hast du Lust, am Dienstag mit zu *Rockfish* zu kommen? Ich habe noch eine Karte übrig."

Silber-Stein hatte seine Büro- und Atelierräume in einem kleinen Gebäude, das in einem Gewerbegebiet in Hamburg-Rahlstedt lag. Rebecca fand einen Parkplatz vor dem Haus. Die meisten Mitarbeiter waren bereits gegangen, nur in wenigen Räumen brannte noch Licht. Rebecca betrat das Gebäude und ging in den ersten Stock hinauf. Sie betätigte die Klingel an der Glastür mit dem Firmenlogo, einem schwungvollen silbernen S in einem Kreis.

Eine Frau in enger Jeans und knallrotem Schlabberpulli öffnete. Sie musterte Rebecca mit fragendem Blick.

"Ja bitte?"

Rebecca betrachtete den Kaugummi, den die Frau in ihrem halboffenen Mund hin und herschob. Offensichtlich war sie genervt von der Störung, lange nach dem eigentlichen Feierabend.

"Guten Tag, ich bin Rebecca Friedrichsen, die Tochter von Levin."

"Levin ist nicht da. Er war heute gar nicht hier und hat sich auch nicht gemeldet." Die Frau wollte die Tür wieder schließen, blitzschnell stellte Rebecca ihren Fuß davor.

Sie hatte nicht erwartet, ihren Vater hier anzutreffen und war daher von den Worten der Mitarbeiterin nicht überrascht. Es war jedoch ungewöhnlich, dass er sich nicht telefonisch krankgemeldet hatte. Er war in solchen Dingen mehr als pingelig. Er musste wirklich in Schwierigkeiten stecken.

"Ist Frank Langenstedt noch da?" Rebecca hatte ihn durch das Fenster gesehen und hoffte, endlich in die Büros vorgelassen zu werden.

"Ja, Sie kennen den Weg?"

Mit einem schwachen Nicken drückte sich Rebecca an der Mitarbeiterin vorbei, deren argwöhnischer Blick sie verfolgte. Am Ende des Ganges betrat Rebecca einen Raum mit riesiger Fensterfront. Ihre Schultern sanken herab und ein Lächeln umspielte ihre Lippen. In diesem Raum, an den Werkbänken mit den Metallplatten, Drähten, Lötkolben und den vielen Zangen und

Werkzeugen, hatte sie schon als Kind gespielt. Der Geruch nach altem Holz, Metall und den Keksen, ohne die Frank Langenstedt keinen Arbeitstag verbrachte, weckten Erinnerungen an ihre Kindheit. Es war das Gefühl von nach Hause kommen. Sie liebte dieses Durcheinander auf den hölzernen Werkbänken. Früher hatte sie hier oft gesessen und ihre Hausaufgaben gemacht. Anschließend hatte Frank sich die Zeit genommen, ihr das Zeichnen beizubringen. Er liebte Fantasy-Romane, mit denen Rebecca nichts anfangen konnte. Doch die Zeichnungen, die er anfertigte, faszinierten sie. Es brauchte nur kurze Anleitungen und Rebecca konnte ihre eigenen Fabelwesen erschaffen. Glücklich hatte sie ihm ihre Zeichnungen gezeigt. Frank war erstaunt über ihr Talent und lobte sie so überschwänglich, dass sie ihm vorwarf, er würde sie veralbern. Er meinte es jedoch ernst und auch Levin war beeindruckt. Es war eine schöne Zeit gewesen. Die Männer hatten gearbeitet, sie hatte ihre Zeichnungen gemacht. Frank hatte ihr immer mit Tipps und Verbesserungsvorschlägen zur Seite gestanden und ihr viele Tricks gezeigt. Diese Fabelwesen waren ein Teil von ihr geworden, die immer mal wieder an die Oberfläche kamen. Es schien, als führten sie in ihr ein Eigenleben. Rebecca strich mit den Fingern über die Stuhllehne. Die Tischflächen waren übersät mit Zangen, Sägen, Pinzetten, Feilen und verschiedensten Behältern. Stifte und Drähte, Dosen mit Steinen und Karabinerhaken in den verschiedensten Größen waren darauf verteilt. Sie wusste, wie sehr ihr Vater seinen Beruf als Designer liebte. Das Entwerfen der Schmuckstücke und die Anfertigung der Unikate, die später für *Silber-Stein* in Serienproduktion gingen, entfachten seine Kreativität und Leidenschaft. Er liebte seine Arbeit über alles.

"Rebecca?"

Sie hatte Frank noch gar nicht bemerkt, der nun auf sie zukam und seine Arme um sie schlang.

"Wie geht es dir?", fragte er besorgt, denn ihre Anspannung ließ sich nicht verbergen.

"In der Firma ist gerade viel zu tun."

"Diese Computer sind auch keine einfachen Kollegen", scherzte er.

Rebecca lächelte Frank an. Mit seiner ausgebeulten Hose und dem bequemen Karohemd passte er so gut in diese Werkstatt, dass Rebecca ihn sich außerhalb von Metallspänen und Schmuck kaum vorstellen konnte.

„Paps ist krank. Ich wollte nur Bescheid sagen, dass er diese Woche nicht kommt."

Rebecca überlegte, warum sie Frank nicht die Wahrheit sagen konnte. Alleine bei dem Gedanken, das unerklärliche Verschwinden des Vaters und den Selbstmord Verenas auszusprechen, krampfte sich ihr Magen zusammen. Rebecca wurde schwindelig. Schnell hielt sie sich an einem der Tische fest. Frank wandte seinen Blick nicht von ihr ab.

"Du siehst auch nicht gut aus", bemerkte er fürsorglich. Rebecca winkte ab. Wenn sie aussprach, was geschehen war, würde sie durchdrehen.

"Wirkte Paps am Freitag auf dich verändert?", fragte sie stattdessen.

Frank überlegte, sein Blick schweifte aus dem Fenster in die Dunkelheit.

"Naja, nur, dass er früh gegangen ist. Er hat gegen Mittag schon seine Sachen zusammengepackt und ist dann gegangen."

Rebecca hob fragend die Augenbrauen.

"Für Levin ist das schon ziemlich ungewöhnlich. Sonst erinnere ich mich an nichts. Er kam vom Chef, packte seine Sachen und ging. Er war schon etwas durcheinander, hat ein Haufen Zeugs von seinem Schreibtisch heruntergefegt, als er seine Sachen genommen hat. Wer weiß, vielleicht steckte da die Krankheit schon drin." Er griff nach einem Keks von dem Teller und biss ab. Kauend sprach er weiter und bot auch Rebecca einen an, die gern zugriff. "Bei meiner Frau ist das auch immer so. Sie ist zwei Tage komisch, bis dann eine Erkältung oder irgendein anderer Infekt kommt. Naja, da weiß ich dann schon immer Bescheid und bin besonders lieb zu ihr."

"Danke. Kann ich noch kurz an Paps Schreibtisch? Er hat vor ein paar Tagen ganz aufgeregt von einem seiner Entwürfe gesprochen. Ich bin doch so neugierig."

"Klar. Guck mal in der obersten Schublade nach. Ich hol mir in der Zwischenzeit meinen Feierabend-Tee."

Er verschwand in Richtung Küche und Rebecca setzte sich auf den Stuhl ihres Vaters. Mit schnellen Blicken vergewisserte sie sich, dass niemandem sie beobachtete. Dann riss sie hastig die oberste Schreibtischschublade auf. Stifte, Notizen, Radiergummis lagen ordentlich in den einzelnen Fächern. Würde sie hier den Grund für sein plötzliches Verschwinden finden?

Rebecca zog die nächste Schublade auf. Ein Stapel mit Zetteln lag dort, Zeichnungen von Ringen und Ketten für die neue Kollektion, die Levins geschickte Hände in der nächsten Zeit erschafft hätten. Hoffentlich käme es noch dazu. Rebecca betrachtete fasziniert den Entwurf eines verzierten Amuletts. Zwischen filigranen Ranken war ein kleiner Rubin eingezeichnet. Rebecca war immer wieder beeindruckt, was Levin mit seiner Fantasie Wundervolles kreieren konnte. Sie legte die Zeichnung zurück und suchte weiter. Die Entwürfe waren wunderschön, hatten aber keinen Hinweis auf Levins Verschwinden gebracht.

"Hast du sie gefunden?"

Rebecca fuhr zusammen und drehte sich erschrocken um. Frank stand neben ihr, nippte an seinem Tee, der noch kochend heiß sein musste.

"Sie sind fantastisch."

Im Aufstehen fiel ihr Blick auf ein Foto von ihr selbst, das neben dem von Verena auf dem Fensterbrett stand. Rebecca nahm es hoch.

Die Aufnahme zeigte sie lachend beim Picknick im Stadtpark. Sie trug einen großen Hut und saß auf einer karierten Decke, neben sich einen vollen Picknickkorb. Wehmütig blickte sie auf das Bild. Benny hatte das Foto gemacht. Wie so oft hatte er schöne Aufnahmen gemacht, von ihr, den Tieren im Park und den Pflanzen. Die Fotografie war sein leidenschaftliches Hobby und er hatte unglaubliches Talent.

An diesem Nachmittag hatte er sie gefragt, ob sie zusammenziehen wollen. Es war im Sommer gewesen, kurz danach hatte er mit ihr Schluss gemacht.

Rebecca wollte den Rahmen zurückstellen, dabei berührten ihre Finger einen Gegenstand. Rebecca warf einen Blick zu Frank hinüber, der mit gesenktem Kopf in seine Arbeit vertieft war. Sie drehte den Bilderrahmen um. Die Rückseite bestand aus schwarzem Leder. Am unteren Teil, unter dem schrägen Aufsteller, war ein geknickter Zettel aus sehr dickem Papier angeklebt. Rebecca löste den Zettel und steckte ihn unauffällig in ihre Jackentasche.

Das sollte besser nicht zur Gewohnheit werden, dachte sie und verabschiedete sich.

„Grüß Levin. Und gute Besserung." Frank umarmte sie erneut. Aufgeregt verließ Rebecca das Gebäude.

Was war das für ein Zettel? Sie stieg eilig in ihr Auto und fuhr los.

Einige Straßen weiter fand sie einen Parkplatz. Sie holte das Papier aus ihrer Jackentasche und faltete es vorsichtig auseinander. Es war ein Foto. Sie schaltete die Innenbeleuchtung ein und sah es sich an. Ein einziger Blick genügte, dann ließ sie die Arme sinken und wandte sich ab. Das konnte nicht sein. Wie kam ihr Vater an dieses Foto?

Es zeigte Kinder, die mit unglücklichen Gesichtern auf dem Boden saßen. An niedrigen Tischen hantierten sie mit Werkzeugen, die sie nicht genauer erkennen konnte. Rebecca stiegen die Tränen in die Augen. Von diesen Kindern hatte sie geträumt. Ihre traurigen Blicke hatten sie im Schlaf verfolgt, als hätten sie sie um Hilfe angefleht. Der Anblick dieser Kinder verursachte einen schmerzhaften Stich in ihrem Herzen. Alle wirkten krank und unterernährt. Apathisch und mit ausdruckslosen Gesichtern verrichteten sie ihre Tätigkeit. Aus Reportagen wusste sie, dass Kinder in armen Ländern arbeiten mussten, um ihre Familien zu ernähren. Ein Schulbesuch war Luxus, den sich diese Menschen nicht leisten konnten. Rebecca schluckte. Wie konnten Menschen so grausam sein?

Zweifellos gehörte dieses Foto zu den anderen Aufnahmen, die sie in dem Versteck im Wohnzimmer ihrer Eltern gefunden hatte. Wieso besaß Levin ein Foto aus der Serie, die Verena so raffiniert versteckte? Und wieso hatte auch er sein Foto versteckt?

Plötzlich kam ihr ein verstörender Gedanke. War Levin auch Journalist?

Rebecca startete den Motor, würgte ihn ab und drehte den Zündschlüssel fluchend erneut herum.

Nein, das war unmöglich. Die Vorstellung, dass Levin als investigativer Journalist arbeitete, war geradezu lächerlich. Oder nicht? Inzwischen schien alles, was ihr bisher real erschienen war, nur vorgetäuscht.

Rebecca fuhr durch die dunklen Straßen und ging gedanklich den Tagesablauf ihres Vaters durch. Sein Leben war viel geregelter als das von Verena. Andererseits hatte sie auch von Verena nie erwartet, dass sie als Journalistin tätig war. Aber Paps? Hätte er das vor ihr verheimlichen können? Oder wollen? Rebecca hatte so viel Zeit ihrer Kindheit in seiner Werkstatt bei *Silber-Stein* verbracht, kannte ihn in- und auswendig. Das hatte sie zumindest immer geglaubt.

Rebecca schüttelte den Kopf. So ein Versteckspiel wäre nicht möglich gewesen. Wie hätte er es schaffen können, seinen normalen Beruf mit der Arbeit als Journalist zu verbinden? Aber Levin musste auf jeden Fall das Geheimnis von Verena gekannt haben. Und auch er hatte es vor seiner Tochter verheimlicht.

"Das ist zum Kotzen." Fluchend schlug Rebecca mit der Hand auf das Lenkrad. Sollte das ganze Leben vorgetäuscht gewesen sein? Hatten Levin und Verena ihr eine Welt vorgelogen, die nicht existierte? Fakten und Fantasien jagten durch ihren Kopf. Jede Überlegung warf noch mehr Fragen auf. Fragen, auf die sie keine Antwort erhalten konnte. Aber eines stand fest. Was auch immer Levin gewusst oder getan hatte, Rebecca war sich sicher, dass er sie über alles liebte.

Gedankenverloren ließ sie ihren Kettenanhänger über das Lederband gleiten. Er liebte sie, das hätte er seiner Tochter nie angetan. Außerdem war er nicht der Typ, der Reportagen schrieb und journalistische Ermittlungen durchführte. Er war sensibel, liebevoll zu seiner Familie, ein wenig unorganisiert und manchmal fast schüchtern. Er war kein Kerl wie... Marten.

Sie schluckte bei der Erinnerung an diesen Mann. Ihr fiel wieder ein, dass Marten als Journalist arbeitete. Hatten die beiden sich durch ihre Arbeit kennengelernt? Marten war selbstbewusst und hatte eine charismatische Ausstrahlung. Auch wenn Rebecca sich dagegen wehrte, musst sie sich eingestehen, dass er Vertrauen und Respekt ausstrahlte. Sie traute ihm den Umgang mit sensiblen Informanten ebenso zu wie detektivische Ermittlungsarbeit. Wenn sie die ausweichenden Antworten von Verena richtig interpretiert hatte, war er wieder aufgetaucht.

War es ihm diesmal gelungen, ihre Familie zu zerstören?

Mit Tränen in den Augen fuhr sie nach Hause. Sie schleppte sich die Stufen zu ihrer Wohnung hoch, ließ ihre Jacke im Flur auf den Boden fallen und warf sich stöhnend auf das Sofa.

Bug sprang auf ihre Schulter, drückte sich dann vor ihren Bauch. Er maunzte leise. Lethargisch ließ Rebecca ihre Hand über sein Fell gleiten. Bug schnurrte, als sie den weißen Fleck vor seiner Brust kraulte. Plötzlich sprang er wieder auf. Rebecca drehte sich um. Hatte er ein ungewöhnliches Geräusch gehört? Bug war auf den Tisch gesprungen, was er sonst nie tat.

„Was ist denn mit dir los? Runter da", fauchte Rebecca.

Dann sah sie, wie Bug mit der Nase das Telefon in ihre Richtung stupste.

Rebecca seufzte.

„Du meinst, ich soll ihn anrufen?", fragte sie. Bug blieb mit stolzgeschwellter Brust auf dem Tisch sitzen und sah sie herausfordernd an.

Rebecca griff nach dem Telefon und drückte die Kurzwahltaste für Benny.

Wie jämmerlich, bei den kleinsten Problemen dem Ex hinterherzurennen, fuhr es ihr durch den Kopf.

Auch dieses Mal ging Benny nicht ans Telefon. Vielleicht sollte sie ihn auch gleich bei der Polizei als vermisst melden und den Schreibtisch in seinem Büro durchsuchen, dachte sie müde.

"Bug, ich werde langsam hysterisch", gestand sie ihrem Kater, der wieder zu ihr hinübergesprungen war. Mit schweren Beinen schlich Rebecca ins Schlafzimmer. Sie war völlig erschöpft. Bug kuschelte sich nach ausgiebiger Fellpflege an ihren Bauch und genoss das Privileg, dieses Mal nicht aus dem Bett verscheucht zu werden.

Dienstag

"Rebecca, ist der Bericht für das Defect-Meeting fertig?"

Unbemerkt hatte sich ihr Chef Björn Richter angeschlichen. Sie blickte von ihrem Bildschirm auf.

"Habe ich dir so gut wie zugemailt."

Den Bericht hatte sie gerade fertiggestellt. Ihre Gedanken waren etwas zur Ruhe gekommen, seit sie das Gebäude betreten hatte. Hier wurde sie von klaren Strukturen empfangen, die es ihr zumindest teilweise ermöglichten, die Welt außerhalb dieses Gebäudes mit all ihren Ungewissheiten zu verdrängen.

"Sind die Testfälle schon angepasst?" Durch die Gläser seiner dunklen Brille sah Björn Richter sie prüfend an.

"Da sind Ingo und ich dran. Wir haben..."

"Sind wir im Zeitplan?", fiel Björn ihr ins Wort.

"Ja, Sir." Rebecca grinste. Sie mochte ihren Chef. Nicht jeder konnte mit ihrer direkten Art umgehen. Björn Richter hingegen akzeptierte ihre Schroffheit, weil er ihre fachlichen Qualitäten schätzte.

Er hielt große Stücke auf die Kompetenz seines Teams und vertraute seinen Mitarbeitern genug, um sich aus der täglichen Arbeit herauszuhalten. Er wurde nur ungemütlich, sofern die Termine nicht eingehalten werden konnten und seine Leute für eine Verzögerung verantwortlich waren.

"Keine Scherze, sonst führst du die nächsten Telefonate mit dem Projektleiter."

Tom und Lukas kicherten an ihren Schreibtischen, so dass Björn Richter sich zu ihnen umdrehte.

"Ihr dürft das Telefonat mit dem Projektleiter auch gern übernehmen, wenn es euch so wichtig ist."

"Och, nö, Chef", wehrten beide mit erhobenen Händen ab. „Aber wenn Rebecca das macht, wollen wir unbedingt dabei sein." Sie kicherten.

"Das ist ein Argument. Ich sehe schon, das muss ich wieder machen. Schließlich wollen wir das Projekt ja behalten. Und unsere Jobs. Jeder hat eben seine eigenen Stärken." Björn Richter sah Rebecca grinsend an und klopfte ihr auf die Schulter. Rebeccas Fachwissen war unantastbar. Hingegen war ihr mangelndes Feingefühl der Grund, warum ihr Team alles tat, um zu verhindern, dass sie mit der oberen Führungsriege oder den Kunden direkten Kontakt hatte.

"Irgendwer muss hier ja mal Tacheles reden", rief Rebecca, aber der Testmanager hatte das Zimmer bereits wieder verlassen.

Bei der Testfallermittlung waren alle theoretisch möglichen Wertpapierbuchungen zusammengetragen worden. Hiermit konnte die komplette Bandbreite möglicher Buchungen simuliert und die Bankensoftware für jeden einzelnen Fall getestet werden.

Rebecca nippte an ihrem Kaffee und versuchte sich auf die Korrektur der Testfälle zu konzentrieren.

Tom stand in der geöffneten Bürotür und verfolgte die Schritte seines Chefs.

"Gleich ist er in seinem Büro. Jetzt wäre ein guter Zeitpunkt, die E-Mail abzusenden."

Rebecca sah ihn fragend an. Tom hatte sofort gesehen, dass sie Probleme hatte. Wie schlecht es seiner Kollegin wirklich ging, ahnte er nicht.

"Der Bericht für das Defact-Meeting", raunte er ihr zu.

Rebecca schlug sich mit der flachen Hand gegen die Stirn, formte mit den Lippen ein "Danke" und kümmerte sich um das Versenden der Nachricht.

In der Küche goss sie ihren Thermobecher mit Kaffee voll, ehe sie sich auf den Weg zu der Firma ihres Vaters machte. Frank hatte gestern angedeutet, dass ihr Vater nach dem Gespräch mit seinem Chef, durcheinander gewesen war. Rebecca musste unbedingt den Inhalt der Unterredung erfahren. Vielleicht ergaben sich daraus Hinweise, warum oder wohin ihr Vater verschwunden war.

Es standen mehrere Autos auf den reservierten Parkplätzen von *Silber-Stein*. Rebecca erkannte den weißen Audi der Chefin. Dann war ihr Mann sicherlich auch noch in der Firma. Sie war gespannt, was Theodor von Stein ihr zu berichten hatte.

Als Rebecca vor der Glastür stand und den Klingelknopf betätigen wollte, wurde die Tür bereits geöffnet. Frank Langenstedt lächelte sie an. Er trug einen langen Mantel und eine bunte Strickmütze mit Bommel. Sein Aussehen erinnerte sie an den Sänger der

Band *Spin Doctors*, die vor etlichen Jahren einen Hit mit *Two princes* gehabt hatten. Sie erinnerte sich, dass sie mit Benny zusammen eine Retro-Chartshow gesehen hatte. In seinem Wohnzimmer hatten sie zu diesem Lied getanzt und gelacht.

Rebecca schluckte und wünschte Frank einen schönen Feierabend. Dann ging sie den Flur entlang zu dem Büro von Herrn von Stein und klopfte an den Rahmen der geöffneten Tür.

Die Aufgaben bei *Silber-Stein* waren klar aufgeteilt. Seine Frau war für Verwaltung und Finanzen zuständig, er kümmerte sich um die Kollektionen und den Vertrieb.

Der Firmeninhaber erkannte Rebecca sofort, erhob sich von seinem Stuhl und ging ihr mit wippenden Schritten entgegen. Er schob ihr einen Stuhl zurecht und wies sie mit einer galanten Handbewegung an, Platz zu nehmen.

Dann schloss er die Bürotür und setzte sich ihr gegenüber.

„Messevorbereitungen. Wir sind im Moment viel auf Achse, meine Frau und ich", sagte er mit einem Blick auf seinen überfüllten Schreibtisch.

Herr von Stein bot ihr ein Mineralwasser an, das sie dankend annahm. Rebecca nahm erstaunt zur Kenntnis, dass der erfahrene Goldschmied geradezu tollpatschig mit der Wasserflasche umging.

„Ich war gestern kurz hier und habe mit Herrn Langenstedt gesprochen. Levin ist krank.", sagte sie und nippte an ihrem Glas.

Theodor von Stein nickte.

„Frank sagte es mir. Richten Sie ihrem Vater meine besten Genesungswünsche aus. Aber deswegen sind Sie nicht noch einmal hierhergekommen."

„Sie haben am Freitag miteinander gestritten, bevor Paps das Büro verließ", platzte Rebecca heraus.

Herr von Stein griff nach einer smaragdbesetzten Kette, die auf seinem Schreibtisch lag. Über den Rand seiner Lesebrille sah er sie scharf an.

„Warum fragen Sie ihren Vater nicht danach?"

Rebecca rutschte auf dem Stuhl hin und her. Sie war keine gute Lügnerin.

„Levin leidet an Depressionen", sagte sie mit leiser Stimme.

Die Vorstellung, ihr lebenslustiger und fröhlicher Vater sei depressiv, war völlig absurd. Aber sie musste Informationen aus Herrn von Stein herausbekommen, ohne zu verraten, was wirklich vorgefallen war.

„Ich machte mir große Sorgen um ihn. Er ist labil, manchmal gar nicht ansprechbar."

„Wie schrecklich. Ich hätte es nicht vermutet. Es tut mir leid."

„Ich suche nach Gründen dafür." Rebecca wippte ungeduldig mit den Füßen.

„Sie denken, die Ursache für seine bedauerliche Krankheit findet sich hier?" Er lächelte sie mitleidig an. „Wir hatten am Freitag eine Unterredung, gewiss. Wir sind hier ein gutes Team. Bei uns gibt es kein Mobbing und keine Differenzen mit unseren Mitarbeitern." Herr von Stein war offensichtlich pikiert aufgrund ihres Verdachtes. „Nach den Gründen für seine Depressionen sollten Sie besser im heimischen Umfeld suchen."

Am liebsten hätte sie ihn angebrüllt, er solle sich aus ihrem Privatleben heraushalten. Rebecca ballte ihre Hände zu Fäusten und hoffte, Herr von Stein würde es nicht bemerken Niemandem hatte sie von ihrer unfassbaren Angst um ihren Vater erzählt. Rebecca musste dringend darüber reden, aber Theodor von Stein war nicht der Mensch, bei dem sie sich aussprechen wollte.

Von ihm brauchte sie lediglich Informationen.

„Worum ging es in dem Gespräch?"

Die Smaragdkette glitt durch seine schmalen Hände wie ein Rosenkranz beim Gebet. Ihre hinabgleitenden Glieder klackerten rhythmisch auf der Schreibtischplatte. Das Geräusch machte Rebecca wahnsinnig. Sie unterdrückte den Reflex, ihn zu schütteln, bis er mit der Sprache herausrückte.

„Rebecca, was wollen Sie?"

Sie biss sich auf die Unterlippe. Rebecca wusste, dass ihre direkte Art manche Leute vor den Kopf stieß, aber dieses Herumgerede war Zeitverschwendung und machte sie ganz kribbelig. Verdammt, warum waren manche Leute nur so empfindlich?

„Wie wäre es mit der Wahrheit?", fragte sie kalt.

Ihre Worte wurden von dem Mantra-artigen Klackern der Kettenglieder begleitet. Herr von Stein richtete sich auf.

„Ich weiß nicht, was Sie vermuten. Wir sprachen am Freitag lediglich über seine aktuellen Entwürfe, für die ich Änderungswünsche hatte. Sie wissen ja, wie Künstler sind. Da nehme ich weder mich noch ihren Vater aus, eigentlich niemanden in dieser Firma. Sie mögen keine Kritik und reagieren darauf manchmal ein wenig eingeschnappt."

Er nahm seine Brille ab und legte sie vor sich auf den Schreibtisch.

„War auch der Entwurf dieses Amulettes dabei, das mit dem Aquamarin in der Mitte? Paps hat davon oft erzählt. Ich glaube, sein Herz hing sehr daran."

Im Geiste sah Rebecca die Zeichnung vor sich, die sie gestern in einer der Schubladen von Levins Schreibtische entdeckt hatte. Rebecca wartete auf die Antwort und ließ den Zopf durch ihre Finger gleiten.

„Das Aquamarin-Amulett, ein schöner Entwurf. Wir sprachen in der Tat darüber."

Rebecca nickte und sprang auf. Beinahe hätte sie den Stuhl umgeworfen. Nach einer kurzen Verabschiedung hetzte sie aus dem Gebäude. Rebecca überquerte schnell den Sandparkplatz und ließ sich schnaufend in den Autositz fallen.

Auf der Zeichnung des Amuletts, das ihr Vater entworfen hatte, war ein Rubin eingezeichnet gewesen. Kein Aquamarin. Ihr Vater hatte oft berichtet, dass Herr von Stein ein unglaubliches Gedächtnis für alle Schmuckstücke besaß, die er jemals gesehen hatte. Herr von Stein hatte den Entwurf des Amuletts noch nie im Leben gesehen. Worüber auch immer ihr Vater am Freitag mit Herrn von Stein gesprochen hatte, mit Schmuckentwürfen hatte dieses Gespräch nicht das Geringste zu tun gehabt.

Was war hier am Freitag vor sich gegangen? Rebecca fädelte sich in den Verkehr ein. Den grauen Ford, der ihr in einigem Abstand folgte, bemerkte sie nicht.

Was zum Teufel verbarg Herr von Stein? Worüber hatte er mit ihrem Vater gestritten und warum log er sie an? Plötzlich kam ihr ein Gedanke. Wenn er am Freitag das Büro früher verlassen hatte, wo war er dann hingefahren? Nach Hause, wie Verena es ihr gesagt hatte? Sie hatte ihr so viele Märchen erzählt, da konnte es gut möglich sein, dass sie auch diese Geschichte erfunden hatte.

Was hätte Levin getan, wenn er nach dem Streit mit seinem Chef nicht nach Hause gefahren war? Rebecca fuhr auf einen Haltestreifen und blickte auf die Dunkelheit vor sich. Die Straßenlaternen verbreiteten ein kaltes Licht. Die Büsche und Bäume reckten ihre kahlen Äste wie flehende Arme in den schwarzen Himmel. Rebecca starrte auf die vorbeifahrenden Autos und versuchte, sich in ihren Vater hineinzuversetzen.

Er hatte Streit mit seinem Chef gehabt, seine Sachen zusammengepackt und war vermutlich mit seinem Wagen davongefahren. Rebecca versuchte sich Levin vorzustellen, wie er das Gebäude verließ. Nach einem Streit einfach zu gehen, war für ihn absolut untypisch. Er war ein harmoniebesessener Mensch, brachte es eigentlich nicht fertig, eine ungeklärte Situation zu verlassen. Er musste unglaublich aufgewühlt gewesen sein.

Worum hatte das Gespräch mit Herrn von Stein wirklich gehandelt? Rebecca rekonstruierte einen möglichen Ablauf.

Bei ihr selbst hatte er nicht angerufen. Nach Hause gefahren war er, wie sie trotz der Worte Verenas vermutete, auch nicht. Wo war er hingefahren? Oder zu wem? Rebecca blickte traurig auf die Straße. Wenn er sich auch nur annähernd so schlecht gefühlt hatte, wie sie in diesem Moment, dann hätte er sich aussprechen wollen. Rebecca dachte an ihre Versuche, Benny, Mirja oder ihren Vater zu erreichen. Sie war in einer fürchterlichen Situation und wollte einer vertrauten Person davon erzählen. Hatte Levin auch versucht, Verena oder jemand anderes anzurufen?

Das war durchaus möglich. Aber seine typische Reaktion wäre gewesen, sich vorerst zurückzuziehen. Er hätte sich erstmal einen Platz gesucht, an dem er etwas zur Ruhe kommen konnte. Das war seine Art, mit Konflikten umzugehen. Erst die Probleme und mögliche Lösungen alleine zu durchdenken, die Gedanken sortieren und sich beruhigen. Dann hätte er telefoniert.

Rebecca musste nicht lange nachdenken, um einen Ort zu finden, an dem Levin sich verkrochen hätte. In der Nähe gab es einen Park mit einem See. Ihr Vater hatte ihr erzählt, wie schön es dort sei. Und dass er im Sommer manchmal dort seine Mittagspause verbrachte. Rebecca fuhr mit dem Gefühl los, nun endlich einen kleinen Schritt weiter zu sein. Wieder übersah sie den grauen Ford, dessen Fahrer sie genau beobachtete.

Rebecca fuhr ein Stück zurück und fand trotz der Dunkelheit den Parkplatz, der bei dem kleinen Park lag. Sie hielt an und stieg aus. Dicke Regentropfen schlugen ihr ins Gesicht, starke Windböen trieb die Tropfen durch die Dunkelheit. Rebecca zog sich die Kapuze über den Kopf. Auf dem Boden bildeten sich erste Pfützen und sogen die dicken Regentropfen in sich auf. Rebecca ging vorsichtig auf den schmalen Weg zu, der zum Eingang des Parks führte. Er war von Bäumen gesäumt, deren Äste im Wind umherpeitschten. Dahinter erreichte sie die große Rasenfläche, auf der Bänke standen. Büsche und Beete ließen erahnten, dass es im Sonnenschein ein schöner Platz zum Entspannen war. Bei Dunkelheit und Regen war es hingegen wie die Kulisse eines Horrorfilms. Die sich im Sturm wiegenden Bäume warfen bizarre Schatten auf den durchnässten Boden. Die wenigen Lampen des Parks vermochten die Dunkelheit kaum zu vertreiben.

Regentropfen liefen über ihr Gesicht, während sie versuchte, sich ihren Vater vorzustellen. War er hergekommen, um sich nach dem Gespräch mit Theodor von Stein zu beruhigen?

Hatte er sich auf die Bank dort drüben gesetzt? Nein, dafür wäre er zu unruhig gewesen. Rebecca versuchte angestrengt, auf dem nassen Boden Fußspuren zu entdecken. Nichts. Regen und Dunkelheit hatten alle Spuren beseitigt. Wenn es denn überhaupt welche gegeben hatte. Was erhoffte sie hier noch zu finden? Es waren bereits vier Tage vergangen. Wütend stapfte sie voran. Die im Sturm aneinander peitschenden Blätter verursachten ein unheimliches Klatschen. Sie hätte viel früher herkommen müssen. Selbst die Abdrücke ihrer eigenen Stiefel zerflossen schnell zu morastigen Löchern. Rebecca griff nach ihrem Handy und startete die Taschenlampen-App. Zufrieden stellte sie fest, dass der Lichtschein sehr hell war und ihr bei der Suche helfen konnte. Bei ihrer nächtlichen Schaufelsuche im Schuppen ihrer Eltern hätte dieses Licht bestimmt auch gute Dienste geleistet. Leider hatten die Ratten ihre Denkfähigkeit ein wenig eingeschränkt.

Rebecca schaute bei der nächstliegenden Bank nach Hinweisen. Sie sah in den Mülleimer, bückte sich, um den Boden um die Bank herum abzusuchen. Es gab keine Spur, die darauf hinwies, dass ihr Vater hier gewesen war.

Am nächsten Morgen, wenn die Sonne schien, würde sie bestimmt mehr erkennen können. Dabei etwas Wichtiges zu entdecken, erschien ihr unwahrscheinlich. Rebecca stapfte den schmalen Sandweg zurück. Plötzlich spürte sie unter ihrem Fuß einen Gegenstand. Sie bückte sich und schob mit den Fingern matschige Blätter zur Seite. Auf der Erde lag etwas Dunkles. Rebecca tastete den Boden ab und hob den Gegenstand auf. Es war ein Handy. Das Display war gesprungen, Dies war sicher nicht dem Umstand geschuldet, dass sie gerade draufgetreten war.

„Rebecca."
Erschrocken fuhr sie hoch, ließ das Handy blitzschnell in ihrer Jackentasche verschwinden.

Im Schein der Straßenlaterne, die den Parkplatz in fahles Licht tauchte, erblickte sie einen Mann, der hünenhaft neben ihrem Wagen stand. Sein langer Mantel wehte im Wind, der Regen schien ihm nichts auszumachen.

„Was wollen Sie denn hier?", entfuhr es Rebecca. Sie wollte an ihm vorbei zum Wagen gehen.

Marten kam einen Schritt auf sie zu und griff nach ihrem Oberarm. Wenn sie genauso hitzköpfig war wie ihre Mutter, wäre sie weg, bevor er auch nur ein Wort sagen konnte. Und das durfte er nicht riskieren. Seine Hand umklammerte ihren Arm. Wütend drehte Rebecca sich zu ihm um. Ihre Reaktion überraschte ihn nicht. Wie hätte dieses Mädchen auch anders auf ihn reagieren sollen als mit blankem Hass?

„Ich muss mit Ihnen reden", sagte er so ruhig wie möglich.

„Ganz gewiss nicht. Lassen Sie mich los", zischte sie ihm entgegen und entriss ihren Arm gekonnt aus seinem Griff.

„Rebecca. Ich weiß, dass Sie mich nicht leiden können. Aber ich mache mir Sorgen um Verena", sagte er eindringlich.

Es musste ihm gelingen, die Frau zum Zuhören zu bewegen. Es stand zu viel auf dem Spiel.

Ihre Augen funkelten ihn feindselig an. Ihre Kiefermuskulatur spannte sich.

Marten hielt ihrem Blick stand. Er wusste, dass der Ex-Geliebte ihrer Mutter die letzte Person war, die sie um sich haben wollte. Er hatte beinahe ihre Familie zerstört und ihren Vater damit zu Grunde gerichtet. Den Mann, den Rebecca unendlich liebte, weil sie gelernt hatte, nur ihm zu vertrauen. Marten konnte die Entscheidung nachvollziehen, die Verena vor langer Zeit getroffen hatte. Aber das machte es nicht besser.

„Wissen Sie, wo Ihre Mutter ist? Ich kann sie nicht erreichen." Marten blickte Rebecca fest an. Sie ahnte nicht, wer ihre Mutter wirklich war und hatte keinen blassen Schimmer, welche Dinge diese schon gesehen hatte. Und das war besser so. Es musste Menschen wie Verena und ihn geben. Sie begaben sich in Gefahr, sie gruben all den Dreck aus, den die Mafia, aber auch die Führungsriege aus Wirtschaft und Politik sorgsam zu verstecken suchten. Es gab viele Dinge, von denen er wünschte, er habe sie nicht erfahren. Für die Öffentlichkeit und den Rechtsstaat war es wichtig und jemand musste diesen Job machen. Er selbst wusste am besten, dass es ständige Gefahr bedeutete.

Er machte sich große Sorgen und musste wissen, was Rebecca über den Verbleib von Verena wusste. Ihre Worte trafen ihn wie ein Schlag.

„Sie ist tot."

Die Worte hallten durch seinen Schädel, schlugen direkt in sein Herz. Fassungslos versuchte er zu begreifen, was Rebecca ihm gerade gesagt hatte. Marten wich zurück, rang nach Atem. Tot? Wie konnte das sein? Bilder tanzten vor seinem inneren Auge. Verena, mit ihrem offenen Lachen, ihren schimmernden Haaren, ihrer weichen Haut. Er hatte sie geliebt und begehrt und tat es noch immer. Marten verlor den Halt und taumelte rückwärts. Er prallte an Rebeccas Auto und stützte sich dagegen, seine Arme hingen schlaff an seinem zittrigen Körper hinab. Der Regen prasselte auf ihn nieder, die Tropfen fühlten sich wie Messerschnitte auf seiner Haut an. Wie konnte sie tot sein? Er riss den Kopf nach hinten, starrte in den schwarzen Himmel und wollte schreien. Schreien, bis seine Kehle wund war und sein Körper leer, bis sein zerfetztes Herz aufhörte zu schlagen. Es kam kein Laut. Er starrte stumm in die Dunkelheit.

„Mein Gott, wie …", stammelte Marten irgendwann später. Er spürte ihre aufmerksamen Blicke auf sich ruhen. Diese junge Frau konnte ihn nicht leiden, schien seinen Schmerz und seine Wut zu genießen. Er wusste von Verena, dass sie ihn hasste für das, was er ihrem Vater angetan hatte.

Dieses Gespräch, jeder Moment, den sie mit ihm verbringen musste, war ihr unangenehm, das war unverkennbar. Und doch schien sie sein Leiden zu genießen. Spielte das jetzt eine Rolle, was sie dachte?

„Sie hat sich umgebracht", sagte Rebecca.

Nein, fuhr es Marten durch den Kopf. Das war eine Lüge! Das hätte sie nie getan, das hätte sie Levin nie angetan, Rebecca nicht. Ihm nicht.

„Jetzt lassen Sie mich endlich an meinen Wagen." Ihre Arroganz machte ihn wütend. Aber es ging hier nicht um ihn. Wenn seine Vermutung richtig war, dann war auch dieses Mädchen in Gefahr. Und dann war nichts so, wie sie glaubte. Er musste ihr helfen, sie schützen. Sie war Verenas Tochter!

„Rebecca, nein. Warten Sie." Er legte seine Hände, jetzt locker, an ihre Oberarme und sah sie eindringlich an. „Ihre Mutter hat mit mir telefoniert. Sie sagte, dass sie sich um etwas kümmern müsse. Dann hat sie mir Dokumente zugeschickt. Es war kein Anschreiben dabei, kein Wort der Erklärung. Verena war vermutlich in großer Eile. Ich gehe davon aus, dass sie die Dokumente schnell loswerden musste."

Er wusste nicht was geschehen war. Nur, dass der Versand dieser Dokumente vermutlich das Letzte gewesen war, das Verena vor ihrem Tod getan hatte. Warum hatte sie ihm nicht mehr von der Story erzählt, an der sie dran war? Er hatte keinen Anhaltspunkt.

Sein Griff wurde schlaff, sein glasiger Blick wanderte in die Ferne. Die starke Verena hatte diesen Kampf verloren, ging es Marten durch den Kopf. Es kostete ihn unendlich Kraft, sich auf den Beinen zu halten. Aber er durfte sich jetzt nicht hängen lassen, er brauchte Gewissheit.

„Sind Sie sicher, dass es Selbstmord war?", fragte er ohne weitere Erklärung.

Rebecca stieß ihn weg. Marten bemerkte die Verwirrung in ihrem Blick. Trotzdem wusste er, dass sie ihm nicht glauben würde. Er schwankte ein Stück weiter, aber seine matten Augen ruhten auf Rebecca. Er beobachtete, wie sie in ihren Wagen einstieg. Mit all dem Hass auf ihn und ihrer Wut auf die Welt.

Marten Konrad sah dem wegfahrenden Wagen fassungslos nach. Er konnte nicht glauben, dass Verena tot war und ihre Tochter nicht erkannte, in welcher Gefahr sie schwebte.

Rebecca blickte in den Rückspiegel. Marten stand vor seinem Auto, sein langer Mantel wehte im Wind. Sie spürte seine Blicke und ein eiskalter Schauer lief über ihren Rücken. Sie schüttelte sich und presste ihre klammen Finger um das Lenkrad. Rebecca fuhr einige Straßen weiter und bog auf den fast leeren Parkplatz vor einem kleinen Fachmarktzentrum ein. Sie griff nach ihrem Handy, ihre Finger tippten auf die Kurzwahltaste.

Wenn er jetzt nicht da ist, drehe ich durch, dachte sie.

"Hey, Becky", ertönte Bennys fröhliche Stimme. Im Hintergrund waren laute Stimmen und Musik zu hören.

"Bist du gerade unterwegs?", fragte sie mit belegter Stimme. Sie konnte ihn kaum verstehen, weil die Musik im Hintergrund immer lauter wurde. Sie blinzelte, um die Tränen zu unterdrücken. Es fühlte sich so gut an, seine Stimme zu hören.

"Du, ich versteh' dich nicht. Bin gerade im *Docks* auf'm Konzert."

"Ach so, dann melde ich mich noch einmal. Viel Spaß." Rebecca legte auf. Ihre Kehle war wie zugeschnürt.

Warum war er nicht hier? Sie hätte ihn niemals gehen lassen dürfen, hätte darum kämpfen müssen, diese Beziehung zu retten. Jetzt war es zu spät, sie hatte es vermasselt. Ihre Zähne schlugen zitternd aufeinander. Rebecca wischte eine nasse Haarsträhne aus ihrer Stirn. Ihre Jacke war völlig durchnässt und der Stoff klebte an ihrer Haut. Sie hatte sich noch nie so einsam gefühlt.

Sie versuchte ihre beste Freundin Mirja zu erreichen, aber es hob niemand ab. Dann entdeckte sie die Nachricht.

"Bin auf Malle mit Dirk. Sooo glücklich...Kuss Mirja."

Damit waren ihre sozialen Kontakte erschöpft. Rebecca liefen die Tränen übers Gesicht. Sie fühlte sich unendlich hilflos. Etwas riss ihr den Boden unter den Füßen weg, und es war niemand da, der sie am Fall hindern konnte. Warum war niemand bei ihr?

Es dauerte eine Weile, bis sie sich beruhigt hatte. Sie blickte auf die Geschäfte, deren Leuchtreklame sie blendete. Ein Coffee-Shop, ein kleiner Handyshop, eine bereits geschlossene Boutique und eine Pizzeria.

Rebecca stieg aus, spürte die Schwere ihrer Beine und steuerte auf die Pizzeria zu. Sie würde sich heute Abend eine fettige Pizza mit Bug teilen und dazu eine komplette Flasche Wein trinken. Und dann einfach nur schlafen in der Hoffnung, dass der morgige Tag besser würde. Es würde schon reichen, wenn nicht noch mehr schlimme Dinge passierten.

Jemand rief ihren Namen. Rebecca drehte sich um. Wenige Meter von ihr entfernt stand Margarethe von Stein. Rebecca winkte ihr kurz zu und wollte weitergehen, aber die Chefin ihres Vaters kam ihr zielstrebig entgegen.

"Du siehst nicht gut aus. Mein Mann hat mir von eurem Gespräch erzählt. Die Sache mit deinem Vater geht dir ziemlich nahe, oder?", fragte sie mit sanfter Stimme. Ihr Arm legte sich wärmend um Rebeccas Schultern, die nur matt nickte.

"Komm, Schätzchen. Was hältst du davon, wenn wir uns in den Coffee-Shop setzen und etwas Warmes trinken? Ich bin eine sehr gute Zuhörerin. Es kann helfen, sich alles von der Seele zu reden."

Rebecca ließ sich von Frau von Stein in das Geschäft führen.

Der würzige Duft von frisch gemahlenen Kaffeebohnen strömte ihnen entgegen. Rebecca ließ ihre tropfnasse Jacke von den Schultern gleiten und hängte sie an einen Garderobenständer. Dann setzte sie sich auf einen der ledernen Stühle. Ihre Augenlider waren schwer, ihre Schultern fielen kraftlos nach vorn. Unter ihren Schuhen bildeten sich kleine schmutzige Pfützen, die Jeans klebte nass an ihren Beinen.

Rebecca konnte kaum einen klaren Gedanken fassen.

Frau von Stein bestellte einen Latte Macchiato, einen schwarzen Kaffee und für jeden ein riesiges Stück Torte.

"Manchmal muss das einfach sein." Sie zwinkerte Rebecca zu.

Rebecca legte die Hand über die Augen und atmete tief durch. Frau von Stein kannte sie schon ewig, weil sie als Kind nach der Schule oft zu *Silber-Stein* gefahren war, um dort ihren Vater zu besuchen. Die Frau ihr gegenüber, mit den blondierten Haaren, der Dauerwelle und dem reichlichen Make-up, war wahrscheinlich mehr eine Mutter für sie gewesen, als Verena es jemals hätte sein können. Oder wollen. Frau von Stein hatte sich ihre Hausaufgaben angesehen und manchmal Vokabeln abgefragt. Sie war immer für sie dagewesen.

"Danke", sagte Rebecca und wusste selbst nicht, ob es für den Kaffee oder für die schönen Erinnerungen an ihre Kindheit bei *Silber-Stein* gemeint war.

"Ich bin immer für dich da, das weißt du. Depressionen sind eine Krankheit, die auch für die Angehörigen sehr schwierig ist."

Rebecca nippte an ihrem Latte und blickte zu Boden.

"Ich habe ihrem Mann nicht die Wahrheit gesagt."

Margarethe von Stein blickte Rebecca fragend an.

"Mein Vater ist seit Freitag verschwunden. Verena hat mich angelogen und jetzt ist sie tot. "

Rebecca wischte sich die Tränen aus den Augen und wühlte in ihrer Tasche nach einem Taschentuch. "Sie hat sich umgebracht."

"Oh mein Gott, das ist ja schrecklich." Margarethe von Stein schlug erschrocken die Hände vors Gesicht.

Rebecca spürte, wie ein riesiger Felsbrocken von ihrem Herzen fiel. Endlich konnte sie über alles reden, endlich war jemand da, der ihr zuhörte. Die Worte sprudelten aus ihr heraus. Es hatte sich in den letzten Tagen so viel angestaut, Rebecca musste endlich alles aussprechen, damit dieser verdammte Druck von ihr abfiel. Sie erzählte von der journalistischen Tätigkeit ihrer Mutter und den veröffentlichten Büchern.

"Sie hat es dir nie erzählt?" Frau von Stein strich sanft über Rebeccas Hand.

"Nein. Ich habe Unterlagen und Fotos von Recherchen bei ihr gefunden. Ich will mit diesem ganzen Mist nichts zu tun haben. Ich verstehe nur nicht, warum sie mich vierunddreißig Jahre lang angelogen hat. Sie hat mich in dem Glauben gelassen, dass sie als Buchhalterin arbeitet. Warum?" Sie nippte an ihrem Latte Macchiato und schloss die Hände um das wärmende Glas.

Frau von Stein blickte sie stumm an. Auch dieser erfahrenen Frau schien Verenas Verhalten unerklärlich. Rebecca aß ein Stückchen von dem Kuchen. Mit geschlossenen Augen ließ die Aprikosen und die Sahne auf der Zunge zergehen und hoffte, dass der Zucker ihre Nerven beruhigen würde. Den Hass konnte er jedenfalls nicht vertreiben.

"Und ihr Ex-Freund ist wieder aufgetaucht", sagte sie bitter.

Margarethe von Stein ließ ihre Kaffeetasse scheppernd auf den Tisch sinken. „Sie hatte eine Affäre?"

"Nach drei Jahren taucht er wieder auf. Marten Konrad. Ich kann ihn nicht ausstehen! Er hat mir vorhin aufgelauert und meinte, Verena wäre an einer gefährlichen Sache dran und hat mir von Unterlagen erzählt, die sie ihm vor ihrem Tod zugeschickt hatte."

"Was waren das für Papiere?" Margarethe von Stein blickte auf, während sie geschickt ihr Tortenstück zerteilte.

"Keine Ahnung. Es interessiert mich auch nicht."

"Es ist so schade, dass ihr euch so schlecht verstanden habt. Immerhin war sie deine Mutter."

Rebecca zuckte die Schultern.

"Sie hat mich angelogen. Was auch immer in diesen Unterlagen steht, die Marten hat, es ist Verenas Angelegenheit und damit will ich nichts zu tun haben. Ich glaube nicht, dass diese Papiere mir helfen werden, meinen Vater zu finden."

"Was ist denn mit Levin?", fragte sie mit warmer Stimme.

Rebecca zuckte erneut die Schultern.

"Verena hat mir erzählt, er habe sie verlassen. Aber das war gelogen."

"Wie schrecklich, diese ganze Ungewissheit. Kein Wunder, dass du so durcheinander bist. Was willst du jetzt tun?"

Rebecca schloss die Augen und stützte ihren Kopf ab.

"Ich weiß es nicht." Ihre Arme und Beine fühlten sich schwer an.

Die Anspannung war Erschöpfung und Müdigkeit gewichen.

"Rebecca, ich möchte dir gern helfen." Frau von Stein strich ihr über die Wange. „Mit dieser Last wirst du nicht allein fertig. Schätzchen, ich bin immer für dich da. Wir lassen uns etwas einfallen, zusammen schaffen wir das!"

"Ich muss mir erst überlegen, was ich tun möchte."

Auf dem Parkplatz umarmten sich die beiden Frauen zum Abschied voneinander.

Frau von Stein blickte sie mitleidig an.

Der eiskalte Blick, der ihr wegfahrendes Auto begleitete, entging Rebecca.

Sie drehte das Autoradio an, um die Müdigkeit mit lauter Musik zu vertreiben. Es fühlte sich gut an, über all die Ereignisse mit jemandem gesprochen zu haben. Endlich hatte dieser innere Druck nachgelassen. Sie suchte in ihrer Jackentasche nach einem Kaugummi und dabei berührten ihre Finger das Handy, das sie bei dem kleinen Park gefunden hatte. Sie hatte es vor Marten verbergen wollen und es anschließend vergessen.

Bug erwartete sie mit übertriebenem Desinteresse und gab sich ganz seiner weißen Stoffmaus hin. Bei Rebeccas Eintreten blickte er nur einmal zu Tür, um sich dann wieder intensiv seiner Beschäftigung zu widmen.

"Hey, Bug. Ist ein bisschen spät geworden. Tut mir leid."

Rebecca raschelte mit der Tüte und bemerkte erstaunt, dass ihr Kater die Wohnung in ihrer Abwesenheit nicht verwüstet hatte. Er schien sich also nicht allzu vernachlässigt gefühlt zu haben.

"Guck mal, ich habe dir einen Snack mitgebracht!"

Rebecca verschwand in der Küche und ließ den Inhalt der Tüte angewidert auf ein Schneidebrett gleiten. Sie zerteilte die Leber mit einem Messer in kleine Stücke. Mit der anderen Hand hielt sie sich die Nase zu.

Bug kam angeschossen und fiel über seinen Napf her. Schmatzend beugte er sich über das rohe Fleisch und schlang es hinunter.

Diese außergewöhnliche Mahlzeit schien ihn wieder versöhnt zu haben. Anschließend trottete er ins Wohnzimmer und sprang auf das Sofa. Er begann zufrieden zu schnurren, als Rebecca ihn kraulte.

Neugierig betrachtete sie das Handy, an dem noch feuchte Erde klebte. War es wirklich Paps Handy? Mit klopfendem Herzen betrachtete sie den kleinen Bildschirm, der von einem langen Riss durchzogen war. Sie hoffte, dass der Regen dem Smartphone nicht allzu viel Schaden zugefügt hatte. In der Küche rieb sie es vorsichtig mit einem Lappen trocken. Während Rebecca zurück ins Wohnzimmer ging, schaltete sie das Gerät ein. Sie war erleichtert, als das Logo des Herstellers in dem ramponierten Display erschien. Was auch immer diesem Handy zugestoßen war, es hatte es überstanden und war zumindest noch teilweise funktionsfähig.

Sie tippte die PIN ein. 1103. Rebecca atmete erleichtert aus, als die Freigabe erfolgte. Das Handy gehörte tatsächlich ihrem Vater! Es hätte sie gewundert, wenn ihr Vater nicht ihr Geburtsdatum als PIN verwendet hätte.

Ihre Finger flogen über die Tasten. Am Freitag war ihr Vater gegen Mittag von der Firma weggefahren. Mit dem Auto waren es nur wenige Minuten bis zu dem kleinen Park. Dort verlor er das Handy. Danach war er verschwunden. Ihr fehlten Fakten, um den Tag rekonstruieren zu können. Verbarg dieses kleine schwarze Gerät irgendeinen Hinweis zu seinem Verschwinden?

Rebecca prüfte die Nachrichten. Es waren nur die von ihr selbst verfassten Texte vorhanden. Sie fand keine anderen Nachrichten-Apps, die er genutzt hatte. Rebecca hörte die Mailbox ab. Alle Nachrichten waren ihre eigenen.

Rebecca öffnete den E-Mail-Account ihres Vaters. Im Posteingang war nur eine Geburtstagseinladung, die schon zwei Monate zurücklag. Auch der Spam-Ordner ergab nichts. Weder im Papierkorb noch in den gesendeten Nachrichten gab es irgendwelche Hinweise darauf, was nach dem Aufenthalt im Park passiert war.

Zum Schluss sah sie sich die Liste der zuletzt gewählten Rufnummern an. Endlich wurde sie fündig. Am Tag seines Verschwindens hatte er um 12.26 Uhr seine Frau angerufen. Rebecca dachte an das Gespräch mit Verena. Sie hatte behauptet, die beiden hätten sich gestritten. Konnte sie ihren Worten noch glauben? Es war möglich, dass ihr Vater, völlig entgegen seiner Art, im Streit das Büro verlassen hatte. Fest stand jedenfalls, dass er in dem Park gewesen war. Es war reine Spekulation, ob er dort gewesen war, um seine Gedanken zu sortieren. Hatte er dann Verena angerufen, um ihren Rat zu hören? Wenn er aufgewühlt war, brauchte er manchmal jemanden, der ihm sagte, was er tun sollte. Was für ein Problem hatte er mit ihr besprochen?

Da erst fiel Rebecca wieder ein, was sie am Samstag nach dem Gespräch mit Verena beobachtet hatte. Verena hatte Kleidung ihres Vaters und eine Kulturtasche gepackt und war mit dem Koffer davongefahren.

Offensichtlich war er nicht nach Hause gekommen. Aus welchen Gründen? Hatte es diesen Streit mit Verena wirklich gegeben? Es war unwahrscheinlich, dass Verena ihrem Mann nach einer heftigen Auseinandersetzung noch Shirts und Zahnputzzeug hinterhergefahren hatte. Rebecca ärgerte sich, dass sie am Samstag nicht Verena hatte folgen können.

Warum war Levin nicht nach Hause gekommen und hatte seine Sachen selbst gepackt?

Möglicherweise war er verletzt und Verena hatte ihm Kleidung in ein Krankenhaus gebracht. Rebecca schüttelte verzweifelt den Kopf. Sie hatte in den letzten Tagen mehrmals alle Kliniken der Umgebung abtelefoniert. Ihr Vater war in keinem Krankenhaus.

Verzweifelt suchte sie nach weiteren Möglichkeiten. Musste er sich verstecken?

Marten hatte vermutet, dass Verena in eine gefährliche Sache verstrickt war. Wenn er sich irrte? Wenn es Levin war, der Unterstützung brauchte? Hatte ihm Verena bei diesem Telefonat gesagt, wo er sich verstecken sollte? Am nächsten Tag hatte sie ihm dann Kleidung gebracht. Über Rebeccas Arme fuhr ein aufgeregtes Kribbeln. Es waren alles nur Vermutungen, aber irgendwo musste sie ansetzen.

"Wo würdest du dich verstecken?", überlegte sie laut.

Levin hatte eine furchtbar schlechte Orientierung. Rebecca hatte vor Monaten eine Navi-App auf seinem Handy installiert. Mit etwas Glück hatte er auch die Adresse, bei der er sich verstecken wollte, dort eingegeben, bevor er das Handy verloren hatte.

Rebecca öffnete das Programm und rief die zuletzt eingegebene Adresse auf. Lächelnd blickte sie auf das ramponierte Display, auf dem das letzte Ziel erschien.

Levin hatte am Freitag um 12.31 Uhr, also nur wenige Minuten nach dem Gespräch mit seiner Frau, nach einer Adresse am Eppendorfer Baum gesucht. Das war es!

Rebecca stieß einen Freudenschrei aus. Endlich hatte sie eine Spur! Zum ersten Mal seit vier Tagen hatte sie das Gefühl, aktiv zu sein und nicht hilflos von den Ereignissen mitgerissen zu werden. Ein Blick auf die Uhr trübte ihre Freude. Für einen Besuch bei Fremden war es eindeutig zu spät.

Die Häuser am Eppendorfer Baum waren Altbauten im Jugendstil. Im unteren Bereich befanden sich meist kleinere Geschäfte, Boutiquen und Restaurants, darüber lagen Wohnungen. Rebecca war lange nicht mehr dort gewesen, kannte die Gegend nicht gut.

Im Internet suchte sie sich eine Ansicht der betreffenden Häuserzeile heraus. Das gesuchte Haus war klar zu erkennen. Im Erdgeschoss befand sich eine Apotheke, darüber lagen vier Stockwerke mit Wohnungen.

Rebecca blickte auf das Handy. Die Adresse war nicht abgespeichert worden, sie fand keinen Namen oder keine Bezeichnung als Hinweis, zu wem ihr Vater fahren wollte.

Rebecca beschloss, gleich am nächsten Morgen nach Eppendorf zu fahren und so früh wie möglich herauszufinden, mit wem ihr Vater sich getroffen hatte.

Inzwischen konnte sie ihre Augen kaum noch offenhalten. Sie schlurfte zum Schlafzimmer, bemerkte aber im Flur das Blinken des Anrufbeantworters. Plötzlich hellwach sprang sie zum Telefon und drückte auf die Wiedergabetaste in der Hoffnung, ihr Vater hätte sich gemeldet.

Es war Benny, der ihr eine Nachricht hinterlassen hatte.

"Hey Becky, ich komme gerade aus dem Konzert. War der absolute Hammer. Ich wollte nur mal hören, ob bei dir alles klar ist. Naja, also wenn noch was ist, kannst dich ja melden. Ciao." Seine Stimme klang fröhlich und sorglos. Und so verdammt warm.

"Hat sich erledigt", brummelte sie vor sich hin. Rebecca drückte den Löschknopf. Inzwischen hatte sie sich bei Frau von Stein ausgesprochen, aber das war nicht der Grund, warum sie Benny nicht zurückrufen würde. Sie spürte, dass die Verbindung zwischen ihnen sich verändert hatte. Er hatte die Beziehung zu Recht beendet und auch wenn er ihr die Nachricht hinterlassen hatte, hieß es nicht, dass er für sie da war. Sie waren kein Paar mehr. Es war allein ihre Schuld, weil sie sich nicht richtig auf ihn einlassen konnte. Warum fiel es ihr nur so schwer zu glauben, dass jemand sein Leben mit ihr zusammen verbringen wollte? Wenn nicht Benny, wer dann? Sie schniefte und schlurfte ins Schlafzimmer. Es war vorbei und vielleicht war jetzt der richtige Zeitpunkt, es endlich zu akzeptieren.

Mittwoch

Ihr Wecker klingelte um halb fünf. Stöhnend wandte Rebecca sich aus ihrem Bett, setzte sich auf und ließ die Füße auf den Boden plumpsen. Bug kam hoch erfreut auf sein Frauchen zugelaufen und maunzte sie munter an.

"Guten Morgen, mein Kleiner." Rebecca strich ihrem Kater über das seidige Fell.

Zuerst startete sie die Kaffeemaschine und füllte Bugs Napf. Der Kater kam blitzschnell aus dem Wohnzimmer angelaufen und machte sich gierig über sein Frühstück her. Rebecca schaute ihm einen Moment zu und lauschte seinem genüsslichen Schmatzen. Dann ging sie kurz unter die Dusche und schlüpfte anschließend in eine bequeme Seidenbluse und eine Jeans. Nach dem ersten Kaffee wurden ihre Gedanken langsam klar. Um halb sechs verließ sie das Haus.

Es war stockdunkel und kalt, die Straßen noch fast leer. Rebecca traf gegen sechs Uhr am Eppendorfer Baum ein. Das gesuchte Haus war einfach zu finden. Sie stellte den Wagen ab und überquerte die Straße.

Nachdenklich blickte Rebecca zu dem Haus hinauf. Hier wollte er also herfahren. Ob sie ihn finden würde? War er jemals hier angekommen?

Rebecca ging zu dem Eingang und machte mit ihrem Handy ein Foto von den Klingelschildern. Aufmerksam ging sie jeden Namen der Anwohner durch. Larsson, Helmke, Schmidtke-Reiners... keiner der angegebenen acht Namen kam ihr bekannt vor.

In dem Moment wurde die Tür geöffnet und ein junger Mann mit dunkler Brille, Vollbart und einem knallbunten Beanie kam herausgetreten.

"Hallo", hielt Rebecca den Mann auf, der schon die drei Stufen vom Eingang hinuntergehastet war. Ruckartig drehte er seinen Kopf und blickte sie an.

"Ich suche jemanden, der hier am Freitag verabredet war. Kennen Sie einen Levin Friedrichsen? Meine Größe, kurzgeschorene Haare, dunkle Brille. Er ist möglicherweise mit einem dunkelgrünen Golf hergefahren."

Der Mann zuckte stumm mit den Schultern und setzte seinen Weg fort.

Die nächsten zehn Minuten verließ kein Bewohner das Haus.

Dann schwang die Tür auf und ein Jugendlicher mit knallbunter Jacke trat auf die Straße. Rebeccas Frage beantwortete er mit einem abfälligen Schnauben. Sie biss die Zähne aufeinander, um ihm nicht eine abfällige Beleidigung hinterherzuschleudern.

Eine ältere Frau in einer geblümten Trainingshose brachte kurz darauf einen halbvollen Müllbeutel hinaus und hörte ihr aufmerksam zu.

„Es tut mir leid, Liebes. Da kann ich Ihnen nicht helfen." Rebecca bedankte sich höflich.

Ein anderer witzelte "Frag doch die NSA", worüber sie nicht lachen konnte.

Nervös blickte Rebecca auf die Uhr. Sie konnte nicht den ganzen Tag vor einem fremden Haus stehen und die Bewohner ansprechen. Im Büro wurde sie bereits erwartet und diese Aktion schien nicht besonders erfolgversprechend zu sein. Sie holte ihren Autoschlüssel aus der Tasche. In dem Moment trat eine Frau in elegantem Wintermantel aus dem Haus. Rebecca fielen das dezente Make-up und die teure Kleidung auf. Die Unbekannte blickte kurz zu ihr herüber. Rebecca erstarrte. Die Augen der Fremden hatten sich fast unmerklich geweitet, die Lippen leicht geöffnet. Es war nur ein winziger Moment gewesen, Die Frau war überrascht gewesen, Rebecca hier zu sehen. Und das konnte nur eines bedeuten.

"Stopp!" Rebecca rannte los, bis sie neben der Fremden war. „Levin Friedrichsen. War er am Freitag bei Ihnen?" Verwundert sah die Frau zu ihr, dann blickte sie an Rebecca vorbei die Straße hinab.

"Dieser Name sagt mir nichts."

Rebecca bemerkte die flatternden Augenlider der Frau und wusste, dass sie log.

"Sie wissen genau, wer ich bin. Geht es ihm gut?" Rebecca war sicher, dass die Frau sie erkannt hatte. Schmales Gesicht, lange Nase, die dünne Oberlippe und braune Haare. Sie war ihrem Vater Levin wie aus dem Gesicht geschnitten. Die Fremde blickte sich vorsichtig um.

"Kommen Sie nicht mehr hierher!", zischte die Frau. Mit eiligen Schritten hastete sie zur nächsten Bushaltestelle. Rebecca lief ihr nach. Diese Frau war ihre einzige Spur. Sie würde nicht zulassen, dass die Fremde einfach verschwand. Sie griff die Frau am Arm und riss sie zu sich herum. Rebecca starrte die Frau an, auf deren Hilfe sie angewiesen war. Ganz sicher würde sie aber nicht betteln.

"Verena ist tot."

Die Frau wurde blass und starrte sie ängstlich an.

„Seien Sie bloß vorsichtig", raunte sie Rebecca zu. Dann sprang sie nach hinten und verschwand im letzten Moment hinter den sich schließenden Türen des Busses.

Wütend stampfte Rebecca mit dem Fuß auf, fluchte und blickte dann dem Bus hinterher. Sie entdeckte die Frau zwischen den anderen Fahrgästen im Gang. Sie klammerte sich an einer Haltestange fest und starrte stur nach vorn. Die Frau hatte erschrocken die Hand vor ihren Mund gepresst, als müsse sie einen entsetzten Aufschrei unterdrücken. Dann bog der Bus in eine Seitenstraße ab.

Im Büro roch es nach Kaffee und angenehm nach dem sportlichen Aftershave von Lukas. Das gleichmäßige Brummen der Rechner erfüllte den Raum. Rebecca mochte dieses gewohnte Geräusch. Es war ein Symbol für die Berechenbarkeit der Technik und ihrer klaren Struktur.

„Morgen", grüßte Rebecca und ging zu ihrem Schreibtisch. Sie fuhr ihren Computer hoch und ließ ihre Tasche neben sich fallen.

„Moin", antwortete Lukas kurz, während Tom ihr nur schweigend zunickte.

Rebecca schloss daraus, dass die Kollegen aus der Entwicklungsabteilung fleißig gewesen waren und nun sie als Tester an der Reihe waren. Wieder einmal war es ihre Abteilung, die die verloren gegangene Zeit bei einem Projekt einholen musste. Ihre Gedanken wanderten zu ihrem Vater. Wenn er sich bei dieser Frau versteckt hatte, warum ließ er ihr keine Nachricht zukommen? Und wer war diese Fremde, woher kannte er sie und vor allem: Vor wem versteckte er sich?

Sie startete gerade die Testsoftware, als das Telefon klingelte.

"*Beno-Solutions*, Friedrichsen", meldete sie sich mechanisch.

"Hi Rebecca, hier ist Ingo."

"Hey, steckst du im Fahrstuhl fest?", versuchte Rebecca zu scherzen.

"Witzig." Seine Stimme klang krächzig und matt. "Grippe. Ich kann mich kaum rühren. Heide ist gerade in die Apotheke, um mir was zu holen. Bei Björn ist besetzt, aber ich muss mich jetzt echt wieder hinlegen."

Lautes Schnauben dröhnte durch die Leitung. Entsetzt riss sich Rebecca den Hörer vom Ohr.

"Fertig?", rief sie aus einiger Entfernung in Richtung des Hörers. Sie war froh, heute ihr Headset nicht angeschlossen zu haben, dann wäre ihr ein Tinnitus sicher gewesen.

"Sorry, du machst dir keine Vorstellung."

"Will ich auch nicht. Also, woran arbeitest du gerade?" Rebecca zog sich ihren Block heran und fixierte mit der Schulter den Hörer.

"Ich erstelle gerade die Testfälle für Kapitel elf im Testkonzept. Das sind die Kontroll- und Zugangsberechtigungen."

Ein hustendes Stöhnen drang durch die Leitung, dann beendete Ingo das Gespräch. Rebecca ging zu Tom und Lukas und informierte beide.

"Grippe? Das kann ja dauern."

Lukas rührte mit einem Löffel wild in seinem Kaffee herum. Das Klirren machte Rebecca nervös und sie starrte wütend auf den Becher. Lukas bemerkte ihren Blick nicht und rührte hektisch weiter.

Tom lehnte sich zurück und fuhr sich mit beiden Händen durch die Haare.

"Die Entwickler haben zwei Leute dazubekommen, die sind jetzt echt gut dabei. Ich habe keine Lust, dass wir nachher wieder diejenigen sind, die den Ärger für die Verzögerungen kriegen."

Lukas und Rebecca nickten. Die nächsten fünf Minuten verbrachten sie damit, die anstehenden Aufgaben unter sich aufzuteilen. Die Auswahl des Pizzabelags beanspruchte wesentlich mehr Zeit. Dem Italiener um die Ecke fiel die Aufgabe zu, ihnen den langen Tag schmackhaft machen.

"Das bestellst du aber!", meinte Lukas, nachdem er Rebeccas Notiz auf dem Flyer des Lieferdienstes gelesen hatte.

"Traust du dich nicht?", neckte Rebecca.

"Niemand bestellt eine vegetarische Pizza mit extra Knoblauch und Salami."

"Wenn es dir peinlich ist, lass den Knoblauch weg", konterte Rebecca, die sich wieder an ihren Schreibtisch zurückzog.

"Klar, dann wird es gehen." Lukas zuckte ergeben mit den Schultern.

Den Rest des Vormittages war in dem kleinen Büro nur das Klackern der Tastaturen oder Mausklicks zu hören. Rebecca hatte Björn Richter über Ingos Krankheit informiert, der die Abwesenheit mit besorgtem Blick quittiert hatte. Kurz vor dem Essen erkundigte er sich nach dem Sachstand und versprach, die Pizzarechnung zu übernehmen.

Auch wenn sie sich die Arbeit aufgeteilt hatten, war für jeden genug zu tun. An einen Feierabend vor zwanzig Uhr war nicht zu denken. Konzentriert lasen sie Anweisungen und Fachdokumentationen und erstellten Testfälle. Lediglich vereinzelte Telefonate mit den Entwicklern störten die Ruhe. Mit gerötetem Gesicht erstattete sie am späten Nachmittag Björn Richter einen Bericht. Trotz der Überstunden war es schwer, den Ausfall von Ingo aufzufangen. Der Auftrag war von einem wichtigen Kunden gekommen. Das Team wusste, dass er nicht durch verpasste Abgabetermine verärgert werden sollte, denn es liefen bereits Verhandlungen über weitere Projekte.

Völlig gerädert verließ Rebecca um kurz vor halb neun das Gebäude. Der blaue Schriftzug der Firma leuchtete in der Dunkelheit. Für Anfang November war der Abend mild, aber die Dunkelheit verstärkte noch Rebeccas Wunsch, früh ins Bett zu gehen. Gähnend überquerte sie den Parkplatz, auf dem nur noch zwei Autos standen.

Während sie ihren kleinen Peugeot startete, musste sie wieder an die Frau von heute Morgen denken. Zweifellos versteckte sie ihren Vater. Bei ihr in der Wohnung? Oder hatte sie noch einen anderen Unterschlupf, ein Wochenendhäuschen oder eine andere Wohnung? In Gedanken ging sie das Zusammentreffen noch einmal durch. Die Blicke der Frau, der Versuch Rebecca abzuwimmeln, das kurze Gespräch. Dann die Flucht in den abfahrenden Bus.

Verenas Tod hatte die Frau total schockiert. Sie war blass geworden und hatte Mühe gehabt, die Fassung nicht zu verlieren. Im Bus hatte sie ihre Hand fest auf den Mund gepresst, als müsse sie einen Aufschrei unterdrücken.

Rebecca ließ ihren Zopf um die Finger kreisen. Kein Zweifel: Diese Frau musste Verena gekannt haben. Über den Tod einer Fremden wäre sie nicht so entsetzt gewesen. Freundinnen waren sie bestimmt nicht, aber es musste eine besondere Verbindung zwischen beiden geben. Fraglich war nur, ob diese Verbindung wichtig war.

Ihr kamen die Worte von Marten in den Sinn.

Sind Sie sicher, dass es Selbstmord war?, hatte er gefragt. Wie kam er darauf?

Rebecca fuhr den Nagelsweg entlang bis zur Kreuzung an der Spaldingstraße. Sie gähnte und sehnte sich nach ihrem gemütlichen Bett. Aber sie konnte unmöglich nach Hause fahren. Endlich hatte sie eine Spur gefunden.

Kurzentschlossen bog sie links ab, um erneut zum Eppendorfer Baum zu fahren. Bei dem wenigen Verkehr um diese Uhrzeit würde sie in zehn bis fünfzehn Minuten dort sein.

Wenig später erreichte sie das Haus, aus dem die Frau an diesem Morgen gekommen war. Ihr Herz klopfte heftig.

Sie hielt in zweiter Reihe, nirgends war ein freier Parkplatz zu entdecken. Die Anwohner hatten bereits jede Lücke genutzt, um ihre Autos abzustellen. Fluchend blickte Rebecca durch das Fenster zum Haus hinauf. Hinter vielen Scheiben brannte Licht. Kerzenflammen flackerten neben Fenstern, in denen weihnachtliche Dekoration in grellen Farben erstrahlte. Aus einem Fenster im zweiten Stock grinste sie ein Halloweenkürbis hämisch an. Hoffentlich kein echter, fuhr es ihr durch den Kopf, und kurz hatte sie das Bild von verschimmeltem Kürbisfleisch vor Augen.

Rebecca beobachtete den Eingang. Niemand betrat oder verließ das Haus, obwohl auf der Straße noch viele Fußgänger unterwegs waren. Hinter ihr hupte jemand mehrfach. Rebecca fuhr weiter und fand in einer Nebenstraße endlich eine Parklücke. Sie zog den Reißverschluss ihres Mantels hoch und ging das Stück zurück. Rebecca suchte nach dem Auto ihres Vaters, aber es stand in keiner der Parklücken. Das wäre auch zu einfach gewesen, dachte sie und ballte die Hände zu Fäusten.

In der nächsten halben Stunde hielt sich Rebecca in der Nähe des Hauses auf und beobachtete die Fenster, den Eingang und die Passanten auf den Gehsteigen, blickte hin und wieder in parkende Autos. Sie kam sich völlig paranoid vor. Sie hätte längst im Bett liegen sollen nach diesem langen und anstrengenden Tag. Diese Frau würde die Polizei anrufen, wenn sie Rebecca hier herumlungern sah.

Zitternd und mit knurrendem Magen schlich sie zu ihrem Auto zurück und machte sich auf den Heimweg.

Rebecca dachte nur noch an ihre Wohnung, etwas zu essen und ihr Bett. Sie war bereits auf der Saseler Chaussee. In zehn Minuten würde sie ihren Kühlschrank wahrscheinlich schon geplündert haben. Wenn Bug das nicht schon getan hatte. Der arme Kerl. Er musste sie für die in den letzten Tagen unregelmäßigen Mahlzeiten und Streicheleinheiten hassen.

Sie fuhr schneller, nach einem zwölfstündigen Arbeitstag und ihrer Detektivarbeit war sie völlig erledigt.

Plötzlich blendete sie das grelle Scheinwerferlicht eines entgegenkommenden Autos. Rebecca kniff die Augen zusammen.

„Verdammter Idiot", brüllte sie und blickte wütend zu dem Auto, das jetzt auf gleicher Höhe mit ihr war.

Der Mann am Steuer war Levin!

Ihr Wagen schlingerte auf die Gegenfahrbahn zu. Im letzten Moment riss Rebecca den Lenker zurück. Ihr Herz raste und ihre Hände waren feucht. Ohne Zweifel, der Mann mit dem gestreiften Schal und dem dunklen Brillengestell war ihr Vater gewesen!

„Paps!" Ihr Schrei hallte durch das Auto.

Hektisch blickte sie sich um. Rebecca wendete rasant mitten auf der Straße. Sie hörte lautes Hupen, sah dann das knallrote Auto, das auf sie zugeschossen kam und quietschend bremste. Mit zusammengekniffenen Augen wartete sie auf den Zusammenstoß. Nichts.

Kein Unfall, keine Fahrerflucht, schoss es ihr durch den Kopf. Mit pochendem Herzen trat Rebecca das Gaspedal durch, ihre Knie zitterten. Levin musste sie doch sehen! Erneut schrie sie nach ihm. Rebecca raste die Straße hinunter. Der Wagen ihres Vaters war verschwunden. Wo wollte er hin? Wahrscheinlich war er in Wesseldorf bei seinem Haus gewesen und kehrte nun nach Eppendorf zurück.

Rebecca durchfuhr es wie ein Blitz, dass ihr Vater heute durch die fremde Frau erfahren hatte, dass Verena tot war. Er hatte sie unglaublich geliebt. Und diese fremde Frau hatte ihm die Nachricht von ihrem Tod überbracht.

Bei der Vorstellung, was ihr Vater durchmachte, wurde ihr Herz schwer. Sie wäre gern an seiner Seite gewesen.

Bestimmt war er im Haus gewesen, um sicherzugehen, dass Verena nicht dort war. Um zu verstehen, dass sie tot war und um Abschied zu nehmen. Warum hatte er seine Tochter nicht angerufen? War sie nicht genug für ihn?

Rebecca wischte sich unbeholfen eine Träne weg. Es ging Levin gut, er war am Leben. Sie hätte jubeln müssen und die ersehnte Erleichterung spüren, dass ihm nichts zugestoßen war.

Statt Euphorie fühlte sie nur Schwäche. Ihre Beine waren schwer, ihre Gedanken wie verschleiert. Levin hatte sie nicht angerufen, brauchte sie nicht. Nicht einmal in diesem schweren Moment. Paps hatte ihr seine Loyalität entzogen, als sie endlich einmal für ihn hätte da sein können. In ihrer Kindheit war er immer dagewesen, hatte sie umsorgt und behütet. Jetzt hätte Rebecca, die erwachsene Tochter, ihren Paps stützen können. Er hatte sie abgelehnt.

Sie hatte ihn gesucht, sich Sorgen gemacht. Und er ging ihr aus dem Weg. Auch jetzt noch. Gerade jetzt.

Rebecca hielt in einer Nebenstraße an und wählte die gespeicherte Telefonnummer der Kommissarin. Rebecca glaubte nicht, dass sie jetzt noch erreichbar war, wollte der Polizistin aber so schnell wie möglich mitteilen, dass ihr Vater nicht mehr vermisst war.

Rebecca würde nicht mehr versuchen, ihn zu erreichen. Wenn er sich weiterhin verstecken wollte, sollte er dies tun. Sie wählte die Nummer und war überrascht, dass die Polizistin umgehend den Anruf entgegennahm.

„Ich habe heute Spätschicht", erklärte Kommissarin Schacht munter.

„Mein Vater ist wieder da. Ich dachte, das sollten Sie erfahren."

„Dann wissen Sie, wo sich er sich momentan aufhält?", fragte die Kommissarin. Rebecca verneinte.

„Ich denke, er fährt nach Hause." Rebecca hatte nicht vor, dieser fremden Frau zu erzählen, dass Levin sich in Eppendorf versteckt hielt. Es war seine Entscheidung und die würde sie respektieren. Sie fühlte sich unendlich erschöpft und schloss die Augen. Die letzten Worte der Kommissarin ließen Rebecca hellwach hochfahren.

„Frau Friedrichsen, ich muss Ihnen leider mitteilen, dass die Leichenschau neue Hinweise ergab. Bitte stellen Sie sich darauf ein, dass es eine Obduktion geben wird."

Rebecca beendete das Gespräch und schlug wütend auf das Lenkrad. Diese Ungewissheit hatte Levin nicht verdient. Und sie hatte es nicht verdient, von ihrem Vater ignoriert zu werden.

Rebecca wendete und fuhr in die andere Richtung zu ihrer Wohnung zurück. Es war sinnlos zu versuchen Levin zu finden. Jetzt war er dran.

An der nächsten Haltestelle verließ die Frau den Bus und überquerte die Straße. Sie musste zurückfahren. Mit zittrigen Fingern öffnete sie ihre Handtasche und zog ihr Handy heraus. Ihr Blick wanderte die Straße auf und ab. Niemand schien sie zu beobachten. Sie hatte geglaubt, die Angst hinter sich gelassen zu haben. Wo war sie durch ihre Hilfsbereitschaft nur hineingeraten?

Sie rief eine Kollegin an. Mit dünner Stimme erzählte sie von einem Notfall in der Familie.

Diese Notlüge müsste für ihren Arbeitgeber ausreichen.

Der Bus hielt an der Haltestelle. Die Frau quetschte sich durch die erst halb geöffneten Türen hinein. Nervös fuhr sie sich durch die Haare. Den Mann, den sie seit einigen Tagen beherbergte, kannte sie eigentlich gar nicht. Trotzdem wusste sie genau, wie er sich fühlte.

Fünfzehn Minuten, nachdem sie es verlassen hatte, erreichte sie das Wohnhaus. Die Frau vergewisserte sich, dass Verenas Tochter nicht mehr dort war. Dann erst betrat sie das Haus und stieg die Treppen hinauf. Einen kurzen Moment zögerte sie, bevor sie die Tür zu ihrer Wohnung aufschloss. Sie musste es ihm unbedingt sagen. Wie würde er reagieren? Ein Schauer durchfuhr sie. Es war noch nicht lange her, da war sie selbst ein hohes Risiko eingegangen. Doch das war hiermit nicht zu vergleichen.

„Levin?"

Er saß in dem Gästezimmer auf dem kleinen Sofa. Die Frau setzte sich neben ihn. Sie spürte die Wärme seines Körpers an ihrem Arm, nahm vorsichtig seine Hand. Diese Nähe hatte es bisher nicht gegeben. Levin schien zu spüren, dass etwas Schreckliches passiert war. Schweigend blickte er sie an. In seinen Augen stand Angst.

„Deine Tochter hat mich auf der Straße angesprochen. Es tut mir so leid." Sie musste schlucken und bemühte sich, die aufkommenden Tränen wegzublinzeln. Sie war nicht diejenige, die trauern durfte. „Deine Frau ist gestorben."

Sein Körper zuckte wie durch einen Stromschlag. Er gab keinen Laut von sich, starrte wie betäubt vor sich hin. Die Frau starrte ihn mitleidig an. Wieder dieses

Zucken, dann ein leises Wimmern, kaum hörbar. Dann saß er einfach nur da, für eine ganze Weile. Was sich in seinem Innern abspielte, wagte die Frau sich nicht vorzustellen. Sie ging in die Küche und setzte Wasser für einen Tee auf, der ihn beruhigen sollte. Dann hörte sie sein Weinen und spürte seinen Schmerz.

Bei seinem ersten Schrei zuckte sie zusammen. Bei dem nächsten dachte sie an die Nachbarn. Bei den folgenden waren ihre Gedanken nur bei seinem Herzen, das gerade in tausend Stücke zerbrochen war.

„Wie ist es passiert?", fragte Levin mit brechender Stimme.

„Ich weiß es nicht. Deine Tochter hat nur gesagt, dass sie tot ist. Ich habe sie weggeschickt, weil du meintest, sie dürfe auf keinen Fall herkommen."

Er nickte und trank einen Schluck Tee. „Verena hat mich bei dir untergebracht, damit ich sicher bin. Rebecca darf nicht hier sein, es ist viel zu gefährlich." Levin ließ den Kopf sinken.

„Ob es damit zusammenhängt?", fragte die Frau vorsichtig.

„Davon gehe ich aus."

Levin griff nach seinem Zeichenblock. Ohne ihn verließ er nie das Haus und auch hierher hatte er ihn mitgenommen. Die nächsten Stunden verbrachte er damit, das Papier mit zarten Linien zu übersäen. Vögel, Lilien, Kreuze, ein Grabstein. Die Figuren wurden immer dichter, bis nach einer halben Stunde ein wunderschönes Mandala vor ihm lag, das nicht trauriger hätte sein können.

„Wir hatten gerade unseren Hochzeitstag", begann er zusammenhanglos. Die Frau hatte sich wieder zu ihm gesetzt und hörte Levin schweigend zu.

„Ich habe zwei Ginkgos gekauft. Sie hat sich darüber so gefreut. Diese Pflanzen stehen für Yin und Yang, für Liebe, aber auch für Hoffnung und Verständnis. Sie symbolisieren alles, was unsere Liebe und unsere Ehe ausmachen. Verena und ich sind ...", er schluckte, bevor er weitersprach, „waren so verschieden. Sie hat sich so gefreut und gleich ein großes Beet angelegt. Wir haben erst einen eingepflanzt. Dann kam irgendetwas dazwischen. Ich erinnere mich gar nicht mehr. Der zweite steht immer noch neben dem Schuppen." Levin nahm seine Brille ab und wischte sich über die tränennassen Augen. „Diese Pflanze ist da ganz allein im Beet."

Die Frau gab ihm eine Tablette und ein Glas Wasser. Levin fragte nicht, sondern schluckte das Medikament. Nach einer Viertelstunde, spürte er die Wirkung. Die Weinkrämpfe ließen nach und seine Gedanken beruhigten sich.

Dann schlief er ein. Die Frau legte eine Decke über ihn und ließ ihn dann allein.

Als er aufwachte, war es bereits Abend. Vor ihm stand ein Tablett mit geschmierten Broten, einem Joghurt und einer Hand voll kleiner Tomaten. Er überwand sich, ein paar Bissen zu essen.

„Hat Verena den Vertrag gefunden?" Ängstlich blickte er hoch.

Die Frau schüttelte den Kopf. „Davon hat sie nicht gesprochen."

„Ich muss diese ganze Sache klären. Becky schwebt in Gefahr!"

„Du bist verletzt."

Er warf einen Blick auf den Verband an seinem Oberarm.

„Das Ganze ist völlig außer Kontrolle geraten. Es ist alles meine Schuld. Seit Tagen kann ich nicht mehr schlafen. Ich habe zuhause sogar Tabletten genommen, weil ich sonst die ganze Nacht wachgelegen habe. Ich hätte sofort zur Polizei gehen müssen. Aber ich wollte ja den Helden spielen. Warum konnte ich nicht einfach der bleiben, der ich bin?" Hilfesuchend sah Levin die Frau an.

„Weil du dir dann nie mehr hättest in die Augen sehen können. Es ist wichtig, dass wir die Wahrheit ans Licht bringen. Verena konnte nur so gut sein, weil es Menschen wie uns gibt, die sie mit Informationen versorgten. Als ich mich entschloss, ihr die Firmenunterlagen zuzuspielen und für sie wichtige Akten zu besorgen, hatte ich auch wahnsinnige Angst. Aber ich war überzeugt davon, denn diese skrupellosen Machenschaften in der Firma mussten unbedingt aufgedeckt werden."

Levin rückte nervös seine Brille zurecht.

„Ich muss den Vertrag finden. Nur so kann ich Becky schützen. Ich muss in das Haus fahren und den Vertrag suchen. Wenn Verena ihn gefunden hat, wird er dort sein. Nur so kann ich meine Tochter schützen! Diese ganze Sache muss beendet werden."

Die Frau nickte. Sie wusste, dass er keine Wahl hatte. Solche Entscheidungen traf niemand leichtfertig. Waren sie einmal gefällt, gab es niemanden, der einen davon abhalten konnte, das Richtige zu tun.

„Ich besorge dir ein Prepaidhandy. Dann kann ich dich erreichen oder du kannst dich im Notfall bei der Polizei oder mir melden."

Rebecca schleppte sich die Stufen zu ihrer Wohnung hoch. Ihr Kopf dröhnte bei jedem Schritt, mittlerweile war es nach elf Uhr. Sie fingerte an dem Schlüsselbund und suchte den Wohnungsschlüssel heraus.

"Langer Tag, was?"

Rebecca schrak zusammen und griff nach dem Geländer, um sich festzuhalten. Auf der Fensterbank neben ihrer Tür saß Benny.

Schweigend schloss sie die Tür auf, er folgte ihr. Sie sah die Flasche Wein in seiner Hand und eine Plastiktüte, aus der es nach Knoblauch duftete. Rebecca brachte keinen Ton heraus, lehnte sich blass an die Wand und beobachtete, was geschah.

Bug schoss aus dem Wohnzimmer, maunzte laut und drängte sich an Bennys Bein.

„Hey, Kumpel. Wie geht es dir?" Benny stellte die Tüte ab und fuhr dem Kater mit beiden Händen durch das Fell, wofür er ein dankbares Schnurren erhielt. Bennys Blick streifte Rebecca, ehe er wieder die Lebensmittel aufnahm und in der Küche verschwand. Die Kühlschranktür schlug dumpf zu. Rebecca hörte das Klappern einer Dose, das Quietschen vom Schieben des Futternapfes über die Fliesen und dann das glückliche Schmatzen von Bug.

Was macht er hier?, überlegte Rebecca. Im nächsten Moment spürte sie seinen Arm, der sich um sie legte. Die Wärme seiner Berührung ließ sie erschaudern.

Gebannt blickte sie in seine leuchtend blauen Augen. Der Duft von Armani zog ihr in die Nase. Sie legte ihre Hand vorsichtig an seinen Nacken. Ihre Finger strichen sanft über seine Haut und ihr Herz klopfte.

Benjamin hat sich von mir getrennt, er darf gar nicht hier sein. Bestimmt hat er inzwischen jemanden kennengelernt, waren ihre letzten klaren Gedanken. Dann dachte sie nichts mehr.

Er beugte sich zu ihr hinunter, seine Augen ließen sie nicht mehr los, sie spürte seinen heißen Atem an ihrem Hals. Ihr Körper erzitterte unter den zarten Berührungen seiner Lippen. Er küsste ihren Hals, dann ihre Wange. Rebecca hob den Kopf und wartete sehnsüchtig darauf, dass er ihren Mund berührte und zog Benny ganz nah an sich heran.

Donnerstag

Rebecca erwachte und spürte Bennys warme Hand auf ihrem Körper ruhen. Sie öffnete die Augen, streichelte sanft über seine Finger, die sie in der vergangenen Nacht so zärtlich berührt hatten. Sein ruhiger Atem durchdrang sanft die morgendliche Stille. Rebecca drehte sich zu ihm um. Er schlief tief und fest. Ihr Blick tastete über sein Gesicht. Sie betrachtete die kleine Narbe unter seiner Augenbraue, die geschlossenen Augen mit den dunklen Wimpern und den Mund, den sie am liebsten küssen wollte. Sie unterdrückte den Reflex, ihn zu berühren, ihn im Halbschlaf zu verführen. Wollte er das überhaupt? Würden dieser wundervollen Nacht weitere folgen?

Leise drehte sie sich um. Das leuchtende Ziffernblatt ihres Radioweckers zeigte fünf Uhr dreißig. Vorsichtig legte sie Bennys Hand zur Seite, die auf ihrem Bauch lag und schlich ins Bad.

In der Küchenschublade fand Rebecca noch einen weiteren Wohnungsschlüssel. Mit einem Klebestreifen befestigte sie ihn auf einem Notizzettel. Sie zeichnete noch einen kleinen Gnom dazu, dessen Gesicht von einer riesigen Kapuze bis zur Stupsnase verdeckt wurde. Er hielt einen Schlüsselbund in der Hand und lächelte schüchtern. Rebecca zögerte, ob sie noch ein Herz dazu malen sollte, ließ es aber. Sie legte den Zettel vor die Kaffeemaschine und machte sich auf den Weg zur Arbeit.

Rebecca redete sich ein, dass es an der frühen Uhrzeit lag, dass sie Benny nicht geweckt hatte.

Sie war die Erste im Büro. Das war um viertel nach sechs Uhr morgens keine Überraschung. Die Straßen waren fast leer gewesen, ein seltenes Phänomen in Hamburg. Rebecca hängte ihre schwarze Winterjacke an die Garderobe neben der Tür. Achtlos ließ sie ihre Tasche neben den Schreibtisch fallen und fuhr ihren Rechner hoch. Anschließend ging Rebecca in die Küche und befüllte die Kaffeemaschine. Sie spürte noch einmal Bennys Hände auf ihrer Haut und seine Lippen an ihrem Mund. Ein wohliges Kribbeln überfuhr Rebecca bei der Erinnerung an die zurückliegende Nacht.

Der erste Schluck Kaffee ernüchterte ihre Gedanken. Es machte keinen Sinn, Gefühle an eine beendete Beziehung zu verschwenden.

Zügig startete Rebecca einen anstehenden Testlauf. Sie wollte jetzt nicht darüber nachsinnen, ob die Probleme, die zu der Trennung geführt hatten, lösbar waren.

Der Programmlauf würde mehrere Stunden dauern. Wenn sie es schaffte, die Ergebnisse heute noch zu kontrollieren, läge sie gut im Zeitplan und konnte vor zwanzig Uhr Feierabend machen.

Rebecca wollte noch einmal in ihr Elternhaus fahren.

Sie hoffte, dass Levin gestern wirklich dort gewesen war. Vielleicht hatte sie bisher Hinweise übersehen oder er hatte Spuren hinterlassen, die endlich Klarheit in die Geschehnisse der letzten Tage brachte.

Nachdem sie sich die anstehenden Aufgaben strukturiert und so zeitsparend wie möglich aufgeteilt hatte, waren ihre Gedanken nur bei den anstehenden Arbeiten. Immer wieder blickte sie auf die Uhr und war zufrieden, ihre gesteckten Zeitziele erreicht zu haben. Kurz vor Feierabend, steckte Björn Richter den Kopf in ihr Büro. Die fünf Worte ihres Chefs brachten ihren ganzen Zeitplan durcheinander.

„Meeting in einer halben Stunde!"

Seine Haltung und sein adlerhafter Blick ließen keinen Zweifel aufkommen, dass ein Fehlen inakzeptabel war.

Statt Feierabend zu machen, verschwendete Rebecca eineinhalb Stunden damit, der Führungsriege Bericht zu erstatten.

Ungruhig wartete sie anschließend auf den Aufzug. Dreißig Sekunden hielt sie es aus. Augenrollend wandte sie sich um und hastete fluchend die Treppen zum Ausgang hinunter.

Den ganzen Tag hatte sie sich beeilt und nun war es so spät geworden, dass sie mitten im Berufsverkehr steckte und doppelt so lange unterwegs sein würde.

Ungeduldig bog sie vom Nagelsweg auf die Spaldingstraße Richtung Norden ab. Der Verkehr war grausam, der Feierabend füllte die Straßen mit frustrierten Arbeitnehmern, die so schnell wie möglich nach Hause wollten. Um sie herum wurde gedrängelt und gehupt. Sie drehte das Radio an, wechselte fünfmal durch alle programmierten Sender, ohne einen guten

Song zu hören. Während des Wartens an einer roten Ampel langte sie nach einer CD von ihrer Lieblingsrockband im Handschuhfach und legte sie ein. Rebecca drehte die Lautstärke auf und die markante Stimme des Sängers erfüllte den Innenraum ihres Wagens.

Rebecca ließ die Musik auf sich wirken, fühlte den Bass in ihrem Körper und spürte, wie ihr Kopf langsam frei wurde. Plötzlich dachte sie an Benny. Auf ihren Armen bildete sich eine Gänsehaut und ihr Herz schlug schneller. Die letzte Nacht war unglaublich gewesen. Wieso hatte sie diesen Mann jemals gehen lassen können? Wie hatte sie zulassen können, dass er sie verließ?

Die Ampel sprang um, aber der Wagen vor ihr blieb stur stehen. Rebecca hämmerte mit der Faust auf die Hupe.

"Es ist grün, du Blindfisch!", brüllte sie.

Benny würde sie wieder verlassen. Sie war einfach zu kompliziert. Es konnte nicht funktionieren. Sie würde ihr Liebesleben, oder überhaupt ihr Leben, wahrscheinlich nie in den Griff bekommen. Gerade jetzt war ein denkbar schlechter Zeitpunkt, es zu versuchen. Sie musste ihren Vater finden, alles andere würde sich irgendwann auch noch klären.

Eine Viertelstunde später erreichte Rebecca den Schlehenweg, parkte und stieg langsam aus. Unschlüssig stand sie vor dem Grundstück ihrer Eltern. Die Steine der niedrigen Gartenmauer waren gerissen, die Fugen moosbewachsen. Ein stimmiges Bild, wenn man das beinahe verwilderte Grundstück betrachtete. Je mehr Abstand sie zu diesem Haus gewann, umso mehr störte sie, wie vernachlässigt alles war. Rebecca griff nach ihrem Zopf und knetete ihn zwischen den Fingern. Ihre Fersen wippten unruhig auf und ab. Verenas Auto stand noch immer unbewegt am Anfang der Auffahrt. Rebecca blickte mit einem unguten Gefühl auf den Wagen. Das Auto gehörte nicht an diese Stelle. Dort hatte Verena nie geparkt. Der vertraute Anblick war verändert und diese neue Anordnung machte Rebecca kribbelig. Warum hatte Verena den Wagen nicht weiter am Haus geparkt, wie sie es sonst immer getan hatte?

Rebecca ging über den schmalen Weg zum Haus und öffnete die Tür. Sie wollte die Unterlagen holen, um sie erneut in Ruhe zu Hause durchzusehen. Daraus musste einfach erkennbar sein, woran Verena gearbeitet hatte.

Der kleine Flur empfing sie mit erdrückender Dunkelheit. Heute war die Wirkung auf sie stärker. Rebecca hatte das Gefühl, sie könnte nicht mehr richtig atmen. Sie sollte nicht hier sein und gehörte nicht in dieses Haus. Schnell wandte sie sich der Wohnküche zu. Fahles Mondlicht fiel durch die Fenster und warf diffuse Schatten auf den Boden. Trotz der Dunkelheit wollte Rebecca kein Licht anmachen. Sie fühlte sich wie ein Eindringling. Wie immer, wenn sie in ihrem Elternhaus war.

Was hatte ihr Vater hier gestern getan? Einerseits war sie beruhigt, dass er gesund war, andererseits war sie besorgt. Was hinderte ihn daran, sich bei ihr zu melden?

Rebecca ging durch den Raum, klappte den Teppich hoch und öffnete das kleine Fach im Boden. Rebecca kniete vor der Öffnung. Die Papiere schienen vollständig und nicht durchsucht worden zu sein. Der Inhalt des Fachs war nicht angerührt worden. Das war merkwürdig, denn sie hatte erwartet, dass Levin es geöffnet hatte. Sie nahm alles heraus, was sich darin befand und steckte die Papiere und Fotos in ihre Umhängetasche. Offensichtlich hatte ihr Vater keine Kenntnis von diesem Versteck. Bei seinem gestrigen Besuch hätte er zuerst in diesem Geheimfach gesucht.

Plötzlich blitzte ein schmaler Lichtschein auf den Boden des Wohnzimmers. Rebecca schrak zusammen. Ihr Herz begann zu rasen und mühsam unterdrückte sie einen Aufschrei. Rebecca drehte den Kopf und blickte nach draußen. Das Außenlicht am Haus der Nachbarin war durch den Bewegungsmelder aktiviert worden. Erleichtert schüttelte Rebecca den Kopf über ihre eigene Nervosität. Dabei fiel ihr Blick unter die Kommode, die an der Wand gegenüber der Küche stand. Im Lichtschein war etwas aufgeblitzt. Auf allen Vieren robbte Rebecca zu dem kleinen Schränkchen, auf dem wie üblich der Kerzenhalter und Bilderrahmen standen.

Vorsichtig tastete sie mit den Fingern unter dem Schrank entlang. Der Raum lag jetzt im Dunkeln, das Licht des Nachbarhauses war bereits wieder erloschen. Ihre Fingerspitzen berührten einen spitzen Gegenstand, den sie vorsichtig herausholte. Rebecca legte ihn auf ihre Handfläche und ging an eines der Fenster, um das Teilchen im Mondlicht betrachten zu können.

In ihrer Hand lag eine kleine Glasscherbe.

Einem plötzlichen Instinkt folgend, sprang Rebecca zu der Kommode und riss die Schubladen auf.

Sie durchsuchte blitzschnell den Inhalt jedes Faches und fand belanglose Notizen, Taschentücher, Zettel und Stifte. Nichts Außergewöhnliches. Rebecca öffnete die unterste Schublade. Auf einigen Spielen und Kartensets lag ein Bild. Rebecca starrte in ihr eigenes Gesicht. Dieses Foto hatte sie schon oft angesehen. Und nun lag es an einem völlig falschen Platz.

Es war das Foto, das immer zwischen den anderen auf der Kommode gestanden hatte. Der Bilderrahmen fehlte und eine Glasscherbe lag unter dem kleinen Schrank. Am Sonntag hatte sie das Verschwinden des Bilderrahmens entdeckt und war überzeugt gewesen, dass Verena es aus Wut auf ihre Tochter weggenommen hatte. Verena hatte eine Eigenart bezüglich Fotos. Sie hätte niemals ein Foto einfach in eine Schublade gelegt. Verena Friedrichsen hatte, im Gegensatz zu ihrem üblichen Verhalten, bei Fotos stets eine besondere Sorgfalt an den Tag gelegt. Geradezu eine neurotische Ordnungsliebe. Die Abzüge waren in Alben geklebt oder gesteckt, teilweise in Kästen gelegt. Aber auch dort penibel sortiert, beschriftet und nach Anlässen und Zeiten getrennt. Rebecca hatte als Jugendliche versucht, sie für digitale Fotoalben zu begeistern.

„Nur so sind Fotos lebendig", hatte Verena voller Überzeugung gesagt und ihren Vorschlag rigoros abgelehnt. Niemals hätte Verena ein Foto, dessen Rahmen beim Herunterfallen kaputt gegangen war, einfach achtlos in eine Schublade gelegt.

Einen Augenblick versuchte Rebecca dafür eine vernünftige Erklärung zu finden. War es der Hass auf die Tochter, der sie in einem emotionalen Moment ihre Prinzipien hatte vergessen lassen? Hatte ihr Vater das Bild heruntergeworfen und das Foto versteckt? Beides war Unsinn und passte weder zu Verenas Art, noch zu der Liebe des Vaters zu Rebecca.

Sie nahm aus der zweiten Schublade eine kleine Taschenlampe, knipste sie an und leuchtete erneut unter die Kommode. Der Holzfußboden war von einer feinen Staubschicht überzogen, die nur durch die Spuren ihrer Finger unterbrochen wurden. Hier leuchteten winzige

Splitter auf. Viele winzige Splitter. Ohne jeden Zweifel waren die Scherben des Bilderrahmens aufgenommen, aber nicht gründlich weggesaugt oder gefegt worden. Nur vor der Kommode war alles sauber.

Nachdenklich kauerte Rebecca auf dem Boden. Wieso nahm jemand die Scherben auf, saugte die unzähligen Splitter unter der Kommode aber nicht weg? War das alles überhaupt wichtig? Oder klammerte sie sich an Belanglosigkeiten, um die Geschehnisse der vergangenen Tage erklären zu können?

Nervös drehte Rebecca an ihrem dicken geflochtenen Zopf herum. Sie sollte besser mit dem ganzen Unsinn aufhören. Sie hatte Levin gesehen, es ging ihm gut und er würde sich bald bei ihr melden. Wieso konnte sie das alles nicht für ein paar Tage vergessen? Die Vorstellung war verlockend, aber dann erinnerte sie sich an Marten.

Sind Sie sicher, dass es Selbstmord war?, hatte er gefragt. Rebecca konnte den Gedanken nicht abschütteln. Ihre Gedanken wanderten zu der gefundenen Perle und zu den Scherben.

Plötzlich begannen ihre Hände zu zittern und Rebecca spürte, wie das Blut aus ihren Adern wich. Entsetzt stützte sie sich mit den Händen am Boden ab. Ihr Verstand realisierte, was hier geschehen war. Wie ein Film liefen die Bilder vor ihrem geistigen Auge ab.

Irgendjemand musste Verena angegriffen haben. War ein Streit eskaliert? Es kam zu einem Kampf, dabei stürzte eine der Personen gegen die Kommode. Der Bilderrahmen fiel zu Boden, das Glas zersplitterte. Die Scherben verteilten sich auf dem Boden bis unter die Kommode. Rebecca blickte zu dem Möbelstück. Sie stellte sich vor, wie Verena sich daran abstieß, zu flüchten versuchte oder panisch nach einer Waffe suchte. Und dabei verzweifelt um Hilfe rief.

Im Verlauf des Kampfes riss die Kette ihrer Mutter. Die Perlen wurden durch die Verknotungen an der Kette gehalten, aber eine einzelne rollte unter das Sofa. Verena wurde überwältigt. Irgendwann war sie bewusstlos oder bereits tot. Jemand legte ihr die Schlinge um den Hals und ließ alles wie einen Selbstmord aussehen. Der Hocker vom Küchentresen wurde auf dem Boden platziert, das Seil an den Deckenbalken gehängt. Später würde sich der Haken aus der Verankerung lösen. Zu diesem Zeitpunkt war der Täter längst verschwunden. Vorher hatte er noch die Beweise beseitigt. Er hatte die gerissene Perlenkette aufgehoben, die Scherben zusammengefegt und dabei die winzigen Splitter unter der Kommode übersehen. Zum Schluss wurde das Foto eilig in einer der Schubladen versteckt.

Rebecca schluckte. Genau so konnte es gewesen sein. Ihre Augen begannen wie Feuer zu brennen. Mit eiskalten Fingern fuhr sie sich über das Gesicht, versuchte die Bilder und Gedanken wegzuwischen. Es funktionierte nicht. Weil Rebecca nun völlig sicher war, dass ihre Mutter ermordet worden war. Und der Mörder lief da draußen herum.

Die Finsternis vor den Fenstern wirkte bedrohlich, Rebecca zitterte und überlegte benommen, was ihre Fantasie ihr gerade vorgespielt hatte. Einbildung? Der Versuch, ihre Schuld von sich abzuwenden, nur keinen Selbstmord Realität werden zu lassen? Sie schüttelte den Gedanken ab. Die Bilder waren zu real gewesen. Sie war sich nun sicher, dass Verena umgebracht worden war.

Wolken schoben sich vor den Mond und ließen die Schatten wie verzerrte Fratzen durch den Raum gleiten. Rebecca unterdrückte einen Schrei, rappelte sich auf, presste ihre Tasche an sich und floh in den engen Flur.

Ihr Atem war flach. Sie zwang sich, einen Blick in das Schlafzimmer zu werfen. Ihre Augen hatten sich an die Dunkelheit gewöhnt. Sie blickte sich um. Von Paps Nachtschrank war ebenfalls ein gerahmtes Bild verschwunden. Ein Foto von Verena. Nun wusste Rebecca sicher, dass ihr Vater gestern hier gewesen war. Er hatte sich ein Erinnerungsstück mitgenommen und war dann in sein Versteck zurückgekehrt. Vor wem war er auf der Flucht? War es die gleiche Person, die Verena getötet hatte?

Die Frau stand am Fenster und blickte auf die belebte Straße. Sie mochte Eppendorf, hatte sich hier schnell eingelebt. Fünf Jahre war es nun her, dass ihr Umzug nach Hamburg notwendig geworden war. Sie schloss die Augen, roch den fruchtigen Duft des Tees, der aus ihrem Becher hinaufstieg. In der ersten Zeit hatte sie unglaubliche Angst gehabt, sich regelrecht verfolgt gefühlt. Es war eine nervenaufreibende Phase gewesen. Nur langsam hatte die Anspannung nachgelassen. Inzwischen führte sie ein normales Leben. Fast. Der Brustkorb der Frau hob sich, dann atmete sie schwer aus. Es war die richtige Entscheidung gewesen, daran hatte sie nie gezweifelt. Es gab immer Unrecht, dass man absichtlich übersah. Kleinigkeiten, um die man kein Aufhebens machte. Aber wenn furchtbare Dinge direkt vor den eigenen Augen geschahen, musste man sie bekämpfen. Verena hatte diese Dinge gesehen. Sie hatte sich in die Firma eingeschlichen und als Mitarbeiterin getarnt nach Unterlagen gesucht. Es ging um verbotene Waffengeschäfte mit dem Ausland, die durch raffinierte Manöver getarnt worden waren. Die Frau senkte den Kopf und dachte an die riesigen Beträge, die über diverse Konten geflossen waren. Ja, sie hatte davon gewusst. Verena hatte es zuerst nur vermutet, dann Unterlagen gefunden und immer mehr Gewissheit erlangt. Aber an die Zahlungsbelege war sie nicht herangekommen. Auch nicht an die Vertragsdokumente, die sicher in einem geheimen Tresor lagen.

Verena war eine unglaublich tolle Frau gewesen, schon damals. Sie war voller Energie, aus dem tiefsten Innern entbrannt für einen Kampf für alles, was richtig und gerecht war. Und sie war mutig gewesen. Das hatte die Frau am meisten bewundert. Verena hatte nicht gezögert, sie wusste, wonach sie suchte und wie sie es bekam. Und wenn sie Unterstützung gebraucht hatte, dann war sie hartnäckig gewesen. Wie oft hatten sie miteinander gesprochen. Immer wieder hatte Verena sie ermutigt, aufzustehen und sie zu unterstützen. Dabei war Verena so taktvoll gewesen, der Frau das Gefühl zu geben, sie habe eine wichtige Rolle. Eine Träne rann ihre Wange hinab. Verena hatte Unglaubliches geleistet. Nicht nur ihre Artikel und Berichte. Mit den Recherchen hatte Verena täglich ihr Leben aufs Spiel gesetzt.

Die Frau hatte ihren Beitrag geleistet, indem sie Verena den Zugang zu den fehlenden Dokumenten verschafft hatte. Sie war froh gewesen, dass schließlich alles an die Öffentlichkeit gelangt war. Der folgende Gerichtsprozess hatte sich über zwei Jahre erstreckt und hatte zur Aufklärung und langen Haftstrafen geführt. Alles hatte ein gutes Ende gefunden. Und sie hatte ihren

Beitrag geleistet. Ein Zettel mit dem Passwort, ein paar Ausdrucke. Es war nicht viel gewesen, aber Verena hatte ihr dafür gedankt und sie glauben lassen, sie wäre eine kleine Heldin. Das konnte sie richtig gut.

Danach hatte sie in Hamburg ein neues Leben begonnen und es nie bereut.

Die Tasse entglitt ihr, heißer Tee ergoss sich über ihre Hose. Sie schreckte zusammen, biss die Zähne aufeinander. Sie griff nach einem Lappen und hielt unvermittelt inne.

Verena war tot, hallte es in ihren Ohren. Diese sagenhafte Frau, die ihr Leben dem Kampf gegen das Böse gewidmet hatte und dafür so viel riskiert hatte. Warum hatte sie sterben müssen? Wimmernd sackte die Frau zusammen, kauerte sich vor dem harten Heizkörper. Welchen Sinn hatte der Tod dieser starken Frau? Das Wimmern wurde lauter, die Frau presste sich den Lappen vor den Mund. Sie wollte Levin nicht aufschrecken.

Levin.

Wäre alles anders gekommen, wenn er nicht hier, sondern bei Verena gewesen wäre?

An diesem Tag war alles so anders gewesen. Nichts war nach Plan verlaufen. Sie hatte schon am Donnerstag zu einem Seminar fahren wollen, das dann kurzfristig abgesagt werden musste. Ihr Kühlschrank war leer gewesen, weil sie mehrere Tage weggewesen wäre. Also war sie am Freitag auf den Markt gegangen, hatte ihr Handy versehentlich Zuhause liegen gelassen. Durch Zufall hatte sie einen Nachbarn getroffen, der sie mit seinem Auto mitnahm. Mit dem Rad wäre sie wesentlich später zurückgewesen. Kaum stand sie vor ihrer Wohnungstür, hatte sie ihre markante Klingelmelodie gehört. Der Schlüssel hatte geklemmt und es hatte einen Moment gedauert, bis sie in ihre Wohnung gekommen war. Sie war zum Telefon gelaufen, hatte den Anruf gerade noch annehmen können. Sie hörte Verenas Stimme, die leicht gezittert hatte.

„Ich brauche deine Hilfe..."

Die Frau blickte starr vor sich hin, sie hockte noch immer zusammengekauert an dem Heizkörper. Sie überlegte, was geschehen wäre, wenn ihr Tag planmäßig verlaufen wäre. Wenn sie längst bei ihrem Seminar gewesen wäre. Levin hätte nicht zu ihr in die Wohnung kommen können. Er wäre bei Verena geblieben.

Was auch immer geschehen war, es wäre anders verlaufen. Möglicherweise würde Verena noch leben.

Rebecca fühlte sich erst in Sicherheit, als sie ihre Wohnungstür hinter sich abgeschlossen hatte. Ihr Blick wanderte unruhig zu der Tasche, die neben der Tür lag. In ihr befanden sich die Unterlagen von Verena. Diese Notizen und Fotos waren die einzige Möglichkeit herauszufinden, warum sich ihr Vater versteckte und warum in ihrer Familie ein Mord geschehen war.

Rebecca goss sich ein Glas Rotwein ein. Nach dem ersten Schluck entspannte sich ihr Körper, aber ihre Gedanken gaben keine Ruhe.

Wie weit wollte sie gehen? Was musste sie tun, um die Flucht ihres Vaters zu beenden? War auch er in Gefahr? Was wusste er über den Tod von Verena wirklich? Sie überlegte kurz, Kommissarin Schacht anzurufen, entschied sich aber dagegen. Was sollte sie ihr erzählen? Ihr fehlten eindeutige Beweise, um glaubhaft zu machen, dass es Mord gewesen war. Sie konnte nur hoffen, dass die Obduktion Hinweise ergab, damit die Kommissarin ermitteln konnte. Ihr war mitgeteilt worden, dass die Untersuchung sich verzögerte. Bei den Mitarbeitern der Pathologie hatte eine Grippewelle um sich gegriffen. Rebecca hoffte inständig, dass die Obduktion bald stattfand, damit es endlich Klarheit gab.

Ihr Magen knurrte. Sie ignorierte das Hungergefühl, ging mit ihrer Tasche ins Wohnzimmer und legte die Unterlagen neben sich auf das Sofa.

Ein halbes Glas später hatte sie erneut alles angesehen, die Notizen gelesen und die Fotos betrachtet. Sie fühlte sich nicht gut dabei. In ihr breitete sich Widerstand aus. Sie sträubte sich dagegen zu erkennen, was vor ihr lag.

"Verdammt, das bin ich nicht. Ich bin keine Journalistin!", schrie sie auf. Wütend warf sie die Unterlagen zur Seite. Diese Notizen, die Recherchen waren Teil eines unbekannten Lebens, das Verena geführt und mit voller Absicht vor ihrer Tochter verheimlicht hatte. Sollte sie ihre Geheimnisse mit ins Grab nehmen!

Rebecca ging in die Küche. Dort nahm sie eine Dose mit Gemüseresten aus dem Kühlschrank und schüttete sie in eine Pfanne. Sie griff nach zwei Eiern und schlug sie am Pfannenrand auf. Das Zerknacken der Schale klang wie das Brechen von Knochen. Eiskalt lief es ihr den Rücken hinunter. Wütend stocherte sie in dem Gemüse herum und drehte das Ei herum, das auf der unteren Seite einige schwarze Stellen hatte.

Wer war Verena wirklich? War sie wirklich umgebracht worden, oder hatte ihre Fantasie ihr einen fiesen Streich gespielt?

Rebecca schlang ihr Essen im Stehen hinunter.

Nein, sie wollte es nicht tun. Sie wollte sich diese Unterlagen nicht ansehen. Sie wollte Levin zurück, mehr nicht. Wenn irgendjemand herausfinden sollte, was geschehen war, dann ihr Vater. Oder noch besser die Polizei.

Ihre Augen füllten sich mit Tränen. War Verena wirklich umgebracht worden? Hatte jemand ihr eine Schnur um den Hals gelegt und dann an diesen Haken gehängt? Ein hilfloses Schluchzen drang aus ihrer Kehle. Wer hasste Verena so sehr, um sie zu töten und es wie einen Selbstmord zu inszenieren? Ihre Finger wurden kalt und taub. Rebecca blickte auf ihre Hände, die unkontrolliert zitterten. Dann knickten Rebeccas Knie ein, sie glitt zu Boden und sackte jammernd in sich zusammen. Die Bilder jagten durch ihren Kopf, sie sah den leblosen Körper Verenas, sah den Fremden, der sich an ihr zu schaffen machte, der sie tötete.

Irgendwann später kam Rebecca zu sich. Ihr war eiskalt. Die Angst war fort, geblieben war eine dumpfe Leere in ihrem Kopf. Rebecca wischte sich die Tränen aus dem Gesicht. Kraftlos zog sie sich am Tisch hoch und stand mühsam auf. Es war zu viel. Diese Last konnten ihre Schultern nicht tragen. Hier war ihr Weg zu Ende.

Mühsam schleppte sie sich ins Wohnzimmer. Sie goss sich Wein nach, leerte das Glas und legte sich hin. Rebecca schloss die Augen. Es waren alles Verenas Angelegenheiten gewesen. Ihr Job, ihr Geheimnis, ihr Leben. Jetzt ihr Tod.

Rebecca wollte mit Verena nichts zu tun haben und nur, weil sie ermordet worden war, hatte sich daran nichts geändert. Oder? War sie ihr die Aufklärung des Mordes schuldig? Nein, war sie nicht. Sie hatte genug mit ihrem eigenen verdammten Leben zu tun. Sie hatte einen guten Job, einen super Kater und verdammt beschissene Beziehungen.

Benny. Verdammt.

Sie ging ins Schlafzimmer und blickte auf die zerwühlte Bettwäsche. Die Erinnerung an ihre gemeinsame Nacht zauberte ein schräges Lächeln auf ihre Lippen, der Wein tat eindeutig seine Wirkung. Der Schlüssel, den sie ihm am Morgen hinterlassen hatte, war weg. Aber wieso hatte der Mistkerl nicht mal angerufen? Rebecca nahm die Kissen und schleuderte sie wütend auf das Bett. Warum war das alles so kompliziert? Sie goss sich zum zweiten Mal Wein nach und wusste, dass es ein Fehler war. Sie stolperte zurück ins Wohnzimmer. Sollte sie ihn anrufen? Erwartete er das? Sie wagte nicht darüber nachzudenken, ob sie es selber wollte und sank matt auf das Sofa.

Freitag

Das Schnarren der Türklingel riss sie aus einem dämmrigen Schlaf. Mühsam öffnete Rebecca die Augen. Bug stieß sich von ihrem Bauch ab, auf dem er geschlafen hatte, um in den Flur zu flitzen. Sie suchte nach ihrem Wecker, bis Rebecca merkte, dass sie nicht in ihrem Bett lag. Sie war auf dem Sofa eingeschlafen. Das Drehen eines Schlüssels im Schloss war zu hören. die Wanduhr zeigte kurz vor fünf. Rebecca stand auf. Durch ihren Rücken schoss ein stechender Schmerz, sie war völlig verkrampft. Benommen schlich sie in den Flur.

"Ich komme mit dem Frühstück etwas früher, weil du offenbar inzwischen zur Frühaufsteherin mutiert bist." Benny hatte eine Klappbox in der Hand, in der Rebecca eine Kaffeekanne und Marmeladengläser entdeckte. Bug sprang freudig um ihn herum und maunzte aufgeregt. Brötchenduft stieg Rebecca in die Nase und vertrieb langsam den Nebel in ihrem Kopf.

Benny zog sie an sich und küsste sie. Rebecca schloss die Augen, genoss das Kribbeln am Rücken, das sein Kuss verursachte und legte die Arme um ihn.

Verdammt, wie konnte es ihr nur gelingen, ihn nicht wieder zu vertreiben?

Mein Vater ist verschwunden und ich glaube, dass Verena ermordet wurde, war sicher nicht der beste Satz, der einem nach dem Sex über die Lippen kommen konnte.

Erst in diesem Moment, in dem sie es ausgesprochen hatte, war ihr klar geworden, wie unglücklich und einsam sie sich in den letzten Tagen gefühlt hatte. Die Zweifel und Fragen hatten ihr zugesetzt.

Nach diesen Worten begann sie zu zittern. Erst die Hände, plötzlich bebte ihr ganzer Körper und Tränen strömten unkontrollierbar über ihre Wangen. Benny hielt sie fest. Er hielt sie im Arm und flüsterte ihr beruhigende Worte ins Ohr. Rebecca hatte sich an ihn gelehnt und geweint. Dann hatten sie geredet.

Auch wenn Rebecca einen Teil schon Frau von Stein erzählt hatte, war sie froh, Benny alles sagen zu können. Sie kannten sich seit der Sandkiste, hatten ihre Leben immer auf mehr oder weniger enge Art zusammen verbracht. Sie waren Freunde und Vertraute, wenn auch viel zu selten ein Liebespaar.

Ihre Schilderung begann sie mit der Frühstücksverabredung, zu der Levin nicht erschienen war. Sie berichtete von dem anschließenden Besuch bei Verena und dem belauschten Telefonat. Beschämt erzählte sie von der heimlichen Buddelaktion im Garten ihrer Eltern. Es kam ihr so verrückt vor, aber Benny lockerte ihre Erzählung mit einigen Übertreibungen auf. Bei der Vorstellung, wie Rebecca im Garten nach einer Leiche gebuddelt hatte, lachten beide laut los. Die Angst war verflogen, Rebecca hatte jetzt ein viel distanzierteres

Bild von den Geschehnissen. Kichernd berichtete sie vom Terrier Fiete, der um sie herumgesprungen war und statt eines menschlichen Knochens seinen Gummiknochen gefunden hatte.

"Und dann war da dieses Auto. Ich bin fast gestorben vor Angst. Es war irgendwo vorne an der Straße. Beim Starten hat es gerasselt, das hat mich noch gewundert. Es muss gewendet haben, denn plötzlich glitt der Lichtkegel des Scheinwerfers über den Rasen. Ich hatte solche Angst, plötzlich bei voller Beleuchtung erwischt zu werden."

"Nachts, mit einem Spaten beim Graben gesehen zu werden, großartig!" Benny schüttelte sich vor Lachen.

Dann erzählte Rebecca von den Unterlagen, von Verenas journalistischer Arbeit, von der Perle und den Scherben. Nach kurzem Zögern gab sie zu, dass sie glaubte, es sei ein Mord geschehen.

„Es passt alles. Bei einem Kampf ist das Bild heruntergefallen. Das erklärt, warum das Foto in die Schublade gestopft und die Scherben nur oberflächlich entfernt worden sind. Ihre Kette riss, als man sie ...", Rebecca stockte. Ruhig nickte Benny und griff nach ihrer Hand.

„Wenn es Selbstmord gewesen wäre, hätte sie vielleicht das Bild versehentlich herunterstoßen können. Aber dann wären ihr die Scherben egal gewesen."

Benny fuhr sich durch die Haare und überlegte angestrengt. Dann nickte er. Auch er hielt es für möglich, dass in Rebeccas Elternhaus ein Mord geschehen war.

Heute Nachmittag würde sie zur Polizei fahren und bei Kommissarin Schacht den Stand der Ermittlungen erfragen und herausbekommen, ob die Ergebnisse der Obduktion schon vorlagen. Sie war davon überzeugt, dass Verena sich nicht selbst diesen Strick um den Hals gelegt hatte. Jemand anderes musste sie vorher getötet haben.

Sie würde sich die Unterlagen von Marten geben lassen, die Verena an ihn geschickt hatte. Anschließend würde sie alles der Polizei übergeben. Die Beamten würden ermitteln und hoffentlich herausfinden, was hinter all dem steckte. Wenn der Mörder gefasst war, würde sich auch ihr Vater sicher fühlen und endlich zurückkehren können.

Rebecca machte bereits am frühen Nachmittag Feierabend, wie schon viele Kollegen vor ihr. Nach den Überstunden der letzten Tage sehnten sich jetzt alle Mitarbeiter nach dem Wochenende.

Rebecca machte sich gleich auf den Weg zu Marten. Sie hoffte das Wohnhaus wiederzufinden, auch wenn sie sich an die genaue Adresse nicht mehr erinnerte.

Nur einmal war Rebecca dort gewesen und das war drei Jahre her. Es war ein unschönes Gespräch im Flur des Hauses gewesen. Sie hatte Verena dort angetroffen und es war zu einem lautstarken Streit gekommen. Sie erinnerte sich nur ungern an diese Begegnung zurück.

Rebecca hatte eine gute Orientierung und fand auf Anhieb das gelb geklinkerte Wohnhaus aus den siebziger Jahren. Beim Lesen der Namensschilder atmete Rebecca erleichtert auf, als sie das Schild "Konrad" entdeckte. Wahrscheinlich schrieb er ebenfalls unter einem Pseudonym. Sie hatte im Internet keine Einträge in den Adressauskünften gefunden und war froh, den Mann ohne Probleme gefunden zu haben.

Sie wollte ihr Anliegen nicht unten an der Haustür über eine Gegensprechanlage diskutieren. Sie überlegte, ob Marten sie hineinlassen würde und beschloss, ihm keine Wahl lassen. Es dauerte nicht lange, da verließ ein Pärchen das Haus und Rebecca nutzte die Gelegenheit, sich hineinzuschleichen. Sie stieg die Treppen hoch und stand kurz darauf vor der Wohnungstür. Rebecca schloss kurz die Augen. Wie würde er darauf reagieren, dass sie plötzlich vor seiner Wohnung stand? Entschlossen, diesen unfreiwilligen Besuch so schnell wie möglich hinter sich zu bringen, drückte sie den Klingelknopf. Fast augenblicklich öffnete sich die Tür. Rebecca wich überrascht zurück. Hatte er sie schon an der Straße gesehen und hinter der Tür auf sie gewartet? Einen Moment lang betrachtete sie ihn im Schein der Flurbeleuchtung. Seine Haut sah aus, als hätte er sein Leben viel im Freien verbracht. Unzählige kleine Falten durchzogen die wettergegerbte Haut. Sein 3-Tage-Bart verlieh ihm das Aussehen eines Abenteurers. Marten war charismatisch, ohne Zweifel. Rebecca spürte, wie er sie aufmerksam musterte. Sein Blick war nicht unangenehm, obwohl seine Augen regungslos auf ihr verharrten. Rebecca wollte schnell ihr Anliegen vortragen, bevor sie beginnen konnte, Sympathie für diesen Mann zu entwickeln.

"Ich möchte die Unterlagen haben, die Verena Ihnen geschickt hat."

Marten sah sie stumm an. Rebecca bemerkte sein Zögern und wurde ungeduldig. Es waren die Unterlagen ihrer Mutter, also hatte sie ein Recht darauf. Er rührte sich nicht.

„Was?", fuhr sie ihn an.

Marten nickte langsam und ließ Rebecca eintreten.

Nervös ließ sie ihren geflochtenen Zopf durch die Finger gleiten.

"Es ist gefährlich. Ihre Mutter hat sich stets nur für brisante Dinge interessiert. Woran auch immer sie gearbeitet hat, bevor sie sich…"

Rebecca unterbrach ihn schroff. Sie wollte sich keine Minute länger als nötig in der Wohnung dieses Mannes aufhalten.

"Marten, geben Sie mir einfach die Unterlagen. Verena hat sich nicht umgebracht. Ich gebe alles der Polizei. Das sollte auch in Ihrem Interesse sein."

Er wurde blass und wusste offensichtlich nicht, was er tun sollte. Verenas Tod hatte ihn aus der Bahn geworfen. Marten machte nicht den Eindruck, als sei er generell besonders unschlüssig.

"Was Ihre Mutter mir zugeschickt hat, ist ohne Kontext nicht besonders aussagekräftig. Wenn Sie noch Unterlagen haben, geben Sie sie mir. Ich kann bestimmt die Zusammenhänge erkennen. Ich möchte helfen."

Rebecca fiel auf, dass er auf die Nachricht, dass Verena ermordet worden war, nicht einging.

"Sie werden aus ihrem Tod keine Geschichte für die Zeitung machen." Sie funkelte ihn wütend an. Wortlos verschwand Marten in einem der Zimmer und kehrte kurz darauf mit einem braunen Umschlag zurück.

"Diese Dinge sind gefährlich. Wenn Ihre Mutter umgebracht wurde, dann ist dieser Vertrag brisanter als ich erkannt habe. Ich kann Sie zur Polizei begleiten."

Rebecca riss ihm den Umschlag aus der Hand, bevor er es sich anders überlegen konnte. Sie steckte die Unterlagen in ihre Umhängetasche und verließ hastig die Wohnung.

Rebecca verharrte einen Moment an der Straße, ihre Hand ruhte auf der Tasche, in der die Unterlagen steckten. Es war kühler geworden und es würde bald anfangen zu schneien.

Ob die Fakten ausreichten, um die Polizei von ihrer Theorie eines Mordes zu überzeugen? Und wenn nicht? Wäre ihrem Vater dann geholfen? Oder würden die Ermittlungen nur die Täter aufschrecken?

Martens Hilfe würde sie keinesfalls annehmen. Sie konnte den Kerl nicht ausstehen und hatte keinen Grund, ihm zu vertrauen. Rebecca blickte an dem Gebäude hoch.

Marten stand hinter einem der Fenster und beobachtete sie. Der Mann hatte wirklich Nerven. Er verschwand nicht, sein Blick ruhte auf ihr und verfolgte jeden ihrer Schritte. Er war unheimlich.

Marten Konrad mochte ein guter Journalist sein, aber was wusste sie noch über ihn? Aus welchen Gründen hatte er seine Hilfe angeboten? Wegen Verena, oder weil er die Story veröffentlichen wollte? War Marten ein so fanatischer Journalist, dass er töten würde, um an eine gute Story zu gelangen? Dann hätte er ein klares Motiv.

Ein unangenehmes Kribbeln lief über ihre Arme, Rebecca stieg schnell in ihren Wagen. Die Ungewissheit war bedrückend. Hatte Marten Verena umgebracht? Hatte er Levin dazu gebracht, zu verschwinden?

Rebecca drehte die Lautstärke der CD höher. Dadurch konnte sie das Rasseln des startenden Motors hinter sich nicht hören. Auch Marten Konrad, der sich gerade vom Fenster abwandte, bemerkte den Wagen nicht, der kurz nach Rebecca losfuhr.

Der Gedanke spukte in ihrem Kopf herum und Rebecca wurde ihn nicht mehr los. Konnte es sein, dass Marten Verena umgebracht hatte, um selbst die Geschichte veröffentlichen zu können?

Seinen Auftritt am Dienstagabend im Park würde sie so schnell nicht vergessen. Sie hatte versucht, sich nichts anmerken zu lassen, aber er hatte ihr höllische Angst eingejagt. Dieser Mann war gefährlich. Er war charismatisch und hatte eine durchaus anziehende Wirkung. Aber vor allem war er undurchsichtig. Das mochte an seinem Beruf oder an ihrer gemeinsamen Vorgeschichte liegen. Fakt war, dass Rebecca diesen Mann nicht ausstehen konnte und ihm auch einen Mord zutraute.

Der Gedanke, dass dieser Mann Verena getötet hatte, schien geradezu verlockend. Sie musste nur belastendes Material finden, dann würde er büßen müssen.

Sie hasste Marten seit drei Jahren für das, was er ihrem Vater angetan hatte. Verena hatte durch die Affäre mit Marten fast ihre Ehe zerstört. Sie war Levins große Liebe gewesen, eine Trennung hätte er nicht überstanden. Levin war durch die Hölle gegangen. Rebecca hatte ihren Vater leiden sehen. Niemals würde sie Marten Konrad verzeihen, welchen Schmerz er Levin zugefügt hatte.

Wenn er mit diesem Mord in Verbindung stand, würde sie es beweisen. Sie konnte ihn für das, was er ihrem Paps zugefügt hatte, endlich bestrafen. Rebecca wünschte, ihn zu überführen, aber sie zweifelte und war von seiner Schuld nicht restlos überzeugt.

Dieser dubiose Mann war entweder so skrupellos, Verena für eine Story zu töten oder er hatte sie wirklich geliebt.

Rebecca beschloss, vorerst nicht zur Polizei zu gehen, sondern alleine weitere Beweise zu sammeln. Das war sie ihrem Vater schuldig.

Wenn der Täter gefasst worden war, würde Paps endlich wieder in sein altes Leben zurückkehren können. Ohne Angst und in der Gewissheit, dass der Mann, der Verena getötet hatte, im Gefängnis saß. Levin selbst würde nie gegen Marten angehen, dafür war er zu sensibel, zu ängstlich. Rebecca musste ihm helfen.

Während sie ihre Wohnungstür aufschloss, hörte sie bereits das Telefon klingeln. Sie rannte durch den Flur, um den Hörer zu erreichen. Bestimmt war es Benny, der sich erkundigen wollte, wie ihr Besuch bei der Polizei verlaufen war

"Ich muss dich sprechen, Rebecca. Wegen deines Vaters. Es gibt da noch etwas, was ich dir nicht gesagt habe."

"Frank?"

Sie runzelte die Stirn. Levins Kollegen kannte sie als freundlich und entspannt. Jetzt war seine Stimme unsicher und fremd. Er schlug einen Treffpunkt vor. Rebecca stimmte der Verabredung zu und beendete das Gespräch. Er wollte sich mit ihr in einem Park treffen. Dort, wo sie das Handy ihres Vaters auf dem Boden gefunden hatte. Ein mulmiges Gefühl breitete sich in ihr aus. Wieso diese Geheimnistuerei?

Rebecca füllte Futter in Bugs Napf und erneuerte sein Wasser. Er schien sich an die ständigen Verspätungen seines Frauchens gewöhnt zu haben.

Seelenruhig spielte er mit seiner weißen Stoffmaus im Wohnzimmer auf dem Sofa. Rebecca legte sich neben ihn und kraulte dem Kater sanft das Kinn.

Er drehte sich genießerisch auf den Rücken.

"Ich muss gleich wieder los. Richtig geraten", erklärte sie ihm und drückte kurz ihren Kopf in sein warmes Fell. Rebecca griff nach ihrer Tasche und entdeckte den braunen Umschlag. Sie zögerte. Vor dem Treffen mit Frank musste sie unbedingt nachsehen, was er Geheimnisvolles enthielt. Sie legte den Umschlag auf den Tisch im Wohnzimmer und zog aneinandergeheftete Zettel heraus.

Sie blickte auf die ersten Zeilen. Es war ein Vertrag. Rebecca hätte ihn gern sofort gelesen, aber sie musste los, so dass sie nur einen flüchtigen Blick auf das Dokument werfen konnte. Neugierig überflog sie die Zeilen. Es war ein mehrseitiger Vertrag, der in Englisch verfasst war. Beteiligt war eine Hamburger Firma mit der Bezeichnung *Elbe-Silberschmuck* und die Firma *Taiwan Silver & Jewellery Co., Ltd.* mit Sitz in einer taiwanesischen Stadt, die sie nicht kannte. Beauftragt wurden Arbeiten zur Produktion von Schmuckstücken. Rebecca blätterte die ersten Seiten durch, legte die Unterlagen dann aber nach einem Blick auf die Uhr in den Umschlag zurück und verließ das Haus.

Während der Autofahrt überlegte sie, ob dieses Dokument mit dem Tod Verenas und dem Verschwinden Levins zusammenhängen konnte. Warum hatte Verena ihn an Marten gesandt? Sie musste den Vertrag am Abend unbedingt genauer lesen, um die entscheidenden Details zu finden. Aber das musste warten. Rebecca hielt auf der matschigen Parkbucht und stieg aus.

Warum hatte sich Frank mit ihr treffen wollen? Was war so brisant, dass er es nicht am Telefon mit ihr besprechen wollte?

Sie hörte ein schmatzendes Geräusch und fuhr herum. Frank kam mit schlurfenden Schritten auf sie zu. Das am Boden liegende Laub war so matschig, dass es an seinen Schuhen hängen blieb.

Er streifte zur Begrüßung ungelenk an ihren Oberarm und schien ihr nicht zu nahe kommen zu wollen. Diese Distanz war ihr neu.

"Hi, Rebecca." Sein Mund verzog sich kurz zu einem Lächeln, dem man anmerkte, wie wenig es von Herzen kam. Rebecca wunderte sich über diese plötzliche Veränderung. Er stand unter Spannung und fühlte sich sichtlich unwohl. Erst jetzt bemerkte sie den Alkoholgeruch seines Atems.

Frank hatte ihr das Zeichnen beigebracht, die Kniffe bei Elfenaugen und die Tricks, wie man Dinge scheinbar leuchten lassen konnte. Was war mit dem Mann geschehen, der sie gedrückt hatte, wenn sie ihm schüchtern eine ihrer Elfenzeichnungen geschenkt hatte?

Blitzartig griff er nach ihrem Arm. Er zog sie zu dem düsteren Durchgang, der in den eigentlichen Park führte.

"Lass uns ein bisschen laufen. Ich kann da nicht so herumstehen."

Verdutzt betrachtete sie Frank, der ihr plötzlich wie ein Fremder vorkam. Aus seiner Manteltasche zog er einen Flachmann, schraubte ihn hastig auf und setzte ihn gierig an die Lippen. Rebecca blickte zur Seite.

Der Park, in dessen Mitte der See schimmerte, war nur durch wenige Lampen erleuchtet. Der Boden war vom Regen der letzten Tage durchweicht, der dunkle Himmel wolkenverhangen und der Wind trieb leichten Niesel durch die kalte Luft. Kein normaler Mensch ging bei diesem Wetter hier spazieren. Nicht einmal die Hundebesitzer schienen sich aus dem Haus zu trauen. Rebecca wunderte sich, warum er diesen Ort als Treffpunkt ausgesucht hatte.

Rebecca blieb stehen und sah ihn forschend an.

"Frank, was ist los?"

Nervös blickte er sich um, als fürchte er, jemand würde sie belauschen. Dann beugte Frank sich zu ihr vor und sprach mit erhobenem Zeigefinger, den er in hektischen Bewegungen durch die Luft trieb.

"Mit Levin stimmt etwas nicht. Schon eine ganze Weile."

Rebecca blickte ihn fragend an.

"*Silber-Stein* wird verkauft. Du musst deinen Vater endlich zur Vernunft bringen." Nervös spielte Frank an seinen Fingerkuppen herum, drehte die Hände verkrampft ineinander.

"Ich wusste nicht, dass *Silber-Stein* verkauft wird", gab Rebecca zu.

"Und ich bin sicher, dass du auch so einiges andere nicht weißt", bemerkte Frank bissig. „Die von Steins werden ihr Geschäft aufgeben und sich zur Ruhe setzen. Einen Käufer soll es schon geben. Wenn Levins Machenschaften herauskommen, dann sind wir alle unsere Jobs los." Er warf seinen Kopf zur Seite, blickte sich gehetzt um, ehe er anklagend fortfuhr. "In meinem Alter stellt mich niemand mehr ein!"

„Wovon redest du?"

Er ging einen Schritt auf sie zu und blickte Rebecca aus weit aufgerissenen Augen an.

"Ich bin bald sechzig. Was glaubst du, wie hoch meine Chancen auf dem Arbeitsmarkt noch sind? Wenn diese Übernahme scheitert, dann sitze ich auf der Straße!

Das kannst du deinem Vater sagen! Levin soll die Scheiße wieder geradebiegen, die er angerichtet hat und zwar, bevor noch mehr Leute dahinterkommen."

Rebecca spürte seinen schnaubenden Atem im Gesicht. Er fuchtelte mit den Armen durch die Luft.

"Ich muss alles tun, damit der Verkauf stattfindet. Verstehst du?"

Rebecca brachte kein Wort heraus.

Ungeduldig rüttelte Frank an ihren Armen und wiederholte die Frage mit krächzender Stimme.

"Verstehst du das? Für mich steht alles auf dem Spiel, einfach alles!"

Rebecca nickte. Sie musste ihn beruhigen.

"Natürlich. Das verstehe ich." Ihre Stimme klang nicht so mitfühlend, wie sie gehofft hatte.

"Ach, Quatsch. Dummes Gerede! Was verstehst du schon. Weißt du, was Altersarmut bedeutet? Wer sucht denn heutzutage noch einen Goldschmied? Die sind alle froh, wenn sie ihre Jobs behalten können. Naja, dank deines Vaters stehe ich bald vor der Tür!" Nervös fuhr er sich über das Kinn, seine Augen schweiften unruhig hin und her, bis er sie wieder ansah.

"Ich habe einen Kredit für das Haus abzuzahlen und Unterhalt. Das bisschen Gesparte kann man bei den Zinsen sowieso gleich verbrennen."

"Was hat Paps denn damit zu tun?" Rebecca kannte Frank schon seit ihrer Kindheit, hatte ihn fest in ihr Herz geschlossen. Derart aufgewühlt hatte sie ihn noch nie erlebt. Seine Stimme riss sie zurück in die Realität.

"Tu nur, als wüsstest du von nichts. Ihr steckt doch alle unter einer Decke. Er hat Geld unterschlagen, der feine Herr Papa. Und die von Steins haben es mitbekommen. Er war bei dem Chef im Büro.

Am Freitagmittag. Hinterher war er total verwirrt. Und Herrn von Stein hättest du erst sehen sollen! Weiß wie die Wand, konnte sich kaum auf den Beinen halten. Ich bin nicht dumm, Rebecca. Ich kann eins und eins zusammenzählen. Dein Vater hat sich kräftig bedient und nun stehen wir alle vor dem Abgrund."

"Das würde er nie tun!", protestierte Rebecca.

"Ich habe ihn gewarnt. Ja, das habe ich. Mehr als deutlich. Er muss jetzt handeln, sonst können wir uns alle einen Strick nehmen!" Frank schnaubte abfällig.

"Hast du Verena …", begann sie in der Hoffnung, er würde irgendwas erzählen, was ihr klarmachte, was geschehen war. Die Anspielung mit dem Strick konnte kein Zufall sein.

"Ja, ich habe auch mit deiner Mutter gesprochen. Weil sie ja wohl auch was davon hat. Ich habe ihr meine Lage geschildert. Habe ihr ganz genau erklärt, was das für mich bedeutet. Sie hat gesagt, dass ich mich irre. Ja klar, wer würde eine Unterschlagung schon so einfach zugeben? Deine Mutter hat mich nur ausgelacht und meinte, ich hätte keine Ahnung, das dämliche Luder."

Rebecca starrte ihn fassungslos an.

Frank redete immer hastiger, seine Stimme überschlug sich.

Plötzlich fasste er wieder nach Rebeccas Oberarm und hielt sie mit eisernem Griff fest.

"Nun ist Schluss damit. Sag Levin, dass er sofort wieder in die Firma kommen soll und alles erklären muss!"

Franks Augen nahmen einen irren Glanz an. Seine Gedanken schweiften ab und Rebecca nutzte diesen Moment der Unaufmerksamkeit. Sie riss sich los, duckte sich unter Franks Armen weg und rannte los. Frank war verrückt geworden. Komplett durchgedreht und vielleicht eine Gefahr.

Der leichte Niesel war in heftigen Regen übergegangen. Ihre Füße fanden in dem matschigen Untergrund kaum Halt und glitten einige Male weg. Wenn sie stürzte, wäre es für Frank ein Leichtes, sie einzuholen. Wer wusste schon, was dieser Irre dann mit ihr anstellte? Mittlerweile schien es, als könne jeder der Mörder sein. Oder litt sie selbst unter Verfolgungswahn? Rebecca stolperte hastig weiter. Sie trat in eine Pfütze, ihr Fuß rutschte weg und sie ging fast zu Boden. Ihr Knie hatte sich verdreht und schmerzte, sie rappelte sich auf. Sie musste hier weg, und das so schnell wie möglich. Frank hielt sie, ebenso wie Verena, für eine Mitwisserin. Gab er ihr eine Mitschuld an der angeblichen Unterschlagung? Wenn er Verena umgebracht hatte, weil sie bei dem Gespräch unpassend reagiert hatte, würde Frank nicht davor zurückschrecken, sie auch umzubringen. Keuchend erreichte Rebecca den Ausgang des Parks. Hektisch drehte sie sich um. Frank stand unbewegt da und starrte in ihre Richtung. Rebecca suchte fieberhaft den Autoschlüssel in ihrer Tasche und riss ihn mit bebenden Fingern heraus. Sie musste dreimal auf die Entriegelungstaste drücken, bis das Auto sich öffnete. Das Keuchen ihres Atems dröhnte in ihren Ohren. Rebecca drehte den Kopf und sah Franks dunkle Silhouette unbewegt im Regen. Wie erstarrt. Sie fühlte seinen Blick auf sich ruhen, ohne seine Augen in der Dunkelheit sehen zu können. Ein Frösteln ließ sie erzittern.

Rebecca riss die Tür auf und ließ sich auf den Sitz fallen. Sie drückte den Knopf für die

Zentralverriegelung. Das dumpfe Klacken der abriegelnden Schlösser verschaffte ihr ein Gefühl der Sicherheit. Schweiß rann ihr die Schläfen hinab und ihre Muskeln waren schmerzhaft verkrampft. Keuchend blickte sie zum Dickicht des Parks. Sie erwartete jeden Moment, dass Frank auftauchen würde und versuchte, sie aus dem Auto zu zerren.

Oder zu töten.

Ich muss hier weg, dachte sie panisch, aber ihre Muskeln rührten sich nicht. Ihr Herz raste, sie spürte Franks irren Blick auf sich ruhen und konnte sich nicht bewegen. Hatte sie Verenas Mörder gegenübergestanden? Würde er auch sie töten? Hier und jetzt? Wie hatte sie sich so in dem Kollegen ihres Vaters täuschen können?

Dann hörte sie ihn. Er rief ihren Namen. Wie hypnotisiert starrte Rebecca auf den Eingang zum Park. Plötzlich stand er da, wie aus dem Nichts war er aus der Schwärze aufgetaucht.

„Rebecca", brüllte er gegen den Wind. Seine Faust knallte donnernd auf die Motorhaube ihres Wagens. Noch zwei Schritte, dann wäre er an ihrer Tür.

Ein Ruck durchfuhr Rebecca. Sie musste weg hier. Ihre Finger umschlossen fest den Schlüsselbund, sie steckte den Schlüssel in das Zündschloss und drehte ihn um. Der Motor sprang sofort an. Panisch legte Rebecca den Rückwärtsgang ein und trat das Gaspedal durch.

Sie blickte mehrfach in den Rückspiegel, fürchtete, die dunkle Gestalt würde neben ihrem Auto auftauchen oder Frank würde plötzlich an die Scheibe klopfen. Ihre Finger waren eiskalt und zitterten. Er war nicht da. Erst nach mehreren Kilometern beruhigte sich ihr

Herzschlag. Rebecca atmete tief durch. Zwischen all den Autos war sie in Sicherheit. Sie lenkte ihren Wagen in Richtung der Büros von *Silber-Stein*. Der Weg nach Hause war ihr zu weit. In den Bürogebäuden hatte sie sich immer mehr zu Hause gefühlt als in ihrem Elternhaus.

Die Begegnung mit Frank jagte Rebecca auch jetzt noch einen Schauer durch den Körper. Verena musste solche und noch viel schlimmere Situationen auch erlebt haben. Sie musste wahnsinnig mutig gewesen sein, um solche Gefahren auf sich zu nehmen. Diese Seite von ihr hatte Rebecca nie kennengelernt. Sie hätte gern früher erfahren, was Verena gemacht hatte. Es tat weh, von diesem Geheimnis ausgeschlossen gewesen zu sein. Man hatte ihr den Großteil dessen, was die Persönlichkeit ihrer Mutter ausgemacht hatte, über Jahrzehnte hinweg vorenthalten. Wie hätte sich wohl ihr Verhältnis entwickelt, wenn Rebecca es gewusst hätte?

Sie hatte nie erleben dürfen, dass Verena sich engagierte. Sie hatte eine Frau kennengelernt, die ein einsames Leben mit wenigen sozialen Kontakten führte.

Hätte Rebecca sich besser mit ihr verstanden, wenn sie die Wahrheit schon als Kind, oder spätestens als Jugendliche, erfahren hätte? Die ganze Wahrheit, mit all den Risiken, die Verena in ihrem Leben auf sich genommen hatte?

Sie schlängelte sich durch den Verkehr, der zäh dahinfloss und stellte sich vor, wie dieser Alltag hätte sein können. Rebecca wäre sicher stolz auf die Frau gewesen, die einen wichtigen Beitrag für die Gesellschaft leistete. Verena hatte Missstände aufgedeckt, damit diese der Öffentlichkeit bekannt wurden. Sie musste unglaublichen Mut aufgebracht haben, dazu gefährliche Recherchen betrieben und die Ergebnisse publiziert. Rebecca war tief beeindruckt, denn Verena hatte es geschafft, die Welt ein kleines bisschen zu verbessern.

Aber dieser Erfolg hatte einen hohen Preis gefordert. Verena hatte bestimmt in ständiger Angst gelebt. Auch wenn sie unter einem Pseudonym veröffentlicht hatte, gab es Möglichkeiten, ihre Identität zu erfahren. Sie hatte Politik und Wirtschaft aufgewühlt. Es wäre naiv gewesen anzunehmen, dass sie sich nicht einen großen Kreis an Feinden aufgebaut hatte. Es waren gewiss mächtige Leute gewesen, die hinter ihr her waren. Sicher hatte sie lernen müssen, mit Bedrohungen zu leben. Und diese Bedrohung hatte nun zu ihrem Tod geführt.

Rebecca bog auf den Parkplatz von *Silber-Stein* ein und überlegte, ob sie das alles hätte wissen wollen. Wie hätte sie selbst damit umgehen können? Wie hätte sie die Erkenntnis verkraftet, dass Verena Zielscheibe von Leuten war, deren Geheimnisse sie publik gemacht hatte? Sie stellte den Motor ab und ließ sich in den Sitz zurückfallen. Rebecca hatte jahrelang um die Liebe ihrer Mutter gekämpft, bis sie eingesehen hatte, dass Verena dazu nicht bereit war. Aber wenn Verena sich geöffnet hätte, wäre ein unbeschwertes Leben für Rebecca nicht möglich gewesen. Verena hatte ihre Tochter ein Leben lang beschützt. Wenn beide ein besseres Verhältnis zueinander gehabt hätten, wäre die latente Bedrohung nicht spurlos an beiden vorübergegangen.

Paps hatte davon gewusst, erkannte Rebecca erschrocken. Er, der sensible Künstler, der liebevolle Vater. Er hatte es gewusst und ertragen. Darum war die Beziehung zu ihrem Vater schon immer sehr intensiv und einzigartig gewesen. Weil sie nur einen Elternteil gehabt hatte, der ihr Liebe geben konnte. Ihr Vater wusste, dass er die fehlende Liebe Verenas ersetzen musste. Levin hatte seine Tochter vergöttert. Und er hatte Verena wahnsinnig geliebt. Er musste eine unglaubliche Hochachtung vor seiner Frau gehabt haben. Er hatte respektiert, dass sie ihrer Arbeit nachging und dafür in Kauf nahm, einen großen emotionalen Abstand zu ihrer eigenen Tochter aufzubauen.

Zum ersten Mal in ihrem Leben spürte sie die Liebe ihrer Mutter. Es war eine wohlige Wärme, die sich um ihren Körper legte und sich wie eine zarte Umarmung anfühlte. Tränen rannen über ihre Wangen. Rebecca wurde nach all den Jahren bewusst, dass ihre Mutter sie immer aus tiefstem Herzen geliebt hatte. Wieviel Kraft musste es sie gekostet haben, diese Liebe zu verbergen? Es traf sie wie ein Schlag, dass ihre Mutter ihr die Liebe vorenthalten musste, um sie zu schützen. Verena hatte gewusst, dass ihr Beruf ihr irgendwann den Tod bringen würde. Um Rebecca vor der Trauer dieses Moments zu schützen, hatte sie ihre eigenen Gefühle jahrzehntelang verborgen.

Mit geschlossenen Augen saß sie da, weinte und sah Bilder aus ihrer Kindheit. Jetzt verstand sie ihre Mutter. In all ihrem Tun. Und nun endlich, mit 34 Jahren, erkannte sie, wie sehr ihre Mutter sie geliebt hatte. Immer.

Das Klopfen auf das Autodach ließ sie erschrocken hochfahren.

Margarethe von Stein stand gebückt neben ihr und blickte sie erschrocken an. Rebecca ließ das Fenster herunter.

"Rebecca, ich habe dein Auto entdeckt. Ist etwas passiert, geht es dir gut?"

Rebecca spürte die warme Hand von Frau von Stein auf ihrer Schulter und lächelte matt. Diese Frau war ihr Leben lang mehr für sie da gewesen, als ihre richtige Mutter. Sie war kinderlos und hatte Rebecca schon immer mit offenen Armen empfangen, wenn sie nach der Schule in die Schmuckfirma gekommen war.

"Alles in Ordnung." Rebecca wollte niemanden mit ihren Problemen belästigen.

"Du bist total blass. Komm, ich fahre dich nach Hause. Oder noch besser, wir fahren zu mir und du ruhst dich erstmal richtig aus."

"Es geht mir gut", erwiderte Rebecca mit kraftloser Stimme.

"Dann fahre ich hinter dir her. Nur um zu sehen, dass du heil zu Hause ankommst."

Rebeccas lehnte vehement ab, aber Frau von Stein bestand darauf.

„Ich könnte mir nie verzeihen, wenn dir etwas zustieße."

Rebecca willigte in die Begleitung ein. Sie konnte Bevormundung nicht leiden, aber ihr fehlte die Kraft, um zu widersprechen. Frau von Stein startete ihren Wagen, wobei der Motor rasselte. Rebecca erinnerte sich vage an dieses Geräusch, sie hatte es schon einmal gehört. In dem Moment klingelte ihr Handy.

"Hey, Becky. Bist du schon bei der Polizei gewesen?"

Rebeccas Herz schlug schneller, als sie Bennys Stimme hörte.

"Nein. Können wir uns sehen? Es ist gerade so furchtbar viel passiert. Kannst du zu mir kommen? Ich bin in zehn Minuten in meiner Wohnung."

"Stimmt etwas nicht? Was ist mit dir?", fragte er besorgt. Rebecca wollte den Neustart ihrer Beziehung auf keinen Fall durch ihr Gefühlschaos gefährden. Sie biss die Zähne aufeinander und überlegte sich ihre Worte genau.

"Ich brauche deine Hilfe. Wir müssen diese Unterlagen zusammen durchsehen. Ich will den Kerl finden, der meine Mutter umgebracht hat."

Hoffentlich hatte er ihr die Stärke und Entschlossenheit abgenommen.

Sie konnte keine weitere Person ertragen, die sich um sie sorgte.

"Möchten Sie einen Wein trinken?"

"Nein, ich will dir keine Umstände machen."

Frau von Stein setzte sich auf das Ledersofa und beobachtete Bug, der in einer Ecke mit seiner weißen Stoffmaus spielte. Er verfolgte aufmerksam jede Regung der fremden Besucherin.

"Ich bin Ihnen eine Erklärung schuldig." Rebecca setzte sich auf den Boden und verteilte die Unterlagen ihrer Mutter zwischen sich und Frau von Stein.

„Dass mein Vater verschwunden ist und Verena Journalistin gewesen war, wissen Sie ja bereits. Ich bin mittlerweile davon überzeugt, dass sie ermordet wurde. Ich habe Unterlagen erhalten und kann mir gut vorstellen, dass alles hiermit zusammenhängt."

Rebecca reichte Frau von Stein den Vertrag hinüber, den sie von Marten Konrad bekommen hatte. Margarethe von Stein wurde blass. Einen Augenblick lang sagte sie gar nichts, starrte nur gedankenverloren auf den Boden.

„Mord?", fragte sie dann fassungslos.

Stocksteif saß sie auf dem Sofa, eine Hand erschrocken vor den Mund gepresst. Die elegante Frau wirkte tief erschüttert.

"Ich hätte doch gern einen Schluck Wasser", sagte sie einen Moment später. Rebecca nippte an ihrem Rotwein, stand dann auf und ging in die Küche, um das Getränk zu holen. Rebecca dachte an die Begegnung mit Frank Langenstedt. Er hatte behauptet, Levin habe Geld bei *Silber-Stein* unterschlagen. Rebecca füllte Wasser in ein Glas. Sie hatte Frau von Stein gegenüber völlig offen sein wollen. Die Anschuldigungen gegen Levin durfte sie der Firmeninhaberin trotzdem auf keinen Fall mitteilen.

Frau von Stein hatte sich einen Stapel Papiere auf den Schoß gelegt und war darin vertieft. Dankbar nahm sie das Wasser. Rebecca setzte sich und trank einen großen Schluck Wein.

Frank musste sich über den Streit geirrt haben. Rebecca überlegte, warum Levin seinem Kollegen nicht die Wahrheit gesagt hatte. Er war ein zutiefst ehrlicher Mann, er würde solche hergeholten Anschuldigungen nicht einfach kommentarlos hinnehmen. Es musste schon einen besonderen Grund geben, warum Levin nichts gesagt hatte. Sie griff nach ihrem Weinglas und spürte die Wirkung des Alkohols, die einsetzende Entspannung tat ihr gut.

"Weißt du was", begann Frau von Stein, „ich bringe diese Unterlagen jetzt zur Polizei und du schläfst dich erstmal kräftig aus. Du bist immer noch total blass. Du brauchst Ruhe."

Sie raffte die Papiere zusammen, presste den Stapel vor ihren Oberkörper und stand auf. „Ich rufe dich morgen an." Rebecca schüttelte den Kopf.

"Nein. Das ist sicher nett gemeint. Aber meine Mutter ist tot. Auch wenn wir kein gutes Verhältnis hatten, so ist es meine Aufgabe, mich darum zu kümmern." Sie langte nach den Papieren.

"Du bist dieser Frau nichts schuldig. Es könnte gefährlich sein, das kann ich einfach nicht verantworten."

„Ich habe mich entschieden", beharrte Rebecca.

"Wie du meinst. Ich werde dich natürlich unterstützen", beschloss die ältere Dame, deren Missbilligung über Rebeccas Entscheidung deutlich war. „Ich bin aber weiterhin der Meinung, dass dies Aufgabe der Polizei ist, Rebecca."

Frau von Stein setzte sich und sah sich den Vertrag an. Rebecca dankte ihr erleichtert. Die Geschäftsfrau war kaufmännisch versiert und konnte bestimmt nützliche Informationen aus den Unterlagen erkennen, die Rebecca übersah.

In dem Moment klingelte es an der Tür. Rebecca sprang erfreut auf. Bug folgte ihr und begrüßte Benny mit lautem Miauen und ließ erst nach einer intensiven Streicheleinheit von ihm ab.

"Jetzt würde ich dann auch ganz gern mal begrüßt werden", bemerkte Rebecca trocken.

Benny entdeckte die Frau im Wohnzimmer und stutzte.

"Du hast Besuch?"

Rebecca erklärte ihm, dass die Chefin ihres Vaters mitgekommen war, um ihr zu helfen. Dann berichtete sie von dem Treffen mit Marten, dem Anruf von Frank Langenstedt und der unheimlichen Begegnung mit ihm im Park.

"Ich glaube, er ist verrückt geworden. Ich habe mich bedroht gefühlt, dabei kenne ich ihn schon eine Ewigkeit. Genauso muss es meiner Mutter immer gegangen sein. Marten sagt, sie habe immer brisante Dinge recherchiert. Benny, ich glaube, ich kann das Verhalten meiner Mutter jetzt endlich verstehen." Rebecca senkte den Blick.

Benny fühlte sich unwohl, bei diesem Gespräch eine unbekannte Frau im Rücken zu spüren.

"Trotzdem solltest du zur Polizei gehen. Gerade weil diese ganze Sache, die wir offensichtlich alle noch nicht verstehen so gefährlich ist, dass ..."

"Meine Mutter deswegen gestorben ist, ja. Trotzdem bin ich es ihr schuldig."

Benny kannte die Sturheit seiner Freundin und gab sich zumindest vorerst geschlagen. Er folgte ihr ins Wohnzimmer und wurde Frau von Stein vorgestellt.

Rebecca blickte auf das Adressfeld des Umschlages. Die Schrift war krakelig, ihre Mutter musste in großer Eile gewesen sein, als sie den Brief adressiert hatte.

"Ich habe es vorhin kurz angesehen. Es geht um den Auftrag an eine taiwanesische Produktionsfirma für Schmuck, aber mehr habe ich noch nicht sehen können."

"Das ist mein Gebiet, ich mach das schon." Margarethe von Stein studierte den Vertrag bereits intensiv.

"Kannst du Details auf den Fotos erkennen?", fragte Benny, der sich die Notizen vorgenommen hatte.

Rebecca schüttelte den Kopf und griff nach ihrem Smartphone. Benny beharrte darauf, die Polizei einzuschalten. Aber Rebecca wollte davon nichts hören.

Frau von Stein ging unruhig durch das Zimmer, den Vertrag in den Händen. Rebecca leerte ihr Weinglas.

Dann fotografierte sie die Aufnahmen mit ihrem Handy ab, um sie vergrößern zu können.

"Wer ist denn das da unten?" Frau von Stein stand vor dem Fenster und blickte skeptisch hinaus.

"Wo?" Benny erhob sich und stellte sich neben sie. "Den kenne ich nicht. Wären wir in einem Hitchcock-Film, würde ich sagen, der beobachtet uns. Aber schon merkwürdig, wie auffällig er hier hochsieht. Entweder ein Trottel oder er will, dass wir ihn bemerken."

Neugierig stand Rebecca auf, wobei ihre Knie kurz wegknickten. Benny griff nach ihrem Arm.

"Alles ok?", fragte er besorgt. Rebecca nickte und drängte sich an ihm vorbei zum Fenster.

"Das ist Marten", sagte sie teilnahmslos und setzte sich wieder auf das Sofa.

Frau von Stein sah Benny hilfesuchend an.

"Ich gehe runter und rede mit ihm." Benny griff nach seiner Jacke und verließ die Wohnung.

Das Zuschlagen ihrer Wohnungstür klang wie in weiter Ferne. Ihre Gedanken schienen wie von einem dicken Schleier verhangen. Es dauerte lange bis Rebecca realisierte, dass sie mit Frau von Stein allein in der Wohnung war.

Ihre Finger waren taub, ihre Arme weich wie Bugs Dosenfutter und ihre Beine fühlte sie kaum noch. Rebecca spürte, wie die Angst ihr die Kehle zuschnürte. Was war mit ihr los?

Beim Zufallen der Wohnungstür war der Schlüsselbund, der von innen steckte, an die Tür geschlagen. Das metallische Klackern hatte sie an ein anderes Geräusch erinnert. Das Rasseln eines startenden Motors. Jetzt erst war es ihr wieder eingefallen. Sie hatte es beim Graben im Beet bei ihrem Elternhaus gehört. Dann war der Lichtkegel von Autoscheinwerfern über das Grundstück geglitten. Das gleiche Rasseln hatte sie noch einmal gehört, als Frau von Stein ihr Auto gestartet hatte, um ihr hierher zu folgen. Gegen Rebeccas Willen. Und nun befand sie sich allein mit ihr in der Wohnung. Die Frau, die für sie immer wie eine Mutter gewesen war, in deren Büro sie als Kind Hausaufgaben gemacht hatte, in deren Firma sie ein- und ausgegangen war. Der Nebel in ihrem Kopf wurde immer dichter.

Margarethe von Stein stand direkt vor ihr. Die Konturen ihres Körpers verschwammen vor Rebeccas Augen. Panisch blinzelte sie, aber was sie auch ansah, es blieb unscharf. Sie sprach Frau von Stein an, aber aus ihrem Mund kamen nur gurgelnde Laute.

Frau von Stein lächelte, nun war sie direkt vor Rebeccas Gesicht. Ihr fuhr es eiskalt den Rücken hinunter.

Ein Geräusch ertönte. Gedämpft, wie durch ein dickes Tuch. Mühsam erkannte Rebecca das Klingeln des Telefons. Erschrocken drehte sich Frau von Stein zu dem Apparat. Wie in weiter Ferne hörte Rebecca die Ansage ihres Anrufbeantworters und die hinterlassene Nachricht.

"Guten Tag Frau Friedrichsen. Hier ist Kommissarin Schacht von der Kripo Lübeck. Ich müsste Sie wegen des Todes ihrer Mutter noch dringend sprechen. Die Obduktion und unsere Ermittlungen ergaben neue Hinweise. Bitte rufen Sie mich umgehend zurück, danke."

Die Kommissarin hinterließ ihre Nummer auf dem Band. Bevor sie geendet hatte, sprang Frau von Stein zu dem Telefon und löschte die Nachricht auf dem Anrufbeantworter. Ein kurzes Piepen bestätigte, dass niemand mehr diese Nachricht abhören konnte.

Rebecca nahm die Bewegungen um sie herum wie Schatten wahr. Sie wollte in den Hausflur rennen, um nach Benny zu rufen. Er konnte noch nicht weit sein. Rebecca stand auf, aber ihre Knie gaben nach. Kraftlos fiel sie zurück. Um sie herum drehte sich alles. Mit letzter Kraft ließ Rebecca sich nach vorne fallen und riss Frau von Stein den Vertrag aus den Händen. Mit den Fingerspitzen erwischte sie die Papiere und riss sie an sich.

Beim ersten Überfliegen der Seiten waren ihr die beteiligten Firmen unbekannt gewesen. Nun hatte sie einen fürchterlichen Verdacht. Sie brauchte Gewissheit, solange ihr Gehirn noch in der Lage war, die Informationen zu verarbeiten. Rebecca blätterte zur letzten Seite, die Zettel entglitten ihr und fielen zu Boden. Mit tauben Fingern schob sie die Seiten auseinander. Sie hatte nicht viel Zeit, bis Frau von Stein dazwischen ging. Rebecca blickte auf die letzte Seite, Sie spürte, wie ihre Gedanken immer langsamer und verschwommener wurden. In dem Moment, als Rebecca die Unterschrift auf der letzten Seite erkannte, verlor sie das Bewusstsein.

"Hi, Sie sind Marten, oder?" Benny ging mit großen Schritten auf Marten zu.

Der Mann blickte ihn aus dunklen Augen ruhig an.

"Ja. Und Sie fragen mich das, weil?"

"Weil ich es unangebracht finde, dass sie uns beobachten. Ich denke, Sie sollten jetzt nach Hause fahren und uns in Ruhe lassen."

"Sind Sie der Freund von Rebecca?"

Benny nickte, nannte kurz seinen Namen.

"Sie sollten vorsichtig sein, mit wem Sie sich treffen. Ich glaube nicht, dass Ihr Gast der beste Umgang für Ihre Freundin ist. Jedenfalls wäre ich an Ihrer Stelle vorsichtig."

"Wenn Sie Beweise dafür haben, dann gehen Sie zur Polizei. Falls nicht, sollten Sie besser gehen."

"Benjamin, ich will Ihnen und vor allem Rebecca helfen. Für Verena. Wenn Sie alle jetzt herumschnüffeln, begeben Sie sich auf verdammt dünnes Eis. Solange wir nicht mit Sicherheit wissen, wer hinter all dem steckt, sollten Sie vorsichtig sein."

"Wir?", fragte Benjamin spöttisch. Marten wurde ungeduldig, trat einen Schritt auf Benny zu.

"Herrgott, ich will helfen. Ich weiß, dass Rebecca mich nicht ausstehen kann und das kann ich ihr auch nicht verübeln. Ich habe Verena geliebt und glauben Sie mir, ich werde alles tun, um ihren Mörder zu finden. Rebecca ist in großer Gefahr, wenn sie das allein machen will."

"Sie kann sehr gut auf sich selbst aufpassen." Benny war nicht in der Stimmung, sich von diesem Fremden bevormunden zu lassen.

Marten Konrad schüttelte den Kopf und strich mit den Fingern nachdenklich über seine grauen Bartstoppeln. Benny bekam von dem unangenehmen Kratzgeräusch eine Gänsehaut.

"Wenn Sie Rebecca helfen wollen, dann holen Sie mich mit ins Boot. Dieser Vertrag, den ihre Mutter mir zugeschickt hat, wurde zwischen einer taiwanesischen Firma und einer Schmuckfirma hier aus Hamburg namens *Elbe-Silberschmuck* geschlossen. Meinen Sie nicht, dass es eine Verbindung zwischen dieser Hamburger Firma und *Silber-Stein* geben könnte? Die Firma, in der Rebeccas Vater arbeitet? Verena hat mir diesen Vertrag in aller Eile und kurz vor ihrem Tod zugeschickt." Er beobachtete Benny, der ihm widerwillig, aber gebannt zugehört hatte. "Und jetzt sagen Sie mir, dass es Ihnen egal ist, dass die Chefin von *Silber-Stein* jetzt allein mit Ihrer Freundin da oben ist!"

Benny blickte zu dem erleuchteten Fenster hinauf. Es war niemand zu sehen. Er wurde nervös. Marten hatte kein seriöses Auftreten, er wirkte wie jemand, der mit Absicht nicht auffiel, hatte etwas Schlangenartiges an sich. Trotzdem vertraute Benny ihm. Rebecca hatte ihre eigenen Erfahrungen mit ihm gemacht und konnte ihn nicht leiden. Benny zögerte kurz, dann rannte er zur Eingangstür, riss sie auf und stürmte die Treppe hinauf, wobei er drei Stufen auf einmal nahm. Er hörte die schweren Schritte von Marten hinter sich.

Die Tür krachte auf und beide Männer stürmten in die Wohnung. Bug sprang ihnen aufgeregt entgegen. Benny ignorierte ihn und hechtete mit drei Sätzen ins Wohnzimmer. An der Tür blieb er abrupt stehen und starrte ins Leere. Das klägliche Miauen von Bug zerriss die erdrückende Stille. Die Wohnung war leer. Es war niemand hier.

"Sie sind weg", murmelte er fassungslos. Marten war bereits wieder im Treppenhaus und lief die Stufen wieder hinunter. Benny warf einen erneuten Blick ins Wohnzimmer. Die Notizen, der Vertrag, die Fotos, die sie vor wenigen Minuten noch zu dritt angesehen hatten, waren verschwunden. Ebenso das Wasser- und das Rotweinglas, die auf dem Tisch vor dem Sofa gestanden hatten.

"Fuck!" Fluchend rannte er Marten hinterher. Dem Mann, der ihm als Einziger helfen konnte, Rebecca zu retten.

Ihr Schädel schien zu zerbersten. Ihre Augenlider waren so schwer, dass Rebecca sie erst nach mehreren Versuchen öffnen konnte. Dunkelheit umgab sie und beängstigende Stille. Kein Geräusch war zu hören. Der Raum roch muffig nach Schimmel und Feuchtigkeit. Rebecca lag auf einer Matratze auf dem Boden. Sie bewegte langsam ihre steifen Finger. Es dauerte einen Moment, bis sie merkte, dass ihre Handgelenke gefesselt waren. Rebecca stöhnte auf.

Das Letzte, woran sie sich erinnerte, war die Unterschrift auf dem Vertrag. Es war die von Frau von Stein gewesen. Sie hatte als Geschäftsführerin von *Elbe-Silberschmuck* unterzeichnet. Jetzt wurden Rebecca die Zusammenhänge klar. Die Fotos zeigten Kinder, die Schmuck im Auftrag von *Silber-Stein* herstellten. Kinder, die eigentlich in die Schule gehörten, mussten in heruntergekommenen Hallen auf dem Boden hocken und Schmuckstücke bearbeiten. Bei *Elbe-Silberschmuck* musste es sich um eine zwischengeschaltete Briefkastenfirma handeln, wodurch *Silber-Stein* seinen guten Ruf wahren konnte.

Ihr Vater musste die Fotos in der Firma entdeckt und heimlich entwendet haben. Vielleicht waren sie ihm auch zugespielt worden. Er hatte sie Verena gegeben, denn er brauchte ihre Hilfe. Es fehlte die Verbindung von *Silber-Stein* zu *Elbe-Silberschmuck*. Nur dadurch ließ sich nachweisen, dass das Ehepaar von Stein von den Arbeitsbedingungen wusste und mit *Elbe-Silberschmuck* in Zusammenhang stand. Jener Firma, die im Auftrage von *Silber-Stein* in Taiwan produzieren ließ. Von Kindern, die für die Firma *Taiwan Silver & Jewellery Co., Ltd.* in irgendeiner dreckigen Halle Schmuckstücke herstellten, die hier über *Silber-Stein* teuer verkauft wurden.

Ihre Mutter musste später in das Büro eingedrungen sein, um den Vertrag zu beschaffen, der die Verbindung von *Silber-Stein* und *Elbe-Silberschmuck* herstellte. Nur so konnte das Ehepaar von Stein belangt werden. Wieso aber hatte sie Marten den Vertrag zugeschickt?

Jetzt erkannte Rebecca den wahren Grund, warum Frau von Stein sich so anteilnahmsvoll um sie gekümmert hatte. Sie hatte sich angebiedert, um herauszufinden, wieviel Rebecca wusste. Sie war es gewesen, die Verena bei dem Einbruch überwältigt und später getötet hatte. Jetzt war Rebecca alles klar. Aber war es schon zu spät?

Rebeccas Kopf dröhnte noch immer. Margarethe von Stein hatte definitiv ein Betäubungsmittel in ihren Wein getan. Aber wann? Rebecca überlegte, zu welchem Zeitpunkt sie das Zimmer verlassen hatte. Sie hatte Frau von Stein von dem Vertrag erzählt, war dann in die Küche gegangen, um ihr ein Glas Wasser zu holen. Hatte sie zu dem Zeitpunkt schon das Mittel in Rebeccas Wein getan? Rebecca dachte an die Gier, mit der Margarethe von Stein nach dem Vertrag gegriffen hatte. Angeblich wollte sie damit zur Polizei gehen, um Rebecca zu entlasten. Frau von Stein hatte auf jeden Fall verhindern müssen, dass Rebecca das Schriftstück genauer ansehen konnte und die Unterschrift auf der letzten Seite entdeckte.

Rebecca rüttelte und riss an den Fesseln. Sie musste diese verdammten Dinger lösen und dann so schnell wie möglich fliehen. Margarethe von Stein hatte schon einen Menschen getötet. Sie würde sicher nicht vor einem weiteren Mord zurückschrecken.

"Ihr Auto ist weg."
Marten kam Benny von der Straße her entgegen.
"Ich habe gesehen, dass sie ihren Audi vorhin in der Seitenstraße dort geparkt hat. Sie muss Rebecca herausgeschafft haben, während wir hier gestanden haben."
"Aber warum?" Benny war so durcheinander, dass er gar nicht wusste, welche Frage er zuerst stellen sollte.
"Damit sie nicht zur Polizei geht."
"Warte mal, was für ein Audi war das?", unterbrach ihn Benny schnell.
"Ein A3, 1,4 Liter Maschine." Marten bemerkte Bennys entsetzten Blick. "Wieso? Was ist mit dem Wagen?"
"Wir müssen sie sofort suchen! Becky hat mir erzählt, dass sie an Verenas Todestag, beim Haus ihrer Mutter ein Auto bemerkt hatte. Beim Starten hatte es metallisch gerasselt. Es gibt bei manchen Modellen Probleme mit der Längung der Steuerkette. Das kann dieses Rasseln gewesen sein, das Becky gehört hat. Wenn dieser Wagen bei dem Grundstück von Beckys Eltern war, dann haben die von Steins ihre Mutter umgebracht! Wir müssen diese Frau von Stein finden, bevor sie Becky auch noch etwas antut!" Benny sah sich hektisch auf der Straße um. „Wo können sie lang gefahren sein?"
"Von hier kommst du überall hin." Marten blickte sich kurz um.
"Über die Hauptstraße geht es in Richtung Innenstadt, von mir aus auch Richtung Holmbach. Oder

sie sind nach Wesseldorf, in das Haus ihrer Eltern."
Benny fuhr sich nervös durch seine Haare.

"Wir müssen überlegen, was sie vorhat. Was ist mit der Firma?", warf Marten ein. "Es ist Freitag, um diese Uhrzeit wird niemand mehr auf dem Gelände sein."

"Sie wird sich denken, dass wir nach ihr suchen. Ist das nicht zu naheliegend? Sie kann sie auch bei sich zu Hause verstecken." Benny schluckte. Er hatte keine Ahnung, was Frau von Stein plante. Die Ungewissheit schlug um in kalte Angst.

"Wenn sie Rebecca umbringen wollte", Benny konnte seine Befürchtung kaum aussprechen. "Dann hätte sie es doch hier gemacht und Becky nicht erst mitgenommen, oder?"

"Ich weiß es nicht." Marten legte Benny beruhigend die Hand auf den Arm. „Wir müssen uns beeilen. Mein Wagen steht da drüben."

"Warte. Becky hat ihr Handy oben. Soll ich es holen, falls wir daraus Adressen brauchen? Bestimmt ist, die Adresse von *Silber-Stein* gespeichert."

"Mach schnell!" Marten zog seinen Autoschlüssel aus der Manteltasche und beobachtete den jungen Mann, der gerade durch die Haustür stürmte. Wenige Minuten später saßen beide schweigend im Auto.

Marten blickte konzentriert auf die Straße. Sein Unterkiefer war vorgeschoben und er brummelte vor sich hin.

"Wo fahren wir hin?", unterbrach Benny die Stille.

Bevor Marten ihm antworten konnte, ertönte ein melodischer Dreiklang.

Marten blickte zu Benny, der Rebeccas Smartphone in der Hand hielt.

"Unbekannte Nummer." Benny starrte auf die Anzeige auf dem Display.

"Los, geh schon ran!"

"Hallo, hier Apparat Rebecca Friedrichsen", meldete sich Benny.

"Ich muss Rebecca sprechen", keuchte eine aufgeregte Stimme. "Wo ist sie?"

"Herr Friedrichsen?", fragte er erstaunt. "Hier ist Benny. Rebecca hat sie gesucht und…"

"Bitte sag mir, dass es ihr gut geht."

Benjamin lauschte dem erschöpften Flüstern. Er konnte nur erahnen, was Levin in den letzten Tagen alles hatte durchmachen müssen.

"Ich glaube, sie wurde von Frau von Stein entführt. Wir, also ich und ein Freund, suchen sie gerade." Er vermied es, Martens Namen zu nennen. Beckys Vater wäre sicher nicht begeistert darüber gewesen, dass der Ex-Freund seiner verstorbenen Frau bei der Suche nach seiner Tochter half. Benny stellte den Lautsprecher an, damit Marten mithören konnte.

"Oh, nein. Nicht auch noch Becky", stöhnte Levin Friedrichsen auf. Ein kratziges Rauschen war zu hören, dann sprach er weiter.

"Frau von Stein ist gefährlich. Sie hat… ich glaube, dass sie oder ihr Mann es waren, die meine Frau… getötet haben." Seine Stimme war brüchig, er war am Ende seiner Kräfte.

"Wo könnten die beiden Rebecca hingebracht haben?" Benny richtete sich auf und umklammerte das Telefon.

"In ihr Haus? Sie haben eine alte Villa. Oder in die Firma, dort gibt es Kellerräume. Am Wochenende ist das ganze Gebäude leer, niemand würde etwas bemerken." Levin hatte seine Stimme kaum unter Kontrolle. Die Angst um Rebecca lähmte seine Gedanken. Marten mischte sich ein.

"Wir fahren zu der Firma, von hier aus ist es nicht mehr sehr weit. Herr Friedrichsen soll zum Privathaus fahren. Sobald einer von uns Rebecca entdeckt, telefonieren wir miteinander und verständigen die Polizei."

"Wer ist da bei dir?", fragte Levin. Benny wich der Frage aus. Er wollte keine alten Wunden aufzureißen, dafür hatten sie keine Zeit.

"So machen wir es." Benjamin beendete das Gespräch und speicherte die Nummer, von der aus Rebeccas Vater gerade angerufen hatte.

Freitagabend

Rebecca spürte ihre Hände kaum noch. Seit einer Ewigkeit versuchte sie, mit den Fingerspitzen den Knoten ihrer Fesseln zu lösen. Ihre Handgelenke schmerzten und jedes Mal, wenn sie dachte, ein Stück des Stricks bewegen zu können, schien die Schlinge fester zu werden. Stöhnend ließ Rebecca ihren Kopf auf die Matratze sinken und strampelte wütend mit den Beinen. In was war sie da nur hineingeraten?

Das Schlafmittel, vielleicht waren es auch K.O.-Tropfen gewesen, hatte sie komplett außer Gefecht gesetzt. Dann hatte man sie gepackt und hierhergeschleppt. Rebecca war so naiv gewesen und hatte Frau von Stein vertraut. Wütend schrie sie in die muffige Matratze. Verdammt, diese Frau war wie eine Mutter zu ihr gewesen. Woher hätte sie wissen sollen, wozu sie plötzlich fähig war?

Ich werde mich nicht geschlagen geben, dachte Rebecca trotzig und fingerte erneut an dem Strick herum. Erfolglos. Ihr Blick wanderte in dem düsteren Raum umher. Ihre Augen hatten sich mittlerweile an die

Finsternis gewöhnt. Das Zimmer, vermutlich war es ein Kellerraum, war spärlich eingerichtet. Rebecca entdeckte nichts, was ihr bei ihrer Befreiungsaktion hätte helfen können.

Die Matratze befand sich in einer Ecke gegenüber der Tür, neben der ein Regal stand. In der Mitte der gegenüberliegenden Wand erkannte sie die Umrisse von einem Tisch und einem Stuhl.

Rebecca zog die Knie an und rollte sich auf die Seite. Langsam richtete sie sich auf. Mit den Händen auf dem Rücken war es umständlich. Sie verlor das Gleichgewicht, fing sich aber und stand dann auf den Beinen. Sie streckte sich und ihr Rücken knackte. Ihr wurde schwindelig. Rebecca blieb einen Moment stehen und wartete, bis ihr Kreislauf sich wieder an die Bewegung gewöhnt hatte.

Mit vorsichtigen Schritten näherte sie sich der Tür. Sie drehte sich um und tastete mit den gefesselten Händen nach dem Griff. Sie umfasste ihn und zerrte daran, aber

die Tür ließ sich nicht öffnen. Mit ganzer Kraft rüttelte Rebecca an dem Griff. Plötzlich dröhnte ein lautes Scheppern durch den Raum. Niedergeschlagen lehnte sie ihren Kopf an die Tür. Dieses Klirren konnte nur bedeuten, dass ein Vorhängeschloss als zusätzliche Sicherheit angebracht worden war. Sie musste eine andere Möglichkeit finden.

Rebecca schlich zu dem Regal hinüber. Sie blickte auf jedes Einlegebrett, aber in dem Regal befand sich nichts. Ihre Nase begann zu kitzeln und Rebecca musste von dem Staub niesen. Sie verharrte regungslos und lauschte. Nichts war zu hören. Die von Steins hatten sie eingeschlossen und waren dann vermutlich verschwunden.

Rebecca ging quer durch den Raum und zog sich mühsam den Stuhl an das Regal. Sie kletterte vorsichtig hinauf und versuchte zu erkennen, ob dort oben etwas lag. Wenn das Regal an der Wand befestigt war, musste es eine Schraube oder anderes Befestigungsmaterial geben, das sie nutzen könnte, um ihre Fesseln daran zu reiben. Das nächste Problem wäre, wie sie die Schraube lösen konnte. Rebecca war nicht einmal überzeugt, ihre Arme bis zum oberen Bord des Regals anheben zu können. Sie reckte sich und blickte, auf Zehenspitzen stehend, hinauf. Ihre Hoffnung verschwand genauso schnell wie die dicke Spinne, die sie aufgeschreckt hatte. Das Regal war nicht an der Wand befestigt. Mit zusammengekniffenen Augen wanderte ihr Blick über das verstaubte Holz. Hier gab es keine Schrauben, kein Metall und nichts Scharfes, womit sie ihre Fesseln hätte bearbeiten können. Murrend stieg Rebecca vom Stuhl hinunter. Es musste in diesem Raum ein Hilfsmittel geben, mit dem sie sich befreien konnte. Aber wo? Rebecca ließ sich auf den Stuhl fallen, schreckte aber sofort wieder hoch. Sie kniete nieder, hob und senkte ihre Arme, bis ihre gefesselten Hände das Stuhlbein berührten. Ihre Finger glitten über das Holz. Rebecca spürte hartes Metall an ihren Fingerspitzen. Die Holzbeine waren angeschraubt und nicht geleimt. Es waren einige Schrauben verarbeitet worden. Nicht eine davon hatte sich aus der Bohrung gelöst. Ohne Werkzeug ließen sich die festsitzenden Schrauben des Holzstuhls nicht lösen. Rebecca presste die Lippen zusammen, um nicht laut loszuschreien. Falls die von Steins noch in der Nähe waren, durfte sie keine Aufmerksamkeit erregen. Sie riss erneut an ihren Fesseln. Wütend presste sie die Handgelenke auseinander, aber der Strick löste sich nicht. Schnaubend stapfte Rebecca zu dem Tisch hinüber und tastete nach gelösten Schrauben. Auch diese Suche brachte keinen Erfolg.

Entmutigt ließ sich Rebecca auf die feuchte und gammelig riechende Matratze fallen. Unruhig starrte sie an die dunkle Decke und drehte sich hin und her. Wie, verdammt nochmal, konnte sie sich befreien?

Plötzlich spürte Rebecca einen Stich an ihren Rippen. Sie schrie kurz auf und drehte sich dann neugierig zur Seite.

Was war das? Rebecca robbte auf der Matratze herum, bis sie die Stelle wiedergefunden hatte. Ihre Finger ertasteten nun hinterrücks das Ende einer Sprungfeder, die sich durch den Oberstoff gearbeitet hatte. Rebecca atmete erleichtert auf. Endlich ein Lichtblick. Sie spürte am oberen Ende einen kleinen Widerhaken an dem Metall. Rebecca legte sich auf die Seite und zog die Fasern des Stricks immer wieder über die Sprungfeder. Unermüdlich rieb und scheuerte Rebecca mit ihren Händen an dem Draht. Wiederholt rutschte sie ab, musste auf der klammen Matratze zur Seite rutschen, um wieder an die Feder zu gelangen. Das Metall stach in ihre Haut und riss sie auf. Rebecca liefen Tränen des Schmerzes und der Verzweiflung über die Wangen. Wütend riss sie ihre Handgelenke auseinander, ihre Schultern verkrampften. Sie ignorierte den Schmerz. Irgendwann musste sich dieser verdammte Strick lösen. Verbissen rieb sie weiter.

Zuerst hörte sie ein leises Knirschen. Ihre Finger tasteten den Strick ab. Rebecca grinste. Sie spürte einzelne Fäden des Seils, die zerrissen waren. Rebecca brachte noch mehr Kraft auf, riss und schubberte, zog mit den Fingern an den einzelnen Fäden, zerrte wieder und wieder den Strick über die Sprungfeder. Ihre Arme waren taub und die Schultern brannten.

Verbissen arbeitete Rebecca weiter. Dann endlich löste sich ein ganzer Strang. Mit einem dumpfen Knacken gaben die Fasern den Widerstand endlich auf und ergaben sich dem scharfen Metall. Mit einem letzten Ruck zog Rebecca ihre rechte Hand heraus. Sie streifte die Fesseln komplett ab, rieb sich die schmerzenden Handgelenke und sank kraftlos auf die Matratze.

Marten kannte die Adresse von *Silber-Stein*. Es schien eine Ewigkeit her, seit er Rebecca aufgelauert und zum Park verfolgt hatte, um mit ihr zu sprechen. Martens Hände wirbelten vom Lenker an den Schalthebel, die Füße wechselten in ähnlicher Geschwindigkeit die Position wie das Auto die Spur. Rasant und trotzdem mit unglaublicher Sicherheit zogen sie an den anderen Autos vorbei. Bis zum Bargkoppelweg benötigten sie nur etwa zwölf Minuten. Marten parkte den Wagen an der Straße. Falls das Ehepaar von Stein Rebecca tatsächlich hierhergebracht hatte, durfte man sie nicht entdecken. Benny stellte das Handy auf Vibrationsalarm, dann verließen beide das Auto und schlichen über den leeren Parkplatz.

Die Front des Gebäudes wurde durch Strahler erhellt. Der Vorplatz, eine große Fläche aus Sand, auf der tagsüber die Autos der Mitarbeiter parkten, lag im Dunkeln. Die Männer hielten sich im Schatten von Buchsbäumen verborgen, die in großen Betonringen auf dem Platz verteilt standen. Gebückt schlich Marten an die Eingangstür. Seine katzenhaften Bewegungen wirkten routiniert. Benny folgte ihm mit klopfendem

Herzen und überlegte, in wie viele Häuser der Journalist bisher wohl schon eingedrungen war.

Beide standen nun vor der Tür. Die Beleuchtung hatte sie voll erfasst, hier gab es keine Deckung. Von überall waren sie gut zu erkennen. Benny drückte an der Tür, sie war abgeschlossen.

"Das war ja nicht anders zu erwarten", flüsterte Marten, ehe er Benny ein Zeichen gab, dass sie das Gebäude umrunden sollten. Er hatte nicht daran gedacht, dass Verenas Mann sicher einen Schlüssel gehabt hatte. Bei seiner Entscheidung, dass er mit Benny hierherfahren sollte, hatte er nur an die Entfernung gedacht.

Er hoffte, dass diese Unbedachtheit sich nicht als unverzeihlicher Fehler herausstellen würde.

Hintereinander schlichen sie um das dunkle Gebäude. Benny hoffte, dass es keinen aufmerksamen Nachbarn gab, der sie für Einbrecher hielt und die Polizei verständigte.

Der Wind pfiff um die Hauswände. Sie bogen um die Ecke und befanden sich auf der Rückseite. Eine schmale Rasenfläche lag hinter dem Gebäude. Erleichtert entdeckte Benny die hohen Büsche, die einen undurchdringlichen Sichtschutz zu dem Nachbargrundstück bildeten. Im Gegensatz zum vorderen Teil war das Gelände hier nicht einsehbar. Marten war stehengeblieben und Benny sah nun auch das einfache Geländer, das zu einem Kellereingang hinabführte. Marten schlich weiter, spürte dann Bennys Hand auf seiner Schulter.

"Sieh mal, dort drüben."

Marten blickte in die Dunkelheit und erkannte am Ende des Grundstücks zwei parkende Autos.

Beide konnten nicht erkennen, ob einer der Wagen der weiße A3 von Frau von Stein war. Es war auffällig, dass am Wochenende Wagen auf dem Parkplatz des Bürogebäudes standen. Beide schlichen die Betonstufen hinab. Marten drückte die Klinke vorsichtig hinunter und war froh, dass die Tür nicht verschlossen war.

Sie standen in einem langen, dunklen Flur. Am hinteren Ende drang Licht aus einem abzweigenden Gang. Marten schlich voran und blickte vorsichtig um die Ecke. Benny blieb zurück und sah sich um.

Der Gang war für einen Keller verdammt sauber, lediglich ein Hochdruckreiniger und ein schwarzes Verlängerungskabel lagen auf dem Boden neben der Eingangstür.

Mehrere Türen gingen von dem Gang ab. Jede Tür trug ein Metallschild mit einer Nummer und war durch ein Vorhängeschloss vor Eindringlingen gesichert. Benny tastete eine der Türen ab und bemerkte, dass sie nicht bündig mit dem Boden abschloss, sondern dass sich ein handbreiter Spalt zwischen Tür und Boden befand. Marten kam leise zu ihm zurück.

"Ich habe da hinten einen Mann entdeckt. Ich denke, es ist Herr von Stein. Er bewacht einen der Kellerräume. Bestimmt haben sie dort Rebecca eingesperrt. Gibt es hier etwas, womit wir ihn fesseln können?"

Benny hob das Kabel auf, das neben dem Hochdruckreiniger lag. Marten nickte zufrieden.

Wenn es ihnen gelang, den Mann, den Marten eben gesehen hatte, zu überwältigen, war Rebecca in Sicherheit. Dann mussten sie nur noch Frau von Stein finden. Benny überlegte, ob sie hier war oder die Bewachung von Rebecca ihrem Mann allein überlassen hatte. Um sicher zu gehen, warf er einen Blick zum Ausgang. Niemand war zu sehen.

Benny, der deutlich kräftiger als Marten war, schlich voran. Vorsichtig blickte er um die Ecke. Auf einem einfachen Holzstuhl saß ein Mann in kariertem Arbeitshemd. Seine Haare waren ergraut und streng nach hinten gekämmt. Er betrachtete einen Gegenstand in seinen Händen. Eine Waffe?

Bennys Blick fiel auf die geschlossene Tür, die am Ende dieses Seitengangs lag. Sie war, ebenso wie die anderen Türen hier unten, mit einem Vorhängeschloss gesichert. Im Unterschied zu den anderen, drang schwaches Licht aus dem Spalt unter der Tür. Dahinter musste sich Rebecca befinden.

Er schlich sich an den Mann heran. Benjamin drehte ihm mit einer schnellen Bewegung den rechten Arm auf den Rücken und zog seinen Kopf an den Haaren zurück. Der Fremde, der vor Überraschung zu keiner Gegenwehr fähig war, konnte sich nicht mehr bewegen.

"Hey, was soll das", stammelte er hilflos. Marten knotete das Kabel geschickt um seine Handgelenke. Der Mann bäumte sich kurz auf und versuchte, seine Arme wieder nach vorne zu ziehen. Benny drückte ihn mühelos wieder zurück auf den Stuhl.

Eine Rolle Isolierband, die dem Mann aus der Hand gerollt war, landete vor Bennys Füßen. Froh, dass es keine Waffe gewesen war, wie er eben noch vermutet hatte, hob Benny sie auf. Dann riss er einen breiten Streifen ab und klebte ihn dem Entführer über den Mund. Er wollte nicht das Risiko eingehen, dass Herr von Stein um Hilfe rief.

War Frau von Stein gerade bei Rebecca oder befand sich noch auf dem Gelände?

Der Mann blickte die Männer aus weit aufgerissenen Augen ängstlich an. Er versuchte zu sprechen, aber das Isolierband auf seinem Mund machte aus seinen Worten unverständliches Gemurmel.

Rebecca hörte Schritte vor der Tür und stand von der Matratze auf. Geräuschlos schlich sie zu dem Stuhl, mit dem sie vorhin das Regal untersucht hatte. Sie griff nervös nach ihrem Kettenanhänger. Hoffentlich würde die Sonne, die Levin für sie geschmiedet hatte, ihr jetzt Glück bringen. Rebecca nahm den Stuhl, stellte sich neben die Tür und lauschte. Erst hörte sie nur ihren eigenen Atem, dann ein metallisches Klappern, als ob eine Kette an die Tür schlug. Vermutlich ein Schlüssel, mit dem das Vorhängeschloss geöffnet wurde. Würde man sie jetzt herausholen oder ihr Essen bringen? Rebecca hörte leises Fluchen, dann den Schlüssel, der sich im Schloss drehte. Sie hielt den Atem an und hob den Stuhl über ihren Kopf.

Quietschend öffnete sich das Schloss, dann wurde die Tür einen Spalt breit geöffnet. Rebecca sah den Lichtschein, der sich vom Flur her immer weiter über dem Boden ausbreitete. Die Tür wurde einen Schritt weit geöffnet und eine Gestalt betrat den Raum. Rebecca hielt den Atem an, krallte die Finger um die Stuhllehne und ließ den Stuhl mit voller Kraft auf die Person niederkrachen. Rebecca hörte erst das Holz auf den Boden aufsplittern, dann einen Schmerzensschrei. Ohne weiter auf die Person zu achten, griff sie nach der Türzarge, hielt sich daran fest und schwang die Beine über den am Boden liegenden Körper. Es blieb ihr nicht viel Zeit. Rebecca stürzte in den Gang. Kaum hatte sie ihn betreten, erlosch das fahle Licht. Vor sich hatte sie noch eine Mauer erkennen können. Es war stockdunkel. Vermutlich erlosch das Licht im Kellergang nach einer bestimmten Zeitspanne automatisch. Rebecca fürchtete, ihr keuchender Atem würde sie verraten und wandte sich hastig nach rechts. Mit voller Wucht prallte ihr Gesicht gegen eine unverputzte raue Wand. Ihre rechte Wange brannte vor Schmerz. Reflexartig tastete Rebecca nach der Abschürfung, durch die Berührung wurde das Brennen noch stärker. Rebecca spürte Blut an ihren Händen, ließ sich davon aber nicht aufhalten. Sie hatte nur diese eine Möglichkeit zur Flucht. Und die musste sie nutzen.

Rebecca hielt die linke Hand nun schützend vor sich, während sie sich nach links wandte und so schnell, wie es ihr in der Dunkelheit möglich war, vorwärts ging. Ihre Hand glitt an der rechten Wand entlang, ihre Fingerspitzen ertasteten unverputzte Steine. Rebeccas atmete flach und keuchend. Ihre Gedanken versuchten aus dem, was sie fühlte, einen Raum zu konstruieren und sich Orientierung zu verschaffen. Der Kellerraum führte in einen Flur, der zur rechten Seite zugemauert war, sie hatte eine Biegung nach links gemacht und folgte dem Flur. Wohin er wohl führte?

Rebecca kam viel zu langsam vorwärts, fürchtete aber, mit dem Fuß einen am Boden liegenden Gegenstand umzuwerfen und dadurch Lärm zu verursachen. Vermutlich hatte sie Herrn von Stein überwältigt, dann war es gut möglich, dass Margarethe hier auch bald auftauchte. Rasch setzte sie einen Fuß vor den anderen, immer in der Angst, etwas umzustoßen oder zu stolpern. Ihr Herz pochte. Rebecca wusste, dass sie deutlich schneller sein musste, wenn ihre Flucht auch nur den Hauch einer Chance haben sollte. Der Mann, vermutlich Herr von Stein, würde sich jeden Moment aufrappeln und die Kellerbeleuchtung anschalten. Dann hatte sie keine Chance mehr, er würde sie sofort entdecken. Panisch arbeitete sie sich vorwärts. Rebecca wusste nicht einmal, ob in der Richtung, die sie eingeschlagen hatte, überhaupt ein Ausgang lag. Wie viele Meter mochten bereits hinter ihr liegen? Sie hatte jegliches Gefühl für Entfernungen verloren und biss verärgert die Zähne aufeinander. Plötzlich blitzte Licht auf. Ein schmaler, heller Streifen. Rebecca hastete eilig darauf zu und erkannte im Halbdunkeln erleichtert die Stufen einer Treppe, die nach oben führte. Das Licht drang durch die Tür am oberen Ende der Treppe. Ihr erster Impuls war, sofort hinaufzurennen. Panisch wich sie zurück, ihre Gedanken überstürzten sich.

Sortiere jetzt logisch die Fakten, mahnte sie sich zur Ruhe.

Die von Steins hatten offensichtlich keinen Lärm verhindern müssen, da Rebecca nicht geknebelt worden war. Somit stand das Gebäude, zumindest am Wochenende, leer. Man hielt sie im Keller gefangen. Das Licht kam vom oberen Flur. Die Person, die sich oben aufhielt und die Flurbeleuchtung angeschaltet hatte, würde gleich diese Treppe herunterkommen. Und vorher das Licht im Keller anschalten. Sie schüttelte sich. Auf den Stufen war Rebecca den Entführern hilflos ausgeliefert. Sie fuhr herum und stand nun frei im Raum, vor dem Absatz der Treppe. Rebecca brauchte den Bruchteil einer Sekunde, um sich wieder zu orientieren, wandte sich dann hektisch um und tastete sich durch die Dunkelheit voran. Sie musste sich verstecken. Denn wo Licht war, waren ihre Entführer nicht weit. Vermutlich würde Frau von Stein gleich kommen. Mit großen Schritten gelangte sie zur gegenüberliegenden Wand. Mit geschlossenen Augen lehnte sie ihren Kopf dagegen. Sie wollte um Hilfe schreien, aber, niemand hätte sie gehört. Niemand, außer ihren Entführern.

Ein kaltes Frösteln lief ihren Rücken hinunter. Angst und Einsamkeit ließen sie erstarren. Würde Frau von Stein sie finden und töten? Eine Träne rann über ihre Wange und brannte höllisch auf der aufgeschürften Haut. Rebecca wurde wütend. Auf die Schmerzen, auf ihre Angst und das, was die von Steins ihrer Mutter angetan hatten. Rebecca atmete tief durch. Es musste einen Weg hier herausgeben und sie würde ihn verdammt nochmal jetzt finden!

Ihre Hände glitten suchend an der Wand entlang, vorsichtig setzte sie einen Fuß vor den anderen. Plötzlich berührten ihre Finger Metall. Da war eine Tür! Mit keuchendem Atem tastete sie nach der Klinke, drückte sie herunter und hoffte, dass sich dahinter ein Versteck verbarg. Sie hörte Schritte auf der Treppe. Das Geräusch klackernder Absätze von Frauenschuhen. Die Tür vor ihr war verschlossen. Verzweifelt tastete sie sich weiter voran. Das erneute Stöhnen von Herrn von Stein hallte durch den Keller. Er musste ganz in der Nähe sein. Sie ging auf der Seite der Kellerräume wieder auf ihr ursprüngliches Gefängnis zu. Eine Flucht über die Treppe war aussichtslos. Jeden Moment würde hier alles in gleißendes Licht getaucht werden und dann wäre sie verloren.

Rebecca befand sich jetzt fast wieder vor dem Raum, aus dem sie gerade geflohen war. Wenn es ihr gelang, sich unauffällig an Herrn von Stein vorbei in den ursprünglichen Kellerraum zu schleichen, konnte sie ihre Entführer austricksen. Niemand würde vermuten, dass sie nach ihrer Flucht wieder in den Raum zurückgekehrt war. Trotzdem war es ein Glücksspiel. Selbst wenn sie nicht entdeckt wurde, würden ihre Entführer die Tür möglicherweise doch zuschließen, so dass auch an eine spätere Flucht nicht zu denken war.

Rebecca tastete sich an der Metallwand weiter vorwärts. Plötzlich machten die Metallplatten eine Biegung. Mit beiden Händen umhertastend, erkannte Rebecca eine Nische zwischen den beiden Räumen, ein schmaler Spalt, den sie vielleicht als Versteck nutzen konnte. Plötzlich schrak Rebecca zusammen. Das Knirschen von Schuhen auf dem Estrichboden hallte durch die Dunkelheit. Herr von Stein schien sich aufzurappeln. Sein Fluchen war näher, als ihr lieb war. Rebecca war in einer Sackgasse. Der einzige Ausweg war die Treppe, über die sie nicht fliehen konnte. Sie drückte sich in die schmale Nische und versuchte, in der Dunkelheit etwas zu erkennen. Sie musste jetzt zwischen den beiden Kellerräumen stehen, der vordere war verschlossen, aus dem hinteren war sie entkommen. Kein Licht fiel in die Abseite. Gab es hier ein Fenster oder ein Versteck? Rebecca tastete, spürte aber nur die metallenen Wände zu beiden Seiten und die kalten Mauersteine an der Kopfseite.

Flutlichtartig erhellte sich plötzlich der Raum. Rebecca schloss geblendet die Augen. Die schneidende Stimme von Frau von Stein peitschte durch den Keller.

"Was ist passiert? Wo ist sie?"

Rebecca nutzte die Gelegenheit, sich in der Nische umzusehen. Kein Fenster, keine Möglichkeit, sich zu verstecken. Nichts. Hier würde man sie sofort entdecken. Es blieb nur die Flucht, und zwar sofort!

Rebecca schoss aus ihrem Versteck heraus und rannte links um die Ecke. Sie sprang mit einem Satz an dem verschlossenen Raum vorbei und erreichte die Treppe. Am oberen Ende befand sich der erleuchtete Hausflur. Wenn sie ihn erreichte, konnte sie oben aus dem Gebäude fliehen oder sich irgendwo verstecken. Nur raus aus diesem verdammten Keller. Hastig erstürmte sie die Stufen. Bereits die Hälfte lag hinter ihr. Plötzlich klammerten sich zwei Hände krallenartig um ihre Fußgelenke.

"Hiergeblieben, junge Dame!"

Frau von Stein zerrte an ihr. Rebecca schrie gellend auf und trat mit den Beinen nach hinten, um ihre Angreiferin abzuschütteln. Frau von Stein ließ nicht los. Mit eisernem Griff riss sie plötzlich Rebeccas Füße weg, so dass diese ruckartig auf die Stufen fiel. Völlig überrascht riss Rebecca ihre Arme nach vorne, konnte den harten Sturz auf die Betonstufen jedoch kaum abmildern. Stechender Schmerz durchfuhr ihre Arme. Ihr Gesicht schlug auf die Stufen. Frau von Stein zerrte sie auf den Kellerboden herunter. Rebecca spürte warmes Blut, das von ihrer Stirn über die Schläfe rann. Ihr Kinn pochte vor Schmerz und beide Arme brannten. Rebecca rollte sich zusammen, Tränen liefen über ihre Wangen und die Abschürfungen. Rebecca zuckte kurz zusammen. Sie hatte verloren. Hasserfüllt blickte sie zu Frau von Stein hoch, die über ihr stand und sie aus zusammengekniffenen Augen böse anfunkelte. Sie sagte kein Wort.

Rebeccas Blick fiel auf ihre Kette, die bisher sorgsam unter der Bluse verborgen gewesen war. Fassungslos blickte sie auf die Perlen. Sie hätte diese Perlen überall wiedererkannt.

Rebecca schluckte. Sie gehörten zu der zerrissenen Kette ihrer Mutter.

"Sperr sie ein!", herrschte Margarethe von Stein ihren Mann an, der die junge Frau packte und über den Boden schleifte.

"Das sind Mamas Perlen", keuchte Rebecca. Herr von Stein griff unsanft um ihre Taille und zog sie auf die am Boden liegende Matratze. Er führte ihre Hände vor dem Bauch zusammen und ein leises Klackern ertönte. Rebecca spürte den Druck des schließenden Kabelbinders an ihren Handgelenken und stöhnte auf. Durch den Nebel von Schmerzen und Verzweiflung in ihrem Kopf drang die Stimme Margarethe von Steins.

"Natürlich sind sie das. Zum Wegwerfen waren sie mir zu schade."

Die Tür schlug knallend zu. Das Letzte, was Rebecca hörte, war das Klacken des einrastenden Schlosses.

Marten und Benny blickten sich ungläubig in dem Raum um. Metallene Regale standen an den Wänden, gefüllt mit Werkzeugen und verschiedensten Geräten. Eine Werkbank befand sich unter dem Fenster, die so aufgeräumt war wie kaum ein Schreibtisch.

Wo war Rebecca?

"Wo ist Rebecca?", schrie Benny den Mann an, der wegen des Klebebandes auf seinem Mund nur mit den Schultern zucken konnte. Marten riss das Band ab.

"Welche Rebecca?", fragte der Mann schwer atmend. "Ich bin hier der Hausmeister. Das dort ist der Raum, den ich für meine Werkzeuge nutze. Hier ist keine Rebecca. Was wollen Sie von mir?"

"Sind Sie Herr von Stein?"

Der Mann lachte.

"Nee, Polenske. Erwin Polenske."

Benny fuhr sich durch die Haare und blickte ratlos zur Decke. Marten bückte sich zu dem Mann hinunter und löste seine Fesseln.

"Eine Freundin von uns steckt in Schwierigkeiten und wir dachten, dass Sie der Entführer sind."

"Na, leck' mich am Arsch, da habt ihr ja wohl den Falschen erwischt." Von der Blässe um die Nase abgesehen, erholte sich Herr Polenske erstaunlich schnell von dem Schreck.

"Herr von Stein? Meint ihr den von der Goldschmiede? Die haben hier oben ihre Büros. Und auch einen Kellerraum."

"Seit wann arbeiten Sie heute schon hier?", hakte Marten ein.

"Na, so seit zwei Stunden bin ich hier im Keller. Vorher war ich draußen, noch die letzten Blätter wegfegen."

"Hätte irgendjemand sich in das Gebäude schleichen können, ohne dass Sie es bemerken?", unterbrach Marten ihn gehetzt. Die Zeit wurde knapp. Der Hausmeister war inzwischen wieder die Ruhe selbst.

"Nee, bestimmt nicht. Also nich hier unten. In die Büros vielleicht. Den Haupteingang hab ich jetzt nicht im Auge."

"Es tut mir leid, dass wir Sie überfallen haben, Herr Polenske. Ehrlich." Benny klopfte ihm auf die Schulter. Wo hatten diese Irren Becky bloß hingebracht? Ging es ihr gut? Benny hätte schreien können vor Wut.

"Na, so erlebe ich nochmal was." Herr Polenske grinste breit. "Da sag nochmal jemand, Hausmeisterei sei langweilig. Ich freu mich schon auf die nächste Skat-

Runde mit meinen Jungs, da kann ich ordentlich auf die Kacke hauen, wenn ihr versteht."

"Wir haben es echt eilig. Meine Freundin wurde entführt." Benjamin tigerte durch den Raum und blieb dann unentschlossen stehen. Benny und Marten waren nicht sicher, ob Rebecca nicht doch in den Büroräumen festgehalten wurde. Herr Polenske blickte auf einen riesigen Schlüsselbund, der neben einem Werkzeugkasten auf dem Boden lag. Dann bot er an, die Tür für sie zu öffnen. Beide nickten. Der Hausmeister bestand darauf, dabei sein zu dürfen, weil er nicht unbewacht fremde Leute in die Büros lassen konnte. Im Laufschritt hetzten sie die Treppe hinauf. Am Treppenabsatz warteten sie auf Herrn Polenske, der gemächlich die Stufen hochkam, den passenden Schlüssel heraussuchte und die Tür öffnete. Mit flachem Atem und auf jedes Geräusch achtend, betraten sie die Büros der Schmuckfirma. Sie durchschritten eilig alle Räume, Rebecca fanden sie nicht. Benny schlug knallend mit der Faust auf einen Tisch und schrie laut auf. In seinem Gesicht stand die pure Verzweiflung geschrieben.

Levin hatte inzwischen die Villa der von Steins erreicht. Das hohe schmiedeeiserne Tor war geöffnet, so dass er ungehindert auf das Grundstück gelangen konnte.

Durch die Fenster drang kein Licht, die Räume lagen im Dunkeln. Lediglich die Eingangstür wurde von einer Lampe erhellt, und auch drinnen im Flur war nur ein matter Lichtschein zu erkennen. Nichts deutete darauf hin, dass einer der von Steins im Hause war. Mit pochendem Herzen überquerte Levin das Grundstück und schlich auf das Haus zu. Hielten sie Rebecca hier gefangen? Fahles Mondlicht drang durch die Bäume und warf verzerrte Schatten auf die Rasenfläche. Mit langsamen Schritten, damit er nicht stolperte, umrundete er das Gebäude. Levin schob nervös mit dem Zeigefinger seine Brille hoch. Die Verantwortung lastete auf ihm. Er hatte schon seine Frau verloren, Rebecca durfte nicht auch noch verletzt oder getötet werden. Er musste sie retten. Mühsam unterdrückte er die Tränen. Warum hatte er nur den Helden spielen wollen? Wieso hatte er die Machenschaften seiner Chefs nicht einfach ignorieren können? Hätte er darauf verzichtet, seinen Chef mit den Vorwürfen der Kinderarbeit in Taiwan zu konfrontieren, würde Verena noch leben. Sie war die erfolgreiche Journalistin gewesen, die Aufklärerin, die nach Spuren suchte und Skandale aufdeckte. Sie war seine Heldin gewesen.

Er hatte sie vom ersten Tag ihrer Begegnung an bewundert. Für ihre Art, ihr Auftreten und ihre Selbstsicherheit. Sie war sein Vorbild. Später hatte er erfahren, dass sie nicht nur irgendeine Journalistin war. Ihre Publikationen erschütterten die deutsche Politik, die Wirtschaft und auch kriminelle Organisationen. Seine Hochachtung für Verena war ins Unermessliche gewachsen. Diese starke Frau bewegte etwas und davon war er tief beeindruckt.

Im Gegenzug war er wie ein Ruhepol für Verena, die ihr Leben damit verbrachte, hässliche Dinge ans Licht der Öffentlichkeit zu bringen.

Er hatte Verena zum Lachen gebracht und ihr gezeigt, dass es außer den großen Missständen auch viele Kleinigkeiten gab, die Freude und schöne Momente zauberten. Er hatte ihr die positiven Seiten der Welt gezeigt, sei es ein gemütliches Essen bei Kerzenschein oder ein Schmetterling auf einer Blume.

Er liebte Verena, weil sie so anders war als er und sie ihn verstand und respektierte, auch wenn er ein Niemand war.

Dann hatte er im Büro seines Chefs diese verdammten Fotos entdeckt. Es war Zufall gewesen. Ihm war eine Skizze aus der Hand gerutscht und unter dem Schreibtisch gefallen. Beim Aufheben hatte er die Fotos gesehen. Wahrscheinlich hatte Herr von Stein sie in Eile wegwerfen wollen und sie waren an dem Mülleimer vorbei unter den Tisch gerutscht. Wie auch immer.

Er wünschte, er hätte sie niemals zu Gesicht bekommen. Dieser Anblick hatte ihn verändert. Bisher war er immer damit zufrieden gewesen, ein Künstler zu sein, eine bewundernswerte Frau und eine fantastische Tochter zu haben. Er war Levin, der kreative Designer, der Schöpfer schöner, kunstvoller Schmuckstücke. Nicht mehr und nicht weniger. In diesem Moment hatte ihm das alles nicht mehr gereicht. Nur ein einziges Mal wollte er so sein wie Verena. Selbstbewusst, die Fäden in der Hand haben, etwas Bedeutendes verändern. Er wollte diese Kinder retten.

Er hatte nicht zulassen können, dass sie in Taiwan seine Schmuckkreationen herstellten. Es waren seine Ideen, seine Entwürfe, denen die Kinder, in einem modrigen Loch kauernd, Form geben mussten. Er hatte auf den Fotos erkannt, was die Kinder taten. Es hatte ihm die Tränen in die Augen getrieben. Es war schlecht zu erkennen gewesen, aber ihm waren, im Gegensatz zu anderen Betrachtern, alle Werkzeuge und Arbeitsschritte bekannt. Er hatte eine Stahlschere erkannt. Ein Mädchen hatte eine Feile und ein Stück Metall in den Händen gehalten. Statt in der Schule Lesen und Schreiben zu lernen, hatte sie das Metall gefeilt, bis es seinen Skizzen entsprach. Umgeben von Chemikalien, Staub und Dreck.

Er hatte sich so unglaublich schuldig gefühlt. Getrennt von ihren Eltern, hungernd und behandelt wie eingesperrte Tiere, sorgten diese armen Wesen für den hohen Profit der von Steins. Dabei sollten diese Kinder zur Schule gehen und nicht für einen Hungerlohn arbeiten müssen. Levin fühlte sich für das Schicksal dieser Kinder verantwortlich, denn es waren seine Schmuckstücke, die sie vorproduzierten. Die grobe Arbeit ließen die von Steins in Taiwan erledigen, lediglich die Oberflächenveredelung und das Einsetzen der wertvollen Steine erfolgte in Hamburg. Erst dadurch wurde der Schmuck wertvoll.

Langsam, die Wut nur mit aller Anstrengung unterdrückend, schlich Levin an ein dunkles Kellerfenster und lauschte. Nichts war zu hören.

Natürlich hätte er seinen Verdacht sofort Verena mitteilen sollen. Sie hätte gewusst, was zu tun sei. Stattdessen hatte er seinen Chef angesprochen. Er war so unglaublich naiv gewesen und hatte nicht glauben können, dass die von Steins, die er schon so lange kannte, Kinderarbeit unterstützten. Er hatte geglaubt, vernünftig mit Herrn von Stein reden zu können. Er hatte gehofft, alles würde sich als großer Irrtum herausstellen. Levin hatte sich geirrt.

Verena hatte wegen seiner Dummheit sterben müssen. Wie konnte er sich das jemals verzeihen? Levin schluckte schwer. Das Einzige, was er noch tun konnte, war Rebecca zu retten.

Er trat an das nächste Fenster, das ebenfalls im Dunklen lag und lauschte.

In dem Moment vibrierte sein Handy. Die Frau, bei der er untergetaucht war, hatte es ihm gegeben. Sie hatte so viel für ihn getan. Erschrocken fuhr er hoch, zog das Handy aus der Tasche, es glitt ihm aus den zitternden Händen. Levin bückte sich und tastete mit den Fingern über den feuchten Rasen. Ein stechender Schmerz fuhr in seinen verletzten Oberarm. Er zuckte zusammen, fand das Handy und nahm das Gespräch an.

"Ich bin es, Benny. Herr Friedrichsen, wir haben in der Firma der von Steins nichts gefunden. Was ist bei Ihnen?"

"Hier ist alles dunkel. Niemand ist da."

"Waren Sie im Haus?"

"Wie denn?" Levin atmete flach. "Ich komme nicht hinein, alles ist abgeschlossen. Nur im Eingangsbereich brennt ein schwaches Licht. Auch im Keller scheint alles ruhig zu sein."

"Fuck." Benny wandte sich an Marten und teilte ihm mit, was Rebeccas Vater berichtet hatte. Levin hörte die Stimme des anderen Mannes und fuhr zusammen. Was hatte dieser Marten hier zu suchen?

"Der… Unser Freund meint, wir sollten es bei der Tochterfirma von *Silber-Stein* versuchen", druckste Benny.

"Du kannst seinen Namen ruhig nennen. Ich habe Martens Stimme erkannt", bemerkte Levin trocken, ehe er fortfuhr. "Welche Tochterfirma meinst du?"

"Sie steht in diesem Vertrag", erklärte Benny. Er gab Marten ein Zeichen und sie liefen quer über den Parkplatz zurück.

Levin schwieg.

Er wusste genau, wovon der junge Mann sprach. Verena war auf der Suche nach diesem Vertrag getötet worden. Levin war in sein Wohnhaus zurückgekehrt, weil er glaubte, Verena habe ihn dort versteckt. Er hatte in ihrem Büro im Dachgeschoss nachgesehen und alle Schränke durchwühlt, ihn aber nicht gefunden. Levin fühlte sich außen vor, kaum, dass dieser Marten wiederaufgetaucht war. Ein unangenehmes, aber nur zu bekanntes Gefühl.

"Verena ist irgendwie an einen Vertrag zwischen einer Firma aus Hamburg und einem taiwanesischen Produktionsbetrieb gekommen", berichtete Benny im Laufen. "Sie hat Marten den Vertrag zugesandt und er hat ihn Becky gegeben. Da Frau von Stein sie entführt hat, geht Marten davon aus, dass *Silber-Stein* mit der Hamburger Firma zusammenhängt."

Er öffnete die Beifahrertür und stieg in Martens Wagen ein.

"Diese Firma in Taiwan lässt unseren Schmuck von Kindern fertigen", erklärte Levin. Er unterdrückte seine Eifersucht, dass Verena diesen Vertrag ausgerechnet an Marten gesandt hatte. Sie konnten die von Steins nur stoppen, wenn sie zusammenarbeiteten. Für Verena kam jedoch jede Hilfe zu spät. Er schluckte, ehe er weitersprach.

„Deswegen habe ich Herrn von Stein darauf angesprochen. Ich wollte, dass sie damit aufhören und die Produktion an Erwachsene übergeben."

"Levin, warum sind Sie dann verschwunden? Rebecca ist vor Sorge fast verrückt geworden!", platzte es aus Benny heraus.

"Ich musste fliehen! Sie haben auf mich geschossen! Nach dem Gespräch mit Herrn von Stein habe ich die

Firma sofort verlassen. Dann wurde ich plötzlich angeschossen, ein Streifschuss am Oberarm. Ich dachte, dass alle Kollegen das hören müssten, aber niemand kam, nicht einer sah auch nur aus dem Fenster. Ich habe keine Ahnung, welchen Lärm die von Steins veranstaltet haben, um von dem Schuss abzulenken. Ich wollte das alles nicht." Levin war verzweifelt und suchte nach den richtigen Worten. Er hatte Rebecca nur schützen wollen. Hatte er alles falsch gemacht?

Inzwischen war auch Marten bei dem Wagen angekommen und startete außer Atem den Motor. Benny informierte ihn über den Teil des Gesprächs, den er nicht mitgehört hatte. Dann schaltete er den Lautsprecher ein und Levin fuhr fort. "Ich habe mit meiner Frau telefoniert und sie nannte mir eine ehemalige Informantin, die in Eppendorf lebt. Bei ihr sollte ich mich verstecken. Verena wollte sich um alles Weitere kümmern. Sie hatte recht, ich hätte mich von Anfang an da heraushalten sollen. Es tut mir leid. Und das würde ich Rebecca gern selbst sagen."

"Dann ist Ihre Frau bei *Silber-Stein* eingedrungen und hat den fehlenden Beweis, diesen Vertrag, gesucht. Sie fand ihn und wurde dabei entdeckt. Statt den Vertrag bei sich zu behalten, hat sie einen Umschlag an Marten adressiert."

„Und ihn im Korb für die ausgehende Post versteckt. Genau an der Stelle, wo ein Briefumschlag nicht auffällt. Genial", ergänzte Marten im Hintergrund.

"So muss es gewesen sein. Den Umschlag mit dem Vertrag haben die von Steins nicht gefunden. Womöglich ist ihnen gar nicht aufgefallen, dass er fehlte. Aber nun wussten sie, dass Verena hinter ihnen her war und eine Gefahr darstellte."

Benny hörte Levin schniefen. Auch Marten senkte betroffen den Kopf.

"Wir treffen uns bei dieser anderen Firma, *Elbe-Silberschmuck*. Und dann holen wir Rebecca zusammen da raus!"

Marten erinnerte sich noch an die Adresse, die er in dem Vertrag gesehen hatte. Er nannte sie Levin, bevor er losfuhr.

Rebecca lag wieder auf der Matratze in der Ecke des dunklen Raumes. Ihre Handgelenke waren vor ihrem Bauch mit Kabelbindern zusammengebunden worden. Ihre Ellenbogen brannten und Rebecca spürte Blut an ihrer Wange. Sie war erschöpft, ihre Arme schmerzten und sie war furchtbar wütend. Auf Frau von Stein und auf sich selbst. Es war ihr nicht gelungen, die Abneigung gegenüber Marten wie ein rational denkender Erwachsener in den Griff zu bekommen. Sonst hätte sie sich den Vertrag sofort genau angesehen. Dann hätte sie die Unterschrift auf der letzten Seite als die von Frau von Stein identifiziert und gewusst, dass *Elbe-Silberschmuck* mit *Silber-Stein* zusammenhing. Die Verbindung zwischen Taiwan und den Fotos von den Kindern wäre ihr sofort klar gewesen. Sie dachte an die Notizen ihrer Mutter. *M=VnT erneut kontaktieren, w. A. bekannt*, hatte sie dort gelesen. Bis jetzt waren es unlogische Buchstaben gewesen, aber nun war ihr die Bedeutung klar. Verena wollte Marten um Hilfe bitten. Sie wusste oder vermutete, dass Marten Verbindungen nach Taiwan hatte, diese Worte bildeten die Abkürzung *VnT*, und somit vor Ort einen Informanten nutzen konnte. Wenn er die Adresse der Produktionsstätten herausgefunden hätte, sollte er wieder Kontakt zu ihr aufnehmen. Ihre Mutter war wohl nie dazu gekommen, Marten darum zu bitten. Sie hatte in dem Telefonat lediglich angedeutet, dass sie an einer Sache dran war und später seine Hilfe brauchte. Rebecca ließ den Kopf sinken und stöhnte leise auf. Mit Benny und Marten zusammen wäre sie viel schneller dahintergekommen, was hier gespielt wurde. Ein angesehener mittelständischer Betrieb ließ Schmuck von taiwanesischen Kindern herstellen. War das eine Schlagzeile wert? Unmoralisch auf jeden Fall, bei Bekanntwerden sicher auch geschäftsschädigend. Aber war dies Grund genug, um einen Mord zu begehen?

Rebecca dachte über das Ehepaar von Stein nach. Sie erinnerte sich, dass Margarethe von Stein den Betrieb von ihren Eltern geerbt hatte. Er war unrentabel, stand kurz vor dem Bankrott. Beide hatten viel investiert, das Geschäft über viele Jahre hinweg mühsam aufgebaut und sich einen großen Kundenstamm erarbeitet. Soweit sie das beurteilen konnte, war aus dem desolaten Betrieb mit viel Arbeit eine angesehene Firma geworden. Ihr Vater berichtete nie von irgendwelchen finanziellen Schwierigkeiten. Das Gehalt wurde pünktlich gezahlt, ebenso gab es schon seit Jahren Urlaubs- und Weihnachtsgeldzahlungen.

Rebecca fiel ein, was ihre Mutter ihr in der Schulzeit oft vorgeworfen hatte. "Du musst eine Leidenschaft haben, die dich antreibt!", waren ihre Worte gewesen. Rebecca war stets davon ausgegangen, dass diese Leidenschaft vermehrte Anstrengungen bei den Hausaufgaben sein sollte.

Jetzt erschien ihr diese Vorstellung viel zu banal. Es war um Lebensziele gegangen. Ihre Mutter hatte ihre Leidenschaft offensichtlich im Journalismus gefunden.

Von dieser Art Leidenschaft hatte sie gesprochen. Rebecca musste das Ziel der von Steins herausfinden. Das Ehepaar war kinderlos und kam langsam ins Rentenalter. Sie dachte an die Begegnung mit Frank Langenstedt im Park. Er hatte erzählt, dass *Silber-Stein* verkauft werden sollte. Das Ehepaar wollte sich zur Ruhe setzen. Das war der springende Punkt. Jetzt ergab alles zusammen das richtige Bild. Rebecca quälte sich von der Matratze hoch. Ein stechender Schmerz durchfuhr ihren rechten Arm.

"Ich könnte kotzen", fluchte sie, rappelte sich auf und hielt die gefesselten Hände vorsichtig vor ihren Körper, um die Wunden an ihren Armen zu schonen. Rebecca durchquerte den Raum und blieb vor der Metalltür stehen. Wütend trat sie mehrfach mit dem Fuß dagegen.

"Hey!", brüllte sie in die Dunkelheit. "Für den unschätzbaren Wert meiner Anwesenheit hätte ich gern eine Gegenleistung! Ihr könntet mir mal verraten, an wen ihr eure Firma verkaufen wollt. Bin gespannt, wer der Dumme ist, der nicht erfahren soll, dass er das Premiumpaket geordert hat. Illegale Kinderarbeit inklusive!"

Rebecca trat erneut mit voller Kraft gegen die Tür. Das ohrenbetäubende Scheppern hallte durch den ganzen Keller. Das sollte genügen, um ihre Entführer aufzuschrecken.

„Gib Ruhe da drinnen!" Frau von Stein schien nicht zu gefallen, wohin das alles geführt hatte.

Rebecca spürte ihre deutliche Angst, die Situation nicht mehr kontrollieren zu können. Ihre Stimme überschlug sich fast.

"Wem wir unsere Firma verkaufen, geht dich gar nichts an!", fauchte sie bösartig von der anderen Seite der Metalltür. Rebecca war trotz ihrer Situation äußerst zufrieden. Zumindest war der anstehende Verkauf nun aus erster Hand bestätigt worden. Für das Ehepaar von Stein stand ihre gesamte Zukunft auf dem Spiel. Wenn die Kinderarbeit bekannt wurde, konnte das den Verkauf gefährden und der finanziell abgesicherte Ruhestand rückte in weite Ferne. Ihre komplette Zukunft stand auf dem Spiel.

Rebecca war eine der wenigen Personen, die darüber entscheiden konnten, wie die von Steins ihren Ruhestand verbringen würden.

"Wo sollte es denn hingehen, nachdem das Geld geflossen ist? Mallorca, die Kanaren? Was ist gerade so angesagt bei gut betuchten Rentnern?"

"Rebecca, lass es gut sein. Verhalte dich ruhig und in ein paar Tagen können wir dich wieder freilassen."

"Still", fiel Frau von Stein ihrem Mann ins Wort. "Die Kleine macht noch alles kaputt. Schlimm genug, dass ich heute ewig auf diesem verdammten Parkplatz warten musste, bis sie endlich Feierabend gemacht hat. Und dann diese ganzen Umstände mit den K.O.-Tropfen. Und das alles nur, um zu schützen, was uns gehört. Rechtmäßig! Ich habe nicht vor, wie meine Eltern zu enden. Sich ein Leben lang abschuften und dann im Alter arm sein. Nein, das wird uns nicht passieren. Wir haben das Geschäft groß und erfolgreich gemacht. Und wir werden diesen Verkauf durchziehen. Dann können wir uns einen Ruhestand gönnen, wie wir ihn verdient haben. Ich werde mir das von niemandem vermasseln lassen, nach der jahrzehntelangen Schufterei. Weder von Verena noch von dem Mädchen. Theodor, hol das Klebeband aus dem Kofferraum!"

Schlurfende Schritte entfernten sich.

Theodor von Stein stieg träge die Stufen des Kellers hinauf. Wie hatte es so weit kommen können? Die Situation war eskaliert. Er überlegte verzweifelt, wann der Moment gewesen war, an dem er die falsche Entscheidung getroffen hatte. Sie hatten so lange für diese Firma gearbeitet, hatten ihr ganzes Leben damit verbracht. Und nun lockte ein Ruhestand in Würde. Sie hatten sich nie viel gegönnt, keine langen Reisen gemacht. Nur mal eine Woche nach Spanien, nie länger. Und dann war die Idee entstanden, den Ruhestand im Süden zu verbringen, weit weg von dem Hamburger Schmuddelwetter. Zusammen wollten sie die letzten Jahre, wenn sie Glück hatten wurden es Jahrzehnte, genießen und die Seele baumeln lassen. Vor einigen Jahren hatte es eine Kooperation mit *Athene Jewellery* gegeben. Daher bestand bereits der Kontakt. Die Firma war an einem Kauf interessiert und die Gespräche hatten kurzfristig stattgefunden. Die Dänen waren schnell davon überzeugt gewesen, dass *Silber-Stein* eine gute Möglichkeit war, die geplante Ausweitung des Geschäftes ins europäische Ausland voranzutreiben. Alles war geregelt und so gut wie unter Dach und Fach. Es fehlte eben nur noch diese eine Unterschrift auf dem Kaufvertrag.

Wenn alles gut ging, war in wenigen Tagen alles vorbei und sie konnten Rebecca freilassen. Nichts würde jedoch so sein, wie er es sich vorgestellt hatte. Sie hatten einen Mord auf dem Gewissen! Theodor von Stein fuhr sich mit der Hand über die Stirn. Würde er sich jemals vergeben können? Welche enorme Schuld hatte er auf sich geladen. Wo auch immer er seinen Ruhestand verbringen würde, seinen Frieden würde er mit der Vergangenheit nicht finden. Er hatte seit dem Tod von

Levins Frau nicht schlafen können. Er sah wieder und wieder die Bilder vor sich. Wer konnte auch ahnen, dass Levin diese verdammten Fotos fand und damit zu seiner Frau rannte. Theodor von Stein konnte es nicht glauben, dass sie eine Journalistin gewesen war. Aber Rebecca hatte es seiner Frau erzählt.

Dieser Abend war fürchterlich gewesen. Er sah noch Verenas erschrockenes Gesicht vor sich, als beide sie im Büro von *Silber-Stein* erwischt hatten. Sie war weggerannt und in einem der anderen Zimmer verschwunden. Erst später hatte er mitbekommen, dass sie den Vertrag gefunden hatte, durch den sich die Verbindung zu den Arbeitsstätten in Taiwan aufdecken ließ. Sie hatte ein gutes Versteck gefunden. Sie hatten lange nach ihr gesucht. Die Schnüfflerin hatte Zeit genug gehabt, um heimlich den Vertrag in einen Umschlag zu stecken und zwischen dem Postausgang zu verstecken. So musste es gewesen sein, denn Rebecca hatte seiner Frau erzählt, dass dieser Marten den Vertrag per Post erhalten hatte.

Hatte Verena zu dem Zeitpunkt schon gewusst, dass sie sterben würde? Oder war es ihr nur darum gegangen, das Beweismaterial aus dem Büro zu schaffen? Dann hatte er sie gefunden und festgehalten, als sie fliehen wollte. Es hatte ein Handgemenge gegeben. Sie schrie und seine Hand war auf ihrem Mund gewesen. Den ängstlichen Blick würde er nie vergessen. Dann hatte sie ihn gebissen, sein Griff hatte sich gelöst. Mit Vorwürfen hatte sie ihn bombardiert, er wollte einfach nur, dass sie still war. Seine Hand war über den Tisch geflogen, er hatte gegriffen, was in seine Finger kam. Diese Heuchlerin konnte ihre ganze Zukunft zerstören, er musste sie stoppen. Und schließlich hatte er sie mit einer Kordel erwürgt. Es war ein Muster gewesen, eigentlich sollte daran ein filigran eingefasster Rubin angebracht werden. Und er hatte aus diesem schönen weichen Material ein Mordinstrument gemacht. Ein heftiges Zittern überkam ihn, während er den Flur zum Ausgang entlangschlich. Er konnte sich gar nicht mehr daran erinnern, ob er mit Absicht nach dem weichen Band gegriffen hatte, oder ob es reflexartig gewesen war. Um seine Frau, sich und ihre gemeinsame Zukunft zu schützen. Und plötzlich war Verena tot gewesen und seine Frau hatte die Idee gehabt, sie in ihrem eigenen Haus zu verstecken. Sie hatten die Leiche in den Kofferraum von Verenas Wagen gelegt, waren dann mit zwei Autos zu dem Haus gefahren und hatten die Tote hineingetragen.

Im Dunkeln waren sie gegen irgendwelche Bilderrahmen gestoßen, die auf dem Boden zersplittert waren. In aller Eile hatten sie die Scherben zusammengefegt. Beim Aufhängen hatten sich die Haare von Verena in dem Seil verfangen, es war ganz fürchterlich gewesen. Bei der Erinnerung trat ihm kalter Schweiß auf die Stirn Das Schlimmste war das Gesicht der Toten gewesen. Diesen Anblick würde er nie wieder vergessen.

Rebecca war allein im dunklen Keller. Im Flur bewegte Frau von Stein sich unruhig auf und ab. Das Klackern ihrer Absätze hallte durch den Raum.

Rebecca schob die Hand in ihre Hosentasche und tastete darin herum, wobei die Kabelbinder an ihrer Haut zerrten. Sie war froh, dass man ihre Hände vor dem Bauch gefesselt hatte, so konnte sie sich deutlich mehr bewegen. An einen Ausbruchversuch war nicht zu denken, denn außer Kaugummipapier und einem Gummiband hatte sie nichts dabei.

Rebecca tastete sich zu dem kleinen Tisch vor. Plötzlich strich ein leichter Windzug über ihre Wange. Sie stutzte. Es musste hier ein Fenster oder eine Öffnung geben. Rebecca tastete die Wand ab. Plötzlich glitten ihre Hände in eine gemauerte Vertiefung und berührte etwas Weiches. Pappe?

Sie tastete den Gegenstand mit ihren Fingern ab. Ein Karton. Mitten in der Wand. Rebecca versuchte, ihn mit den Fingerspitzen zu bewegen. Sie lehnte sich zur Seite, damit ihr der Karton nicht auf den Kopf fiel und versuchte ihn mit den Fingern zu bewegen. Er war leicht. Rebecca konnte ihn Zentimeter um Zentimeter hervorziehen. Er rutschte heraus, stieß an ihre Schulter und landete mit einem dumpfen Aufprall auf dem Boden.

Rebecca kniete sich daneben und zerrte an dem Deckel. Es war mühsam, die Pappe mit gefesselten Händen zu lösen. Schließlich konnte sie den Deckel aufzureißen und fasste hinein. Er war leer.

Rebecca blickte auf und trat wieder an die Wand. Die entstandene Lücke gab den Blick auf eine Fensterbank frei. Rebecca lehnte sich an den Tisch und drückte mit der Hüfte vorsichtig dagegen. Langsam bewegte er sich. Die Tischbeine schabten lautstark über den Boden.

Rebecca zuckte bei dem kratzenden Geräusch zusammen. Sie lauschte, ob Frau von Stein ihre Aktivitäten bemerkt hatte. Das Klappern der Absätze erklang ruhig und regelmäßig aus größerer Entfernung. Rebecca kletterte, so gut es mit den verletzten Ellenbogen und den Fesseln ging, auf den Tisch hinauf und blickte durch das Fenster. Nichts als Schwärze.

Der Mond hätte durch das Fenster scheinen müssen, zumindest ein kleiner Lichtschein in den Raum gelangen müssen.

Rebecca streckte die gefesselten Hände aus und berührte die kalte Scheibe. Eine schmierige Substanz befand sich auf dem Glas. Rebecca rieb ihre Fingerkuppen aneinander, die sich nun ebenfalls schmierig anfühlten. Die Scheibe war vor kurzem mit dunklem Lack überzogen worden. Er war noch nicht einmal getrocknet. Offensichtlich war ihre Entführung kurzfristig geplant worden, so dass einer der beiden von Steins diesen Raum in aller Eile vorbereitet hatte. Rebecca riss ein Stück von dem Karton ab und wischte damit über die Scheibe. Durch die Schlieren fiel Licht herein, aber draußen war es dunkel, so dass der Raum kaum erhellt wurde. Im hereinschimmernden Lichtschein konnte Rebecca die Gitterstäbe vor dem Fenster deutlich erkennen.

"Scheiße", fluchte sie.

Die Tür war also der einzige Ausweg aus ihrem Gefängnis. Das machte die Sache nicht einfacher. Selbst wenn die von Steins irgendwann die Tür öffneten, würden sie nach Rebeccas erstem Fluchtversuch sehr vorsichtig sein.

Rebecca glitt vom Tisch wieder herunter und schlich zur Tür, um Schloss und Scharniere einer genauesten Prüfung zu unterziehen. So entging ihr der Lichtschein des Autos, das gerade an der Straße anhielt.

Marten fuhr an dem Gebäude vorbei und hielt etwa einhundert Meter weiter die Straße hinunter. Beide stiegen aus, liefen das kurze Stück zurück und betrachteten das dreistöckige Bürogebäude. Es lag direkt an der Straße. Eine offene Betontreppe führte zu der breiten Eingangsfront mit vier Türen hinauf. Es war ein typisches Gebäude im Industriegebiet. Praktisch und kalt. Zu jeder Seite des Eingangs erstreckten sich zehn große Fenster, die durch rot-braune Elemente unterbrochen wurden.

Plötzlich wies Benny auf ein weißes Auto, das an der Straße vor dem Gebäude parkte.

"Das ist der Wagen von Frau von Stein", rief er aufgeregt. „Sie sind da drinnen! Ich werde Becky jetzt da rausholen!" Er schritt los. Marten sprang nach vorn und hielt ihn zurück.

"Benjamin, warte. Wir brauchen einen Plan. Und wir müssen auf Rebeccas Vater warten."

"Quatsch, ich gehe da jetzt rein und gucke mich vorsichtig um. Du wartest hier auf ihren Vater."

Benny ging zügig los, aber Marten hielt ihn erneut am Arm zurück.

"Du weißt nicht, was dich da drinnen erwartet!"

"Oh doch. Da drinnen sind zwei Irre, die meine Freundin entführt haben. Ich weiß genug, damit ich da jetzt reingehe."

Marten ließ seinen Arm sinken. Er verstand den Jungen nur zu gut. Mitte dreißig und schwer verliebt war keine gute Kombination, um in solcher Situation einen klaren Gedanken fassen zu können. Er erinnerte sich, dass er selbst vor einigen Jahren genauso gewesen war und ließ ihn gehen.

"Nur die Lage checken, ich komme dann mit Rebeccas Vater hinterher. Halte dich im Hintergrund!"

Benny hob den Daumen, ehe er in Richtung des Gebäudes verschwand.

Marten schüttelte den Kopf.

Es gefiel ihm absolut nicht, dass Benny allein in das Gebäude ging. Es war zu groß. Es gab hunderte von Möglichkeiten, wo man Rebecca gefangen halten konnte. Benny war kräftig und sportlich, unterschätzte aber offensichtlich die Gefahr, die von den von Steins ausging.

Marten ging einige Schritte die Straße entlang und wartete er auf das Eintreffen von Herrn Friedrichsen. Er war nicht gerade scharf auf diese Begegnung, immerhin hatte er eine Affäre mit seiner Frau gehabt. Keine Glanzleistung und keinesfalls die beste Voraussetzung für gute Zusammenarbeit. Hoffentlich konnte der Künstler diesen Umstand kurzzeitig ausblenden, damit sie seine Tochter retten konnten. Wenn alles vorbei war, konnte er ihm immer noch sagen, was er von ihm hielt. Zuerst aber mussten beide so schnell wie möglich in das Gebäude, um Benny und Rebecca herauszuholen. Es war keine Zeit für Differenzen. Marten zündete sich eine Zigarette an und versuchte sich einzureden, dass Benny nicht in Gefahr war. Er war gut durchtrainiert, er würde schon mit dem Ehepaar fertig werden. Hoffentlich.

Die Wendenstraße war hell beleuchtet, so dass es nicht möglich war, sich unauffällig anzuschleichen. Benny versuchte daher auch nicht, sich zu verstecken. Betont langsam schlenderte er den Bürgersteig entlang. Erst als er die Stufen zu dem Eingang hinaufging, beschleunigten sich seine Schritte und sein Herzschlag. Neben der Eingangstür waren die Briefkästen und eine Reihe von Klingelschildern. Er verschwendete keine Zeit damit, das Schild von *Elbe-Silberschmuck* zu suchen. In diesem Gebäude befanden sich mehr Firmen, als er vermutet hatte. Es würde verdammt schwierig werden,

Becky hier zu finden. Vorsichtig drückte er gegen eine der Eingangstüren. Verschlossen. Benny versuchte es bei der nächsten und hatte Glück. Wider Erwarten geräuschlos schwang die Tür auf.

Er betrat den gefliesten Flur und schloss die Tür hinter sich, drückte sich an die nächste Wand und lauschte. Im Gebäude war es totenstill. Benny sah sich um. Vor ihm lag eine breite Treppe, die sowohl in die oberen Stockwerke als auch in den Keller führte. Rechts und links führten Gänge ab, von denen jeweils Türen zu den Büros abgingen. Vereinzelt standen Grünpflanzen in riesigen Töpfen herum, die dem abgenutzten Fliesenboden ein behagliches Ambiente geben sollten. Benny entschied sich für den Keller.

Er ging nah an der Wand und schlich die breiten Stufen bis zu einem Podest hinab. Eine große Fensterfront gab den Blick auf den begrünten Innenhof frei. Benny achtete auf Geräusche, hörte aber nichts und flitzte daher die zweite Treppe hinab, die parallel zu der ersten nach unten führte. Im Augenwinkel sah er einen Schatten im oberen Flur vorbeihuschen. Benny streckte den Kopf über das Geländer und versuchte etwas zu erkennen. Er hörte das leise Quietschen von Schuhsohlen auf den Fliesen, entdeckte aber niemanden. Benny schlich die Stufen wieder hoch, duckte sich dabei, um solange es ging im Schatten verborgen zu bleiben. Ein leises Klacken ertönte. Benny blickte zur Tür, die gerade einrastete. Jemand hatte das Gebäude verlassen. Und dieser Jemand war zweifelsfrei aus dem seitlichen Gebäudeteil gekommen.

So schnell er konnte, hechtete er die letzten Stufen hinauf. Er befand sich gegenüber der Eingangsfront, von der Flure nach rechts und links abgingen. Benny wandte sich nach links und raste den Flur entlang. Er musste den Moment nutzen! Rebecca war entweder allein oder wurde nur noch von einer Person bewacht.

Lautes Grollen hallte durch das Gebäude. Wie Tritte oder Schläge gegen eine Metallplatte. Kamen sie aus einem der Büroräume? Er lief an vier Türen mit großen Firmenschildern vorbei, bis er eine weitere Treppe vorfand, die vor dem letzten Büro vom Flur abging. Erstaunt stellte er fest, dass es mehrere Zugänge zu den Kellern gab.

Benny schlich die Stufen hinab. Die Treppe war zu beiden Seiten von einer Mauer umgeben. Am Ende der Treppe führte der Gang nach rechts. Die komplette linke Seite war zugemauert. Dahinter lag vermutlich der Teil des Kellers, den er von der Haupttreppe aus erreicht hätte. Offensichtlich waren die beiden Keller nicht miteinander verbunden, weil dieser Gebäudeteil erst später angebaut worden war.

Auf der letzten Stufe blieb er stehen und spähte um die Ecke zu den Kellerräumen auf der rechten Seite. Er sah einen Flur mit Betonfußboden, direkt neben ihm lag ein Verschlag, der mit Metallwänden abgeteilt war. Ein zweiter befand sich dahinter, soweit er erkennen konnte, befand sich eine kleine Nische zwischen beiden Räumen. Plötzlich nahm er eine Bewegung wahr und zog blitzschnell seinen Kopf zurück. Frau von Stein! Benny war sicher, dass sie ihn nicht entdeckt hatte, trotzdem pochte sein Herz wie wild.

Dann musste ihr Mann das Gebäude verlassen haben. Aber warum? War er weggefahren? Oder kam er jeden Moment wieder? Benny war der Frau körperlich weit überlegen, aber er konnte nicht ausschließen, dass sie bewaffnet war.

"Vielleicht sollten Sie mir sagen, an wen Sie verkaufen, damit ich auch weiß, bei wem ich mich für die Gefangenschaft bedanken darf!", dröhnte Rebeccas wütende Stimme aus dem hinteren Raum.

Erleichtert atmete Benny auf. Offensichtlich war Becky ziemlich sauer, aber sie konnte nicht schwer verletzt sein, da sie wie ein Rohrspatz schimpfte.

"Jetzt hör mal zu. Deine Pedanterie wird dir auch nicht helfen. In ein paar Tagen sind die Verträge unterschrieben und dann kannst du hier wieder heraus." Frau von Stein wandte sich zu der verschlossenen Metalltür. Benny nutzte die Gelegenheit, löste sich vom Absatz der Treppe und schlich durch den Flur. Er stand ganz dicht hinter ihr. Eine Waffe konnte er nicht entdecken. Benny streckte seine Hand nach ihrem Arm aus. In dem Moment ertönte ein Rufen von der Treppe her.

"Margarethe!", keuchte es heiser.

Frau von Stein drehte sich blitzartig um. Das Gefühl, dass jemand hinter ihr gestanden hatte, war wohl nur Einbildung gewesen.

Levin Friedrichsen erkannte den weißen Wagen seiner Chefin und parkte ein Stück dahinter. Er hatte damit gerechnet, dass Benny und dieser Marten schon hier sein würden, aber niemand war zu sehen. Levin stieg aus und blickte zu dem Gebäude hinüber. Hatten sie dort seine Becky versteckt? Er wusste, dass er hineingehen und seine Tochter befreien musste.

Seine Beine rührten sich nicht. Ängstlich sah er zu Boden, kickte eine halb aufgerauchte Zigarette mit dem Schuh zur Seite und hoffte, dass die beiden Männer bald kommen würden.

Hilf mir, dachte er bei dem Gedanken an seine verstorbene Frau. Verena hätte gewusst, was zu tun sei. Bei seinem letzten Versuch, jemandem zu helfen, war seine Frau gestorben. Wie konnte er nur glauben, seine Tochter retten zu können?

Verena war nach Niederlagen immer wieder aufgestanden und hatte wie eine Löwin gekämpft, mutig und noch entschlossener als vorher. Am Anfang ihrer Beziehung und noch viele Male später, hatte er sie danach gefragt.

"Du kannst nicht immer gewinnen. Aber du musst für das Richtige kämpfen. Nur darauf kommt es an", hatte sie lächelnd geantwortet.

Mit dem Zeigefinger schob Levin seine Brille hoch und blinzelte eine Träne weg. Er würde kämpfen. Für Verena und für Becky.

Er ging entschlossen zu dem Gebäude. Die Schleifspuren, die vom Grünstreifen bis zu dem Kofferraum des weißen Audi führten, fielen ihm nicht auf. Er stieß mit dem Fuß gegen etwas Hartes. Levin blickte zu Boden. Eine schwarze Spraydose rollte scheppernd über den Asphalt. Er hob sie auf und steckte sie in seine Jackentasche. Dabei berührte er sein Handy und ihm kam eine Idee. Levin führte ein kurzes Telefonat, dann betrat er das Gebäude. Diesmal würde er es richtig machen.

Benny drückte sich schnell in die Nische zwischen den beiden Kellerräumen. Hätte er an der Treppe nicht so lange gezögert, hätte er Frau von Stein überwältigen können, bevor ihr Mann gekommen war. Nun stand er wenige Zentimeter von Becky entfernt und konnte ihr nicht einmal ein Zeichen geben, dass er hier war.

"Ich habe da oben jemanden gesehen. Da war ein Mann", sagte Herr von Stein mit zittriger Stimme. Das Geräusch seiner Schritte näherte sich. Er schleppte sich kraftlos voran. Benny bemerkte mit Genugtuung, dass der Mann von der Situation überfordert schien.

"Fang erstmal an zu denken und stottere hier nicht so herum. Welcher Mann und was ist passiert?"

Benny kauerte in der Nische und nutzte die Gelegenheit, sich den Inhalt der herumstehenden Kartons anzusehen. Das Ehepaar war laut genug, um seine Geräusche zu übertönen.

"Da oben stand ein Mann und hat das Gebäude beobachtet. Ich habe Panik bekommen", berichtete Herr von Stein.

Benny zog eine Schnur aus einer Kiste und blickte vorsichtig aus seinem Versteck hinaus. Er sah, wie Herr von Stein die Hände vor sein Gesicht legte. Der Mann war aschfahl.

"Was ist passiert?", herrschte ihn seine Frau an.

"Ich habe mich von hinten angeschlichen und dieses Spray benutzt."

"Pfefferspray. Wo ist er jetzt?" Frau von Steins Wangen röteten sich, ihre Augen funkelten.

"Ich habe ihn in den Kofferraum eingesperrt. Margarethe, was ist nur aus uns geworden?" Seine Stimme zitterte.

"Das frage ich mich auch", fauchte Rebecca aus ihrem Versteck. „Lassen Sie diesen Mann und mich gehen."

"Du bist still!", schrie Frau von Stein hysterisch in Richtung von Rebeccas Gefängnis.

Benny nutzte das Durcheinander und stürzte sich auf Herrn von Stein. Er legte ihm von hinten den Arm um den Hals und zog ihn runter. Der ahnungslose Mann saß wehrlos am Boden und rang nach Luft. Benny drehte ihm den Arm auf den Rücken und stieß Herrn von Stein bäuchlings auf den Estrich. Hastig zog Benjamin die Schnur aus seiner Hosentasche, schlang sie um die Handgelenke des Mannes und zurrte sie fest zusammen. Eine schlechte Entscheidung, denn den kurzen Moment, den Benny zu Boden blickte, nutzte Frau von Stein. Blitzartig drehte sie sich nach hinten und griff schnell nach einem Gegenstand, der auf dem kleinen Holzhocker lag. Plötzlich stand sie direkt vor Benny.

"Genug jetzt, junger Freund. Hände hoch und dann stellen Sie sich da an die Wand!"

Benny hatte sich in dem Kellerflur nicht umgesehen und auch die Waffe auf dem Hocker nicht bemerkt. Ein fataler Fehler, wie sich jetzt herausstellte.

Benjamin erhob sich langsam. Herr von Stein stöhnte und wandte sich am Boden.

"Hey, Becky. Ich wollte dich hier rausholen. Da war aber irgendwie ein Fehler in meinem Plan."

"Benny?", rief Rebecca erstaunt.

"Zum Turteln habt ihr später noch Zeit. Los, rein hier!" Frau von Stein gab Benny einen Stoß an die Schulter und trieb ihn vorwärts.

"Lassen Sie den Jungen in Ruhe!" Die klare Stimme hallte durch den Keller.

Margarethe von Stein erschrak und fuhr herum. Wie erstarrt blickte sie in die entschlossenen Augen des Mannes, dessen Frau sie umgebracht hatte.

"Levin?", fragte sie und verlor dabei zum ersten Mal die gewohnte Sicherheit. Herr von Stein erhob sich langsam und blickte ungläubig zu Levin. Rebecca tobte in ihrem Gefängnis, als sie, unfähig in das Geschehen einzugreifen, die Stimme ihres Vaters hörte.

Sie rüttelte verzweifelt an der metallenen Tür, so dass das Vorhängeschloss schwungvoll gegen die metallene Tür schlug. Das Knallen jagte wie Peitschenhiebe durch die kahlen Räume. Wütend trat Rebecca gegen die Tür.

"Sie hat eine Waffe", rief Benny warnend. Levin lächelte kalt. Er war vorbereitet und riss die Hand hoch, in der er eine Dose hielt. Er sprühte Margarethe von Stein eine kräftige Ladung Pfefferspray ins Gesicht. Blitzschnell wandte er sich ab, um dem Sprühnebel auszuweichen. Sie schrie gellend auf und presste die Hände vor die schmerzenden Augen. Ihre Waffe fiel scheppernd zu Boden.

Benny hatte sein Gesicht mit den Händen geschützt, sprang nun zur Waffe und hob sie auf. Dann holte er ein weiteres Stück Schnur, um auch Margarethe von Stein zu fesseln. Levin griff nach dem Schlüsselbund und öffnete das Vorhängeschloss.

Beim Anblick seiner Tochter erschrak er. Rebeccas Gesicht war blutverschmiert, ihre Hände vor ihrem Körper mit Kabelbindern zusammengehalten, die Unterarme waren aufgeschürft.

„Was haben sie dir angetan?", fragte er entsetzt.

„Das wird schon wieder", beschwichtigte Rebecca.

Levin fand im Vorraum eine Zange, mit der er die Plastikschnüre durchtrennte.

Dann endlich schloss er Rebecca in die Arme.

Drei Wochen später

Schnee wehte über die gefrorenen Sandwege des Friedhofes wie ein nebliger Schleier. Rebecca drückte den Arm des Vaters, der mit schweren Schritten neben ihr ging. Es hatte gut getan zu sehen, wie viele Leute zu der Urnenbeisetzung gekommen waren und dadurch Respekt und Zuneigung bekundet hatten. Ihre Persönlichkeit und ihre Arbeit wurden hochgeschätzt. Verena war in ihrem Leben vielen Opfern von skrupellosen Machenschaften begegnet. Sie hatte diesen Menschen durch ihre Recherchen und Veröffentlichungen geholfen. Dafür hatte sie in der Gewissheit ständiger Gefahr und Bedrohung gelebt. Nun konnte sie ruhen.

Würde sie selbst jemals Frieden mit ihrer Mutter schließen können? Rebecca wusste es nicht. Der jahrelange Hass auf ihre Mutter und die späte Erkenntnis, dass die fehlende Liebe nur ein Schutzmechanismus gewesen war, hatte sie geprägt. Die vielen Enttäuschungen wirkten sich bis jetzt auf ihr Leben aus. Nur wegen der Erfahrungen ihrer Kindheit war sie die Person, die sie jetzt war. Mit all ihren Schwächen, der Machtlosigkeit Gefühlen gegenüber, aber auch der tiefen Liebe, die sie besonderen Menschen entgegenbringen konnte.

Sie blickte sich kurz zu Benny um, der sie aus warmen Augen ansah. Würden beide eine Chance haben? Rebecca senkte traurig den Blick. Der Gedanke, ihn zu verlieren, war unerträglich.

Rebecca bewunderte den Mut und die Arbeit ihrer Mutter.Die tiefen Zweifel, die dadurch entstanden waren und sie bis heute prägten, blieben. Sie hatten tiefe Narben in ihrer Seele hinterlassen, die Rebecca zu ignorieren versuchte. Ihre Mutter hatte sie auf ihre eigene Weise immer geliebt. Trotzdem war Rebecca nicht sicher, ob sie ihr verzeihen konnte.

Mit gesenktem Blick ging Rebecca über die harten Wege, nur das dumpfe Knirschen des Schnees unter ihren Schuhen war zu hören. Hinter ihr und ihrem Vater gingen Benny und Marten, zwischen ihnen ihre beste Freundin Mirja. Sie war eine große Stütze für Rebecca gewesen. Seit sie aus Mallorca zurückgekommen war, hatte sie alles getan, um Becky zu unterstützen. Auch wenn der Tod von Verena sie bedrückte, strahlte sie weiterhin einen unerschütterlichen Optimismus aus. Rebecca wünschte, sie selbst hätte nur einen Hauch von dieser positiven Einstellung.

Die anderen Trauergäste hatten sich bereits wieder auf den Heimweg gemacht. Es gab keine große Trauerfeier. Auch Frau Hullsten, die Nachbarin ihrer Eltern, hatte sich bereits unter Tränen von Rebecca und ihrem Vater verabschiedet.

Sie hatten in dieser einen Woche viel durchgemacht. Diese Tage würde keiner von ihnen je vergessen.

Drei Wochen waren vergangen. In dieser Zeit hatte Rebecca nur einmal bei Marten angerufen und ihn zu der Beisetzung eingeladen. Und zu dem anschließenden Zusammensein. Nur sie vier, weil nur diese Personen wussten, was wirklich geschehen war. Die Erlebnisse, die jeder für sich verarbeiten musste, Schmerz, Hass, Enttäuschung und Trauer, verbanden sie. Auch wenn die Verbindung nur an diesem einen Tag bestand.

Mirja verabschiedete sich nach der Beisetzung. Sie umarmte Levin und Benny, ehe sie sich an Rebecca wandte.

„Du schaffst das, du bist so stark. Sieh es als die Chance für einen Neuanfang. Verena ist nicht mehr bei uns, aber sie blickt auf dich herunter, da bin ich ganz sicher. Es gibt viel, was sie dir nicht erklären konnte, aber bestimmt wirst du es irgendwann spüren. In deinem Herzen." Mirja umarmte ihre Freundin kräftig, ehe sie wieder ihr strahlendes Lächeln zeigte, was ein so wesentlicher Teil von ihr war. „Ich rufe dich nachher an. Ich bin für dich da, immer." Rebecca blickte ihr dankbar nach.

Gemeinsam betraten sie das kleine Restaurant, das Levin ausgesucht hatte. Rebecca und Benny setzten sich an den reservierten Tisch. Levin ging zur Garderobe und hängte umständlich seinen Mantel und den Schal auf. Marten stand neben dem Tisch, setzte sich aber nicht. Zögernd ging er zu Levin hinüber.

"Herr Friedrichsen", Marten stellte sich zu ihm. "Wenn es Ihnen nicht recht ist, dass ich hier bin, dann sagen Sie es mir bitte offen."

"Nein" Levin legte seine Hand freundschaftlich an den Oberarm des großen Mannes, der so anders war als er selbst. Er hatte lange über diesen Mann nachgedacht. Ex-Geliebter und Vertrauter seiner Frau bis zu ihrem Tod. Ein mutiger Mann, der für ihre Sache kämpfte und geholfen hatte, seine Tochter zu retten. Wie konnte er diesen Mann, den er kaum kannte, einschätzen? Er hatte Verena geliebt. Sie war für ihn keine Affäre gewesen, sondern eine Frau, die er aus tiefstem Herzen begehrt hatte. Auch Verena hatte Marten geliebt. Auch wenn sie sich, die Gründe dafür würde er nie verstehen, für ihn, den langweiligen Goldschmied, entschieden hatte. Konnte er diesem Mann vorwerfen, dass er dieselbe Frau liebte, wie er selbst?

"Ich möchte, dass Sie dabei sind", sagte er mit fester Stimme und begleitete Marten an den Tisch zurück.

Eine Kellnerin verteilte die Getränke.

"Ich finde es einen schönen Abschluss, dass wir vier hier gemeinsam sitzen." Rebecca nahm einen Schluck Kaffee und blickte die anderen an.

Ihr Vater nahm ihre Hand.

"Ich glaube, ich kann das alles immer noch nicht fassen. Das Haus ist so leer. Die Stille ist ungewohnt." Seine Augen wurden feucht, dann lächelte er.

"Ich bin froh, dass wir dich gerettet haben."

"Wir waren ein hervorragendes Team. Aber der ursprüngliche Plan war ja ein ganz anderer. Eigentlich hatte ich ja dich retten wollen."

Rebecca zog einen Bleistift aus ihrer Manteltasche. Sie drehte ihn kurz zwischen den Fingern, bis seine Spitze die Serviette berührte. Sie blickte auf ihre Hände, die wie von allein Linien auf das Papier brachten.

"Ich habe Neuigkeiten", sagte Marten. "Bisher erschien mir der Zeitpunkt immer unpassend. Jetzt ist er das zwar ebenfalls, aber zumindest sitzen wir jetzt zusammen."

Alle sahen ihn aufmerksam an.

"Der Verkauf von *Silber-Stein* wurde trotz der Umstände durchgeführt. Der Anwalt hat die Papiere im Gefängnis von dem Ehepaar von Stein unterzeichnen lassen und an den Käufer weitergeleitet. Eine Firma mit dem Namen *Athene Jewellery* ist der Käufer."

"Sie sind nicht abgesprungen, als sie von den Geschehnissen erfahren haben?", fragte Benny erstaunt.

"Nein. Es ist ein großer Betrieb, der bisher vorwiegend in Dänemark Filialen unterhält und nun nach Deutschland expandieren will. Sie sind dafür bekannt, bei dem Herstellungsprozess auf faire Bedingungen zu achten", erklärte Marten.

"Ich kenne das Unternehmen. Vor einigen Jahren haben beide Firmen für einen umfangreichen Auftrag zusammengearbeitet", bemerkte Levin. „Sie produzieren viel in Europa, geben nur wenige Aufträge nach Asien. Und dann auch nur unter strengen Bedingungen."

"Kinderarbeit ist verboten, die Produktionsstätten unterliegen strengen Sicherheitsbestimmungen und es gibt angemessene Bezahlung", fügte Marten hinzu. Zufrieden steckte er sich einen Bissen Rührei in den Mund.

"Dann finde ich es erstaunlich, dass sie aufgrund des Imageschadens nicht vom Kauf zurückgetreten sind." Levin legte nachdenklich die Hand ans Kinn.

"Alles eine Frage der PR", warf Benny ein und Marten nickte.

"Sie wollen die Produktion dort komplett umstellen. Es sollen neue Räume angemietet werden und

Arbeitsbedingungen geschaffen werden, die dem Standard des Unternehmens entsprechen. Sie nutzen es, wie du gerade gesagt hast, Benny, als PR. Sie können jetzt als Retter der Ausgebeuteten dastehen."

"Von mir aus sollen sie es tun. Wenn sie wirklich den Menschen vor Ort eine gute Arbeit bieten, gönne ich ihnen die Publicity", meinte Rebecca.

Einen Augenblick schwiegen alle. In dieser Runde würden sie nie wieder zusammen sein. Die Ereignisse hatte aus ihnen ein Quartett gebildet, das nicht für die Ewigkeit gemacht war.

"Zumindest war der Tod meiner Mutter nicht sinnlos. Sie starb für das, woran sie glaubte und bis zum Schluss dafür kämpfte."

Ihr Blick fiel auf die Serviette. Ein aufgebäumter Drache mit weit ausgebreiteten Schwingen sah ihr entgegen. Über seine schuppige Wange rann eine Träne.

Rebecca griff nach der Serviette und zerriss sie.

Levin fasste seine Tochter an den Händen. Die anderen schwiegen. Benny sah zu Rebecca hinüber, die seinen Blick jedoch nicht erwiderte.

Jeder hatte seine eigenen Gedanken zu Verena, die er in seinem Herzen einschloss.

August 1992

Der beißende Gestank schien in jede Zelle ihres Körpers einzudringen. Verena schüttelte sich angewidert. Hinter ihr befand sich der hohe Zaun des Kieswerks, den sie gerade mit Mühe überwunden hatte. Die Warnschilder hatten sie nicht davon abhalten können, hier einzudringen. Ebenso wenig der Stacheldraht, der wie bei einem Gefängnis am oberen Ende des Zauns befestigt worden war. Sie war wie ein Bluthund, der eine Fährte aufgenommen hatte. Ein leichtes Frösteln überflog ihren Körper, ein Zeichen ihrer Aufregung. Sie war kurz vor dem Ziel. Verena zog die Handschuhe aus, die sie vor dem spitzen Draht geschützt hatten, und verstaute sie in ihrem Rucksack.

Vorsichtig löste sie sich aus der Deckung und schlich weiter. Fassungslos glitt ihr Blick über die weite Fläche, die sich vor ihr erstreckte. Sie hatte so viel über diesen Ort recherchiert und all die Zahlen im Kopf, die sie während der letzten Monate zusammengetragen hatte. Es nun mit eigenen Augen zu sehen, verschlug ihr den Atem.

Vor ihr lag eine riesige Kiesgrube. Abgestellte Bagger standen verlassen auf den festgefahrenen Sandwegen um die Grube herum, die von hohen Bergen aus Kies und Sand eingefasst wurde. Ihr Blick schweifte prüfend über das Gelände. Offensichtlich war niemand hier. Verena atmete erleichtert aus. Wenige Meter zu ihrer Rechten stand ein großer Container, der als Büro diente.

Man hätte dies vielleicht für eine ganz normale Kiesgrube halten können. Wären da nicht die dunklen Massen gewesen, die aus den Tiefen der Grube wie schwarze Berge hervorquollen. Diese Massen übertrafen alles, womit sie gerechnet hatte. Bauschutt, Dämmmaterial und alte Autoreifen türmten sich vor ihr zu bizarren Landschaften auf. Was sich in den verrosteten Fässern befand, konnte sie nur vermuten. Große Kanister lagen zwischen den anderen Materialien. Im Laufe der Jahre hatten sich Risse an ihnen gebildet, aus denen nun stinkende Flüssigkeit ins Erdreich tropfte. Der Wind wehte Plastik über die dunklen Haufen wie Nebelschwaden.

Verena blickte sich erneut um, ob auch niemand hier war, der sie beobachtete. Sie holte eine Kamera aus ihrem kleinen Rucksack hervor. Es war unfassbar, dass hier diese illegale Deponie hatte errichtet werden können. Die Anwohner der umliegenden Gemeinden wussten nichts davon. Und die Personen, die davon wussten, hatte man für ihr Schweigen gut bezahlt. Sehr gut sogar, wie die Unterlagen bewiesen, die ihr ein Informant hatte zukommen lassen. Das Geschäft mit dem Müll war eine lohnenswerte Branche.

Sie schoss eine Serie von Fotos. Die Sonne war noch nicht aufgegangen, aber die Morgenröte reichte aus, um ausreichend belichtete Aufnahmen machen zu können.

Vorsichtig schlich sie auf den Rand der Grube zu. Was hatten die Leute, die hierfür verantwortlich waren, vor? Würde man die Müllberge irgendwann mit Erde abdecken, damit niemand erfuhr, was hier seit Jahren vor sich ging?

Verena ging zu dem Büro hinüber. Sie langte in ihre Hosentasche und holte ein Paar Gummihandschuhe hervor, die sie über ihre Hände streifte. Es war unwahrscheinlich, dass man den Einbruch bemerken würde, aber Fingerabdrücke zu hinterlassen, war prinzipiell nicht ihre Art. Verena drückte die Türklinke hinunter. Es war abgeschlossen. Aus ihrer Jackentasche zog sie einen Gegenstand, der wie ein Taschenmesser aussah. In seinem praktischen Inneren verbargen sich mehrere Dietriche. Verena klappte einen davon aus und machte sich an dem Schloss zu schaffen. Mehrmals wandte sie ihren Kopf. Sie fühlte sich unwohl, wenn sie nicht wusste, was sich hinter ihrem Rücken abspielte. Sie schien allein zu sein.

Mit einem sanften Klicken gab das Schloss den Widerstand auf. Verena öffnete die Tür und huschte in den kleinen Raum, der vor ihr lag. An der linken Seite war eine winzige Küchenzeile. Eine dunkel verfärbte Kaffeemaschine und benutzte Becher standen auf einer schmalen Arbeitsplatte. Daneben war eine Tür, hinter der sich vermutlich eine Toilette befand. Am Kopfende des Raumes stand ein einfacher Schreibtisch, daneben ein Stuhl und ein halbhoher Schrank für Ordner. Sie huschte hinter den Schreibtisch zum Schrank. Auch er war verschlossen. Verena verdrehte die Augen und nahm erneut einen Dietrich zu Hilfe, bis das Schloss nachgab. Die Regale waren zur Hälfte mit Ordnern gefüllt, die anderen Borde waren leer. Sie überflog die krakeligen Beschriftungen auf den Ordnerrücken und zog einen heraus, der Rechnungen enthielt. Verena blätterte, bis sie gefunden hatte, wonach sie suchte und fotografierte die Dokumente ab. Hastig klappte sie den Ordner wieder zu und stellte ihn zurück. Es war Zeit, endlich aus dem Büro zu verschwinden. Sie schloss den Schrank und schlich gebückt zum Ausgang. Misstrauisch blickte Verena durch die Fenster nach draußen, konnte aber niemanden entdecken. Verena schloss den Reißverschluss ihrer Jacke, um die Kamera zu schützen, die um ihren Hals hing. Dann öffnete sie langsam die Tür. Das Gelände lag immer noch still und verlassen da. Die Dämmerung wich den ersten Sonnenstrahlen. Sie blickte auf ihre Armbanduhr. Kurz nach halb sechs. Vor sechs Uhr würde bestimmt keiner der Arbeiter hier auftauchen, sie durfte aber auch kein Risiko eingehen.

Verena schlich einige hundert Meter um die Kuhle herum bis zu einem Busch, der an diesem öden Platz ums Überleben kämpfte. Sein Blätterwerk war keine botanische Meisterleistung, aber als Versteck ausreichend. Verena kniete sich dahinter auf die Erde. Das breite Einfahrtstor befand sich gegenüber, sie hatte es gut im Blick. Wenn ihr Informant Recht behielt, würde gegen sieben Uhr der Laster einer bekannten Entsorgungsfirma hier auftauchen, um seine giftigen Stoffe abzuladen. Wenn es ihr gelang, den Laster so zu fotografieren, dass man sowohl das Firmenlogo als auch das Abladen des illegalen Mülls hier auf der Deponie sah, hatte sie alles, um ihre Story zu veröffentlichen.

Langsam wurde es hell, Verena verharrte bewegungslos hinter dem Busch in ihrem Versteck. Sie war es gewohnt zu warten, das war ein Teil ihres Jobs, den sie mit Leib und Seele ausfüllte. Die Sonnenstrahlen glitten langsam über die skurrilen Müllberge.

Verena dachte an zu Hause. Wenn dieser Laster pünktlich war, konnte sie es noch rechtzeitig schaffen. Aber alles hing von den Fotos ab, die sie jetzt noch machen musste. Die Zeit verging, während sie regungslos in ihrem Versteck hockte, die Kamera in den Händen. Sie blickte zum Himmel, der einen herrlichen Tag ankündigte, dann zum Tor hinüber. Neben dem breiten Eingangstor, das mit großen Vorhängeschlössern und zusätzlichem Stacheldraht gesichert war, befand sich eine Eingangstür. Plötzlich öffnete sie sich und vier Männer in Leuchtwesten betraten das Gelände. Verena richtete sich etwas auf und blickte gespannt hinüber. Die Männer liefen am Eingang umher, einer ging gemächlich zu einem der Bagger am hinteren Ende der Kuhle.

Etwa vierzig Minuten später öffnete sich das Tor. Ein großer Laster schob sich langsam auf das Gelände. Einer der Arbeiter wies ihn ein, bis der LKW rückwärts an der Grube zum Stehen kam. Der Fahrer stieg aus und ging zu dem Bürocontainer hinüber. Der Auslöser ihrer Kamera klickte leise. Der Fahrer gab einem der Mitarbeiter Papiere. Verena machte weitere Fotos. Wenig später rollten aus dem Innern des Lasters gelbe Fässer, die sich scheppernd ihren Weg über die bereits gelagerten Müllberge bahnten. Verena war sicher, dass das markante Flügelrad, dem Warnzeichen für radioaktive Strahlung, mit dem die Fässer gekennzeichnet waren, auf den Fotos gut erkennbar sein würde. Alles war nun festgehalten. Die Öffentlichkeit würde übermorgen in den Zeitungen lesen, was hier vor sich ging.

Der Laster verließ das Gelände.

Verena verstaute die Kamera und das Objektiv wieder in dem Rucksack und nahm ihre Handschuhe heraus. Für die erneute Kletterpartie über den Zaun würde sie den Schutz brauchen.

Das Gelände war komplett eingezäunt. Es gab nur vereinzelte Stellen, an denen sie den Zaun ungesehen überwinden konnte. Zurück zum Bürogebäude konnte sie nicht, denn überall hielten sich jetzt Mitarbeiter auf. Die Gefahr entdeckt zu werden, war definitiv zu groß. Sie würde den Zaun im Schutz des Busches, hinter dem sie sich versteckt hatte, überwinden. Es war gefährlich, denn sobald sie aufstand, war sie hinter dem Gewächs gut zu erkennen. Alles musste verdammt schnell gehen. Sie griff nach ihren Handschuhen, doch sie glitten ihr aus den Fingern und fielen zu Boden. Verena änderte ihren Plan, stand blitzschnell auf und warf ihren Rucksack über die Mauer. Ein dumpfer Aufprall war zu hören, offensichtlich war ihr Gepäck schon gut angekommen. Sie bückte sich, um die Handschuhe aufzuheben.

„Hey, Sie da!"

Verena fuhr erschrocken zusammen und wandte schnell den Kopf. Ein hünenhafter Kerl stürmte auf sie zu. Verena ließ die Handschuhe fallen, sprang hastig am Zaun hinauf und griff nach einer der Querstreben. Mit aller Kraft zog sie sich hoch und langte mit ihrer anderen Hand nach einer weiteren Metallstange. Der Stacheldraht bohrte sich in ihr Fleisch. Ein stechender Schmerz fuhr durch ihre Hände. Panisch versuchte Verena mit den Beinen Halt zu finden. Ihre Hände brannten wie Feuer, sie spürte warmes Blut ihre Unterarme hinunterlaufen. Mit dem Fuß ertastete sie einen Widerstand. Schnell blickte sie hinab und entdeckte einen der Winkel des Zaunpfahls. Sie konnte sich dort abstützen und ihn wie eine winzige Stufe benutzen. Verena konnte schon über den Zaun sehen. Plötzlich spürte sie die Hände, die sich wie eiserne Krallen um ihr Bein legten. Der Mann riss an ihr, sie schrie voller Schmerzen auf und musste ihren Griff lösen. Der Hüne zog weiter und sie fand keinen Halt mehr. Verena fiel und schlug hart mit dem Kopf auf dem Boden auf.

Sie hatte bei der Geburt des Kindes eine schwierige Entscheidung getroffen. Jetzt zerriss es ihr das Herz.

Zu Rebeccas Einschulung würde sie nicht kommen können.

Eine Träne löste sich aus ihrem geschlossenen Auge, dann verlor sie das Bewusstsein.

E N D E

Danksagung

Ich bedanke mich ganz herzlich bei allen Leserinnen und Lesern. Euer Interesse und eure Rückmeldungen sind unglaublich wertvoll! Vielen Dank!

Mein größter Dank geht wieder einmal an Steffi, die auch dieses Projekt mit viel Zeit und Herzblut begleitet hat.
Ich danke dir für deine Freundschaft und deine stetige Unterstützung!

Eure
Tara Winter

Die Autorin

Tara Winter, geboren 1976, schreibt seit einigen Jahren erfolgreich Kurzgeschichten für verschiedene Zeitschriftenverlage.

Ihr dritter Roman „Die andere Wahrheit" ist der Auftakt zu einer neuen Serie um die unfreiwillige Ermittlerin Rebecca Friedrichsen.

Die Autorin lebt mit ihrem Mann und ihren beiden Kindern in Schleswig-Holstein. Wenn sie nicht von der Familie auf Trab gehalten wird, genießt sie lange Spaziergänge an der Ostsee.

Bisher sind von Tara Winter erschienen:

Schwarze Witwe –
Vom Hass getrieben
(Teil 1 von 2)
Roman

Exklusiv bei KDP-Amazon

Schwarze Witwe –
Von Rache verzehrt
(Teil 2 von 2)
Roman

Exklusiv bei KDP-Amazon